세계의 속신·금기와 속담

구비전승이라는 철학적 언어, 작은 말에 담긴 큰 지혜

건국대 서사와문학치료연구소
다문화 구비문학대계 18

세계의 속신·금기와 속담
구비전승이라는 철학적 언어, 작은 말에 담긴 큰 지혜

2022년 5월 10일 초판 인쇄
2022년 5월 15일 초판 발행

지은이 신동흔 외
펴낸이 이찬규
펴낸곳 북코리아
등록번호 제03-01240호
전화 02-704-7840
팩스 02-704-7848
이메일 ibookorea@naver.com
홈페이지 www.북코리아.kr
주소 13209 경기도 성남시 중원구 사기막골로 45번길 14
우림2차 A동 1007호
ISBN 978-89-6324-868-4 (94810)
978-89-6324-850-9 (세트)

값 18,000원

건국대 서사와문학치료연구소
다문화 구비문학대계 18

세계의 속신·금기와 속담

구비전승이라는 철학적 언어,
작은 말에 담긴 큰 지혜

신동흔 박현숙 김정은 오정미
조홍윤 김영순 황혜진 강새미
김민수 김자혜 김현희 엄희수
이승민 이원영 한상효 황승업

북코리아

머리말 : 현장에서 만난 1,364편의 생생한 이야기

캄보디아, 베트남, 필리핀, 중국, 일본, 인도, 카자흐스탄, 에스토니아, 브라질….

세계 여러 나라에서 온 이주민 화자들이 한국어로 구술하는 설화들을 들으면서 마치 꿈속의 한 장면에 들어와 있는 듯했다. 그들의 입에서 가지각색 설화들이 술술 흘러나오고 있는 광경이 거짓말 같았다. 책에서나 볼 수 있었던, 아니 책으로도 볼 수 없었던, 깊은 재미와 의미가 차락차락 우러나는 원형적 이야기들! 그 보물 같은 이야기들을 현장에서 만날 수 있다는 것은 최고의 축복이었다.

한국에 이주해서 생활하는 외국 출신 제보자들을 대상으로 한 설화 조사를 계획하면서 기대보다는 걱정이 컸다. 한국과 달리 설화 문화가 유지되고 있어서 구전설화를 기억하고 전해줄 수 있으리라는 기대가 있었지만, 30~50대가 주축을 이루는 제보자들이 설화를 오롯이 구연할 수 있을지 의문이었다. 모국어가 아닌 한국어로 구술해야 하는 상황이라서 더 그랬다. 한국생활이 쉽지 않을 이주민들이 선뜻 마음을 열어줄까 하는 걱정도 없지 않았다.

결과는 기대 이상이었다. 수많은 이주민 제보자들이 기꺼이 자국 설화 구연에 나서 주었다. 모국의 이야기와 문화를 알린다고 하는 책임감과 자부심이 주요 동기였지만, 그들은 곧 설화 구연이 매우 즐겁고 유익한 일이라는 사실을 깨달았다. 그들은 한 명의 문학적 주체가 되어서 자신이 아는 이야기들을 성심성의껏 들려주었다. 고향에 계신 어른들에게 연락해서 묻거나 숨은 자료를 찾아서 구연해 주기도 했다.

모든 이야기는 책이나 자료를 읽어주는 형태가 아니라 내용을 기억하고 새겨서 말로 구술하는 형태로 조사를 수행했다. 마음으로 기억해서 재현한 것이라야 화소(話素)와 스토리가 살아있는 진짜 구비문학 자료가 되는 것이기 때문이다. 제보자들이 구술로 전해준 이야기들 속에는 실제로 구비문학적 힘이 생생히 깃들어 있다. 재미있고 의미심장하며, 현장감이 넘친다. 그 언어는, 살아 있다.

조사 과정에서 이야기를 들으면서 놀란 적이 한두 번이 아니다. 이주민 제보자들은 평균적인 한국 사람들보다 훨씬 이야기를 잘했다. 한 사람이 수십 편의 설화를 유려하게 구술한 사례가 여럿이며, 한 편의 설화를 30분 이상 완벽하게 구연한 경우도 꽤 많았다. 캄보디아의 킴나이키 제보자 같은 경우는 한 편의 설화를 2시간에 걸쳐 생생하게 구연하기도 했다. 한국의 유력한 이야기꾼들에게서도 좀처럼 보기 어려운 모습이다.

10여 명으로 구성된 조사팀이 만 3년에 걸친 현지조사를 통해 만난 화자는 150명 이상이며, 수집한 자료는 약 2,000편에 이른다. 이 중 공개 동의를 얻지 못한 이야기와 완성도가 낮은 이야기들을 제외하고 가치 있는 것들을 선별한 결과 27개국 130여 명 제보자가 구술한 1,364편의 이야기 자료가 추려졌다. 자료마다 기본 구연정보와 줄거리(개요) 등을 갖추어서 정리하니 분량이 단행본 20권을 채우게 되었다. 양적·질적 측면에서 '한국구비문학대계'에 비견될 '다문화 구비문학대계'라고 해도 좋겠다고 생각해서 이를 총서명으로 삼았다. 『한국구비문학대계』(1980~1988; 전 82권)는 한국 구비문학 조사사업의 빛나는 성과이자 인류의 소중한 문화유산으로서, 갈수록 가치가 증대되고 있는 구술자료집이다. 우리의 『다문화 구비문학대계』도 그와 같은 역할을 하게 될 것으로 믿는다. 세계 각국의 설화를 생생한 한국어로 집대성했다는 점에서 전에 없던 새롭고 특별한 언어문화 자료집이다. 이와 같은 현지조사 성과는 세계적으로도 유례없는 일임을 강조하고 싶다.

다문화 구비문학대계는 20권의 자료집과 1권의 연구서로 구성되어 있다. 자료집 구성은 다음과 같다.

1~2권 : 캄보디아 설화 (64편)
3권 : 태국·미얀마 설화 (53편)
4~5권 : 베트남 설화 (114편)
6권 : 필리핀·인도네시아·대만·홍콩 설화 (72편)
7~9권 : 중국 설화 (186편)
10권 : 몽골 설화 (92편)
11~12권 : 일본 설화 (149편)
13권 : 인도·네팔 설화 (78편)
14권 : 카자흐스탄 설화 (61편)
15권 : 러시아·중앙아시아 설화 (55편)
16권 : 유럽·중동·중남미 설화 (57편)
17권 : 세계의 문화와 풍속 이야기 (93편)
18권 : 세계의 속신·금기와 속담 (160편)
19권 : 세계의 신과 요괴 전승 (91편)
20권 : 한국 이주 내력 및 생활담 (39편)

1~16권까지 각국 설화를 나라별로 정리해 실었고, 17~20권에는 세계 여러 나라 문화 이야기와 속담, 생애담 등의 구술담화를 모아서 수록했다. 15권의 '중앙아시아'에는 우즈베키스탄, 키르기스스탄, 타지키스탄이 포함되며, 16권에는 에스토니아, 스웨덴, 터키, 아제르바이잔, 사우디아라비아, 도미니카공화국, 칠레, 브라질, 파라과이 등 9개국 자료가 실려 있다. 다 합치면, 설화가 수록된 나라는 총 27개국에 이른다. 중국편 자료가 가장 많은데, 한족과 조선족 자료를 포괄한 것이다. 7권에 한족 제보자의 구술자료를, 8~9권에 한국계 중국인 제보자 구술자료를 수록했다. 설화는 각 나라마다 앞쪽에 신화와 전설에 해당하는 것들을 싣고 뒤쪽에 민담을 실었다. 같은 유형의 자료를 한데 모으고 서로 내용이 통하는 자료를 이어서 배치함으로써 효과적으로 내용을 견줘볼 수 있게 했다.

27개국 총 1,364편에 해당하는 설화 자료 가운데는 한국에 처음 소개되는 것들이 매우 많다. 1, 2권에 해당하는 캄보디아 설화는 대부분 길고 흥미로운 것들인데, 모두가 한국어로 처음 출판되는 것들이다. 필리핀과 몽골, 인도, 카자흐스탄 등의 수많은 이야기들도 대부분 새로운 것들로 구성돼 있다. 베트남과 중국, 일본 설화 가운데는 한국에 알려진 유명한 이야기들도 포함돼 있지만, 새롭게 소개되는 것들도 많다. 각국의 대표 설화, 예컨대 베트남 설화 〈의붓자매 떰과 깜〉이나 일본 설화 〈복숭아 동자 모모타로〉 같은 경우는 제보자마다 이야기를 구술해서 최대 7~8편에 이르는 각편을 수록했는데, 세부 내용상 크고 작은 차이가 있다. 각편(各篇)마다 미묘한 차이가 있는 것은 구비설화의 본래적 특징으로, 이는 중요한 연구대상이 된다. 각국 주요 설화의 구술자료 각편들을 생생한 구어로 풍부하게 갖춘 것은 해당 국가에도 없던 일로서, 본 자료집의 가치를 더욱 높여주는 요소가 된다.

구비문학에 낯선 독자들로서는 구술을 녹취한 본문이 처음에 다소 어색하게 여겨질 수도 있을 것이다. 하지만 찬찬히 읽어나가다 보면 구술 담화의 맛과 가치를 생생히 느끼게 되리라고 믿는다. 구술자의 다양한 목소리가 귀에 쟁쟁 울려오는 듯한 경험을 할 것이다. 이주민 구술자들에 대하여, 이들은 오롯한 문화적·문학적 주체이자 구비문학 아티스트라고 말하고 싶다. 설화를 전공하는 한국인 연구자들에게 한국어 구술로 큰 감동과 깨우침을 안겼으니 특별한 아티스트가 아닐 수 없다. 현지조사 과정에서도 틈나는 대로 부탁했거니와, 이들이 앞으로도 적극적인 설화 구술로 21세기 한국어문화의 한 주역이 되어 주기를 기대한다.

본 자료집은 구비문학 연구와 언어문화 연구, 다문화 한국사회 연구를 위한 기초 자료로 널리 활용될 수 있다. 학술연구 외에 문화콘텐츠와 교육용으로도 본 자료집은 큰 의의를 지닌다. 작가와 기획자들에게 새롭고 특별한 소재를 제공할 것이며, 각급 학교와 평생교육 기관 등에서 다문화 교육자료 등으로 활용될 것이다. 아울러 본 자료는 일반 독자들에게도 재미있고 소중한 문학적·문화적 경험을 전해줄 것이다. 한국인 독자들은 외국의 문학과 문화에 대한 이해를 넓히는 한편으로 이주민들에 대한 인식을 일신할 것이며, 이주민과 다문화가정 구성원들은 문화적 정체성과 자부심을 내면화할 것이다. 아무쪼록 이 책이 한국사회 구성원들이 열린 마음으로 서로를 이해하는 가운데 상생적 화합과 발전을 이루어나가는 데 기여하기를 바라는 마음이다.

3년간의 현지조사와 정리 작업은 한국학중앙연구원 한국학 토대연구 지원 사업에 힘입어 진행되었다. 꼭 필요한 지원이 이루어져서 좋은 자료들을 널리 수집할 수 있게 된 데 대해 감사의 뜻을 밝힌다. 자료의 출판은 연구지원과 별개로 이루어진 것으로, 출판사의 후의와 결단에 의해 이루어졌다. 자료집의 가치를 이해하고 기꺼이 출판을 맡아준 북코리아 이찬규 사장님과 편집부 김수진 과장님께 깊은 감사 인사를 드린다.

이 자료집이 나올 수 있었던 것은 현지조사와 자료정리의 실무를 맡아 수고한 전임연구원과 연구보조원들이 있었기 때문이다. 팀장을 맡아서 일련의 길고 힘든 작업을 훌륭히 감당해준 박현숙, 김정은, 오정미, 조홍윤 박사와 이원영, 황승업, 김자혜, 김현희, 한상효, 김민수, 이승민, 엄희수, 강새미 등 여러 연구원의 노고에 감사와 사랑의 마음을 전한다. 공동연구원으로서 현지조사와 연구작업을 적극 뒷받침해준 김영순, 황혜진 선생님께도 깊이 감사드린다.

이 책은 기꺼이 이야기를 들려준 여러 제보자들에 의해 이루어진 것이다. 낯선 조사자들을 반갑게 맞이하고 바쁜 시간을 쪼개어 열성껏 이야기를 풀어내 주신 130여 명 제보자들께 머리 숙여 인사드린다. 본 자료집이 특별하고 귀중한 문화유산으로 자리 잡아 오래도록 널리 활용됨으로써 제보자들의 열정과 노고가 빛을 발할 수 있기를 바라 마지않는다. 모두들 행복하게 씩씩하게 잘 지내면서 한국사회의 실질적 주역 구실을 해주시기를 기원하며, 다시 만나 많은 이야기들을 즐겁게 나눌 수 있기를 기대한다.

2022년 5월
저자를 대표하여
신동흔

목차

인도네시아

필리핀

홍콩

중국

일러두기

1. 본 자료집은 한국에 와 있는 세계 여러 나라 이주민이 한국어로 들려준 설화와 생애담, 문화 이야기 등을 화자가 구술한 대로 녹취하여 정리한 것이다. 현지조사는 구비문학 전공자들이 만 3년에 걸쳐서 진행했으며, 구비문학 조사 및 정리 방법에 따라 자료를 수집 정리했다. 27개국에서 온 130명 이상의 제보자를 직접 만나서 구술 자료를 녹음했다. 제보자의 주축은 결혼이주민이며, 유학생과 이주노동자도 포함돼 있다.

2. 자료집은 총 20권으로 구성되어 있으며, 총 1,364편의 구술 이야기 자료가 수록되어 있다. 1~16권에는 각 나라별로 신화와 전설, 민담 등 설화자료를 실었고, 17~20권에는 여러 나라 문화 이야기와 속신·속담, 신과 요괴 전승, 생애담 등을 종합해서 실었다. 별권으로 연구서 『다문화 이주민 구술설화 연구』를 갖추어 조사사업의 성격과 의의를 밝히고, 자료 총목록을 제시했다.

3. 모든 자료마다 조사일시와 장소, 제보자와 조사자 등 기본 구연정보를 제시하고, 이야기 줄거리(또는 개요)를 제시하여 이해의 편의를 도왔다. 그리고 모든 설화와 생애담 자료에 '구연상황'을 제시하여, 해당 이야기가 어떤 맥락에서 구술되었는지 알 수 있게 했다. 설화집에 해당하는 1~16권 말미에는 나라별 제보자에 대한 정보가 제시되어 있다. 제보자 인적사항과 특성은 조사 당시를 기준으로 삼은 것으로, 추후에 변동되었을 수도 있다.

4. 이야기 본문은 녹음된 내용을 그대로 받아 적었으며, 현장 상황을 생생히 전하기 위해 조사자와 청중의 반응 부분을 함께 담았다. 한국어 어법에 맞지 않는 구술도 그대로 반영하여 전사했으며, 오해의 소지가 큰 경우 괄호 속에 표준어 표기를 제시했다. 내용 이해를 위해 필요한 경우에는 각주를 달아서 보충 설명을 했다.

5. 이야기 본문에서 제보자의 구술 외에 조사자와 청자의 반응은 [ ] 속에 넣어서 정리했으며, 기타 보충설명은 ( ) 안에 제시했다. 여러 조사자가 발언한 경우 '조사자 1', '조사자 2' 등으로 표시했는데, 번호는 구연정보의 조사자 순서에 준한다. 본문은 이야기 전개 흐름에 따라 문단을 나누었으며, 대화에 해당하는 부분은 행을 바꾸어 표현했다. 대화에 부수되는 언술은 행을 달리하되, '고'나 '구'는 구어체 특성을 살려 대화문 뒤에 붙였다. 2인 이상의 제보자가 공동으로 구술한 자료는 각 제보자와 조사자의 발화를 단위로 삼아 단락을 나누는 방식으로 편집했다.

6. 본 자료집에 자료를 수록한 모든 제보자들에게는 사전에 자료공개 동의를 받았다. 다만, 생애담 등의 구술에서 사적 정보가 노출될 수 있는 부분은 내용을 일부 삭제하거나 **로 표시하기도 했다. 조사장소도 개인정보 보호를 위해 번지수와 같은 세부정보를 삭제했다.

베트남

베트남의 여러 금기와 속신

● **구연정보**

조사일시 : 2019. 01. 03(목) 오후
조사장소 : 서울시 광진구 화양동 건국대학교
제 보 자 : 팜하뷔 [베트남, 여, 1993년생, 유학 1년차]
조 사 자 : 신동흔, 오정미, 엄희수, 박현숙

● **개요**

베트남에는 여러 금기가 있다. 방의 침대에 누웠을 때 거울이 보이면 안 된다. 거울은 이승과 저승의 문이라고 생각하기 때문이다. 그래서 새벽에도 거울을 보지 않는다. 그리고 침대에 누웠을 때 발이 방문을 향하면 안 되는데, 죽은 사람만 이렇게 눕기 때문이다. 출발 시간과 날짜와 관련된 금기도 있다. 어디론가 출발할 때에는 정오나 자정에 집을 나서는 것은 피해야 한다. 또, 음력 3일, 13일, 23일에는 출발을 하면 안 되고, 어디에 도착할 때는 음력 7일, 17일, 27일을 피한다. 길을 나설 때 왼발로 출발하면 운이 좋고, 오른발로 출발하면 운이 좋지 않다고 여긴다. 결혼식이나 장례식 행렬을 만나는 일은 운이 좋다고 여기는 사람도 있고 나쁘다고 생각하는 사람도 있다. 전화번호를 정할 때에는 6과 8은 장사가 잘 된다고 생각하여 선호하고, 7과 8이 함께 붙어있는 것은 실패와 관련된다고 생각하여 피한다.

[조사자 4 : 또 다음 이야기 해주세요.] 아직 두 개 있어요. 두 개만 있어요. 그 방, 안방, 침실? 구조는 규칙도 있어요. [조사자 1: 이것도 이제 문화?] 문화, 문화죠. 그거는 거의 베트남 사람이 거의 이렇게는 따라 할 것 같아요.

거울? 거울 위치는 중요해요. 침대 앞에 아니면 침대 뒤에? 어쨌든 침대 주변에는 거울 있으면 안 돼요. 침대에서 누울 때는 거울이 안 보이게 그거는 제일 좋아요. 왜냐하면 거울에는 이승과 저승의 문이라서. 그거는 문이라서 연결되니까 잠을 잘 때에는 몸과 영혼이 이렇게 빼길 수 있으니까요. 그래서 침대 주변에는 거울이 없으면 더 좋아요. 있으면 잘 때는 그냥 가려지면 돼요. 그래서 가끔은 외국에 여행 갈 때는 호텔에서는 딱 침대 밑에는 이렇게 거울이 있으니까 저는 뭔가 가방이나 조금 셔츠로 이렇게 가려줘야 해요. 사실 저는 믿지 않는데, 어렸을 때부터 지금은 그거는 습관 되었어요. 안 믿어도 그냥 이렇게 해요.

그리고 침대 위치도 뭔가. 침대에 누울 때는 발이 이렇게 정문을 향하면 안 돼요. 그거는 그냥 죽은 사람만. 죽은 사람만 이렇게 발을. 정문만. 창문은 상관없어요. 정문만. 다른 지역에는 발과 머리는 다 안 돼요. 우리 집은 그냥 발만 피하면 돼요.

그래서 옛날에는 저희 방은 문 두 개 있어요. 이쪽도 있고 이쪽도 있으니까. 어쩔 수 없어요. 그래서 커튼 있어야 해요. 항상 그 커튼. 그거는 문인데 사용하지 않고 항상 커튼을 이렇게 가려줘야 해요. 그것도 있고. 밤에, 밤에 특히 한 두 시 세 시 정도? 새벽 정도? 거울에 이렇게 보면 안 돼요. 항상 그거는 연관되어서, 저승과 연관되어서. 밤에는. [조사자 1: 자정이 넘은 시간에 거울을 보면 안 돼요?] 네. 안 보이면 더 좋아요.

아니면 머리가. 머리 빗을 때. 밤에는 그냥 거울 보고 머리 빗지 말라고 하는 이야기도 있어요. 그런 이야기도 있어요. 저도 그 이유는 모르는데 그냥 엄마가 하지 말라고 해서. 그냥 이렇게 피해요. 어쨌든 그거는 어렸을 때부터 엄마도 아마 이유도 몰라요. 그냥 할머니에서 이렇게 말해줘서. 그냥 이렇게 따라 해요.

그리고 출발하는 시간? 이거는 조금 미신인데. 딱 열두 시는 출발하면 안돼요. [조사자 4: 집을 나가면 안 되는 거예요?] [조사자 1: 낮 12시, 밤 12시 상관없이?] 그냥 12시. 특히는, 여행하거나 조금 긴 거리 가면 12시에는 출발하면 안돼요. 낮 갈 때도 보통은 12시도 피할 거예요. 그때는 뭔가 순찰? 지옥에 관리 보는 뭔가 순찰하는 시간이라서 딱 12시에는 나가지 말라고. 그런 이야기 있어요. 뭔가 그래서 갈 때는 12시 넘고, 열두 시 5분 10분 정도? 최소는 5분이에요. 돌아가면, 집에 돌아가면 12시 전에, 최소는 5분? 11시 50분, 55분에는 출발해야 해요. 그래서 가끔은 저는 수업에 늦었어요. 늦었는데, 12시 되니까 나가지 말라고 해서, 알겠어. 근데 늦었어요. 어쩔 수 없어요. 뭔가 그때 나가면 교통사고도 생길 수 있으니까요.

차라리 늦어도 돼요. 수업 늦어도 돼요. 그거는 안전하기 위해. 저희 엄마가 그거는 조금 믿어서 그냥 엄마 안심하게 이렇게 따라해요. 근데 지금 한국에 있어도 그거는 거의 그렇게 따라 해요, 습관되어서. 나가기 전에는 조금 시간을 보고 12시면 조금 기다려요. [조사자 2: 12시가 저승이나 다른 세상 문이 열리는 시간이라고 생각을 하는 거죠?] 네. 그때는 문을 열고 이렇게 나가면. 어쨌든 베트남에는 오토바이가 많잖아요. 사실은 교통사고 많아요. 진짜 많아서 부모님은 걱정하는 이유도 있으니까 그냥 따라하면 돼요. 그것도 어려운 일도 아니라서 그냥 따라하면 돼요.

그리고 출발 날짜? 우리 날짜도. 그거는 비행기 표도 뭔가 영향을 받을 것 같아요. 뭔가 출발하면 음력 3일? 3일, 13일, 23일. 어쨌든 그냥 3일. 피하면 더 좋아요. 출발하면 뭔가 갈 때, 아니면 돌아가면 7일에, 7일, 17일, 27일에는 피해요. [조사자 1: 돌아가는 거는?] 네. 이유는 몰라요. [조사자 2: 그날은 비행기 표가 싸겠네?] 그날은 왠지 모르는데, 비행기 표는 왠지 모르는데 진짜 더 쌀 것 같아요 거의 다. 특히 3일과 7일에. 13일과 17일에는 그거는 지역마다 좀 다른데. 3일과 7일에는 음력이에요 음력. 그날에는 보통은 더 싸요. 이상하게. 근데 비행기 표만. 기차표와 버스표는 가격이 정해져있으니까 비슷해요. 근데 가는 사람이 많지 않아요. 빈 자리가 많아요.

그래서 저는 한국에 왔을 때도 저는 그때는 음력 13일? 딱 그날 출발해서 저희 엄마가 안 된다고 했는데 괜찮아요. 그때는 한국 시간에는 거의 14일 되었으니까 걱정하지 말라고 그냥 갔어요. 다행히 안전하게 도착해서. 그래서 도착하자마자 카톡으로 문자 보내야 해요. 그때는 한국에는 한 5시이면 (베트남에는) 아직 새벽 3시인데 저희 엄마가 아직 안 자요. 연락 기다리고,

“어, 알았다.”

하고 잤어요. 그냥 걱정해요. 저는 비행기 탈 때마다 저희 엄마가 항상 기다리고, 비행기 탑승할 때부터 도착할 때까지 안자고 그냥 기다려요. 그것도 있고. [조사자 3: 저는 다행히 음력 8일에 도착해요. (웃음)] 갈 때는 상관없어요.

그리고 나갈 때, 이거 진짜 이상한데. 나갈 때는 첫 걸음은 왼발인지 오른발인지 그거 의미가 달라요. 그니까 왼발이면 오늘은 운이 좋아요. 근데 이거는 정할 수 없어요. 우연히. 왼발이면 오늘 운이 좋은 것 같아요. 근데 오른발이면 오늘 운이 안 좋나 봐요. 그런 이야기도 있는데 저는 그거는 첫 걸음이라서 신경도 안 써요. 사실 몰라요. 정할 수 없으니까요. 그래서 뭔가 오늘은 진짜 운이 안 좋고 항상 나쁜 일만 만나면,

‘오늘 오른발로 뭔가 나간 것 같아요.’

그런 이야기도 있어요. 관용어적으로? 그거도 있어요. 근데 그것도 지역마다 좀 달라요. 다른 지역에는 이렇게 반대로 이야기도 있어요. 근데 어쨌든 항상 첫 걸음. 오늘은 어느 발에 그것도 몰라요. 정할 수 없으니까. 정하면 그거는 정확하지 않아요. 그래서 우리 그거는 정할 수 없어요. 그것도 있고.

그리고, 가는 길에 밖에 나갈 때 가는 길에 결혼식이나 장례식? 한국에는 항상 결혼식과 장례식은 따로 공간 있잖아요? 근데 우리는 집에서 할 수 있으니까 계속 길에서는 진짜 많이 만나요. 그래서 지역마다 조금 다른데, 저희 쪽은 결혼식을 만나면 운이 없어진 거예요. 왜냐하면 결혼은 좋은 일이잖아요. 그쪽에는 우리, 오늘 우리는 다 뺏겼어요. 그리고 장례식을 만나면 운이 좋을 거예요. 왜냐하면 그쪽에는 나쁜 일이 생겨서, 제 나쁜 운도 이렇게 다 없애 버렸어요. 근데 다른 지역도 반대 이야기도 있어요. 왜냐하면 결혼식에는 좋은 일이라서, 오늘 좋은 일 만나서 좋은 일 올 거예요. 근데 오늘 나쁜 일, 장례식이면 좀 슬픈 일이라서 오늘 아마 힘든 일, 슬픈 일도 만날 수도 있어요. 그런 이야기.

근데 다 뭔가 논리적으로는 다 있으니까. 저는 그냥 우리 쪽에는

반대라서 그냥 이렇게 믿어요. 믿는 것도 아닌 그냥 이렇게 생각해요. 근데 사실 결혼식인지 장례식인지 다 뭔가 좋은 날만 날짜도 잡잖아요. 그래서 오늘은 좋은 날이면 계속 결혼식을 만날 거예요. 오늘 장례식이 더 맞으면 계속 장례식을 만날 수도 있어요. 근데 가끔은 오늘 너무 좋은 날이라서 집 건너편? 건너에는 이쪽에는 결혼식인데 이쪽에는 장례식 있을 수도 있어요. 그런데 조금 애매한 상황인데 어쩔 수 없어요. 결혼식은 오랫동안 계획 짰잖아요. 근데 장례식은 갑자기 생겨서 어쩔 수 없어요. 근데 그때는 둘 다 조금 불편한데 어쩔 수 없어요. 근데 그거는 그냥 미신이에요. 미신. 미신인데,

근데 어쨌든 다 베트남 사람은, 젊은 사람은 아마 그런 생각 많지 않은데 한 30대, 40대는 거의 다 이렇게 믿어요. 젊은 사람은 지금 조금 서양 쪽을 영향을 많이 받아서 그거는 안 믿는 사람이 많아요. 조금 큰 도시라서 아니면 어렸을 때부터 유학 간 사람? 그거는 안 믿어요. 근데 서양이라도 미신 있잖아요. 어렸을 때, 아니 작년에 어학당 다녀서 미신 축제, 축제에 대해서 공부해서 미신을 공부할 때는 서양 쪽 친구들도 미신 있잖아요. 근데 우리처럼 이렇게 많지 않아요. 베트남은 조금 중국에 영향을 많이 받아서 베트남과 중국의 미신은 그거는 좀 많이 비슷해요. 비슷한 점도 많고. 거의 다 비슷해요. 사실 거의 다 비슷해요. 한국과도 비슷해요. 비슷한 것도 많아요. 아까부터 비슷한 거 하나도 없어요? [조사자 1: 지금 말한 것 중에요?] 하나도 없어요? [조사자 1: 지금 말한 것 중에는 없어요.]

[조사자 4: 베트남 사람들은 3이랑 7의 숫자를 별로 안 좋아해요?] 아니에요. 그거는 없어요. 그날 출발 날짜만. 숫자는 상관없어요. 근데 전화번호처럼. 아 우리나라는 좀 달라요. 한국에는 한 명의 전화번호 뭔가. KT, SKT는 하나만 있잖아요. 하나만 만들 수 있는데 우리는 그거는 상관없어요. 그냥 돈을 내면 여러 개 있으니까 전화번호를 정할 때 선호하는 숫자 있어요. 6과 8이에요. 6은 뭔가. 어쨌든 6과 8은 조금 뭔가 장사하면 잘 가요. 장사 잘 하고. 운도 좋아요. 그런 느낌 있으니까 6과 8을 선호하고. 근데 0은 앞에 있으면 안 돼요. 0은 부정이잖아요. 06이면 안 돼요. [조사자 1: 우린 다 0으로 시작하는

데. (웃음)] 06이면 안 돼요. 06, 08이면 안 되고, 7과 8은 같이 있으면 안 돼요. 78은 뭔가 실패해요. 그래서 78은 같이 있으면 안 돼요.

근데 제 생일은 8월 27일이라서, 전화번호는 78, 그것밖에 없잖아요. 아니면 2708, 다 안 좋아요. 그래서 베트남 있을 때 제 전화번호는 생일과 관련 없어요. 저희 엄마가 그거는 안 좋다고 생각해서. 전화번호도 이렇게 마음대로 선택할 수 없어요. 그래서 뭔가 좋은 전화번호는 6과 8이 많이 있는 거? 그래서 그 전화번호는 조금 비싸게 팔 수 있어요. 근데 일반적으로는 전화번호는 그냥 그래요. 아니면 뒷번호는 네 자리는 다 비슷한 숫자? 2222처럼. 아 2하면 안 돼. (웃음) 그냥 이렇게 뭔가 장사하는 사람은 거의 전화번호 뒷자리 거의 다 뭔가 6868, 아니면 6688 이렇게 정하는 게 아닌데 그거 믿어서 이렇게 선택해요.

우리는 13 번호도 피하지 않아요, 그냥 그래요. 4 번호도 피하지 않아요. 근데 가끔은 지금은 서양 쪽 좀 영향 받아서 가끔은 건물에는 13층도 없고 바로 14층? 아니면 다른 번호로. [조사자 1: 그 서양의 영향을 받아서 그런 거죠?] 근데 다 아니에요. 일반적으로 그냥 1부터.

베트남의 임산부 금기 관습

● **구연정보**

조사일시 : 2017. 08. 11(금) 오후
조사장소 : 경기도 가평군 청평면 상천리
제 보 자 : 쩐티아이쑤언 [베트남, 여, 1988년생, 결혼이주 7년차]
조 사 자 : 박현숙, 김현희

● **개요**

베트남에서는 임신했을 때 상에 바로 앉아서 식사를 해야 한다. 돌아다니면서 먹으면 길에서 출산한다는 말이 있다. 예쁜 아이를 낳으려면 예쁜 과일을 예쁜 그릇에 담아 먹으며, 화장을 하지 않는다. 덜 익은 파파야를 먹으면 태아가 죽을 수도 있어서 먹지 말아야 한다. 또 임신했을 때 돌 위에 앉거나 서면 고집이 센 아이가 태어난다고 믿는다. 출산 후 생파파야와 돼지족을 우려서 먹으면 젖이 잘 나온다.

베트남에서 임신할 때는, 아, 맞다. 임신할 때는 먹는 거 말고. 그냥 임신할 때는 먹고 그냥 똑바로 상으로 앉아서 먹고, 길에서 갔다 왔다 갔다왔다 먹으면 안 된다고. 나중에 애기 태어나면 길에서 떨어져요. 그런 소리예요. [조사자: 떨어진다고?]

이렇게 우리 임신할 때는 먹고 싶은 음식은 그냥 [조사자: 한 자리에?] 네, 한 자리 똑바로 앉아서 먹고, 그릇에 예쁘게 담아서 먹고, 그리고 과일은 예쁜 과일만 먹으라고요. 못 생기는 과일은 먹지 말고. 나중에 애기 태어나면 안 예뻐져요.

그리고 임신할 때는 화장하지 말라고요, 화장. 화장하면 나중에 애기 얼굴은 안 예쁘고 못생겨요.

그리고 임신할 때는 돌 위, 돌 위에 앉아 서지 말라고요. 나중에 애기는 나오면 말을 안 들어요. [조사자: 돌 위에 서면 나중에 애가 말을 안 듣는다고?] 고집 세. [조사자: 고집이 세다고.] 그런 거.

[조사자: 그리고 왔다갔다 하면서 먹으면 어떻게 된다고요?] 갔다왔다 먹으면. 그냥 우리 먹으면 이렇게 앉아서 먹어요. 우리 이렇게 임신하는데 (일어서서 왔다갔다하는 시늉을 하며) 이렇게 먹으면 나중에 애기 출산할 때는 병원에 아직 못 들어오는데 길에서 낳는다고요. 그런 뜻이에요. [조사자: 길에서 낳는다고. 한 자리에 가만히 앉아서 먹어야 되고.] 네.

그런데 먹는 거는 다 먹을 수 있어요. [조사자: 음식을 가리지는 않아요?] 네. 한국에서처럼 뭐 닭이나 뭐 오리나 먹지 말라고 아니고, 다 먹을 수 있어요. 뱀도 먹고 다 먹어요. 그런데 먹을 때는 똑바로 앉아서 먹으면 돼요. 그리고 과일은 모두 다.

아, 맞다. 과일은 한 가지 먹지 말라고요. [조사자: 어떤 과일 못 먹어요?] 익은 파파야 말고, 생 파파야. 그거 먹으면 애기 죽어요. 애기 없어져요. 그거 먹으면 안 돼요.

근데 애기 태어날 때는 생 파파야하고 족발을 같이 끓여서 먹으면 젖이 엄청 많이 생겨요. 미역국처럼. 근데 임신 때는 그거 생 파파야는 먹으면 안 된다고요. [조사자: 그래서 젖이 안 나올 때는 족발하고 생 파파야를 우려서 먹어요?] 네. 끓여서. 팍팍 끓여서 사골처럼 끓여요.

[조사자: 한국에서 사골도 많이 드셔보셨죠?] 저 안 먹어요. [조사자: 원래 안 좋아하셔서 안 먹어요?] 안 좋아요. 집에서 가끔씩 끓이는데 저는 그 별로 안 좋아요. 그거 사골국은, 사골하고 만두하고 떡국을 같이 끓여서 그때 먹고 그냥 안 먹어요. [조사자: 사골 국물만은 안 드시고?] 네. 안 먹어요.

임신과 관련한 금기와 속신

● **구연정보**

조사일시 : 2018. 02. 06(화) 오후

조사장소 : 경상남도 진주시 상대동 진주 YWCA 다문화작은도서관

제 보 자 : 찐티배트 [베트남, 여, 1985년생, 결혼이주 4년차]
이유나 [베트남, 여, 1991년생, 결혼이주 7년차]

조 사 자 : 박현숙, 김민수

● **개요**

베트남에서는 임신했을 때 금기시하는 행동은 장례식장에 가지 않으며 길을 걸을 때 줄이 있는 곳으로는 건너지 않는다. 줄 있는 곳을 건너면 태아가 탯줄을 목에 감아서 태어날 때 위험하다고 믿기 때문이다. 금기시하는 음식은 여주이다. 여주를 임신 초기에 먹으면 유산 위험이 있고, 임신 말기에 먹으면 조산 위험이 있다. 그리고 궁합이 맞지 않는 음식은 생명에 지장을 줄 수 있기 때문에 조심한다. 임신했을 때 권장하는 음식도 있다. 한국에서는 임신하면 피부가 좋지 않은 아이를 출산하거나 앉은뱅이 아이를 출산한다는 부정적 인식 때문에 닭이나 오리 요리 섭취를 금기시 하지만, 베트남에서는 거위 알 한 개와 닭발 섭취를 권장한다. 거위 알을 먹으면 똑똑한 아이를 낳고 닭발을 먹으면 크고 힘이 좋은 아이가 태어난다고 믿기 때문이다.

조사자 : 또 뭐 이렇게 금기어라 그러잖아요? 뭐 하면 안 되고 그런 것들 있어요? 임신했을 때 뭐 먹으면 안 되고 그런 거.

찐티배트 : 임신했을 때는 그 장례식장 가면 안 돼요.

조사자 : 장례식장 가면 안 돼요.

이유나 : 또 예쁜 거 먹어야 돼. 깨진 것도 못 먹고.

찐티배트 : 예쁜 거.

이유나 : 또 줄 밑에 이런 줄도 건너가면 안 돼.

조사자 : 어디?

이유나 : 길을 갈 때 줄 있잖아요.

조사자 : 줄 있는 데를 가면 안 돼요?

이유나 : 건너가면 안 돼, 안 좋대요.

조사자 : 안 좋대요?

이유나 : 그거 건너가면 애들 목 그거 조르고. 그런 게 있어.

찐티배트 : 탯줄 있잖아요. 탯줄 목에 둘러가지고 태어날 때가 안 돼. 위험해.

이유나 : 또 베트남은 임신 할 때 거위 알 한 개 먹으면 애기가 좋대요, 거위 알.

조사자 : 그래서 꼭 거위 알을 먹어요.

이유나 : 한 개만 먹으면 애기 좋아요, 거위 알. 그래도 우리 임신 때 한국서 거위 알 없어서 못 먹어요. (웃음)

찐티배트 : (이유나 제보자가 베트남어로 제보자에게 설명하는 내용을 다 듣고 나서) 아, 그거 먹으면 애기 머리가 좋대요.

이유나 : 머리가 똑똑해져요. 한국에서 제가 임신할 때 시어머니가 제가 오리 먹지 말래요.

조사자 : 아. 왜 먹지 말래요?

찐티배트 : 피부가 안 좋아요.

이유나 : 오리 먹으면 또 그 베트남은 괜찮은데 한국에서 오리 먹으면 나중에 애기든, 딸이든 오리처럼 앉은뱅이로 걸어요. 그런데 베트남에서는 먹고 싶은 건 다 먹고.

찐티배트 : 닭은 먹으면 애기 피부가 닭처럼 그렇게 된다고.

이유나 : 그런데 베트남 있을 때 닭발은 안 먹어야 돼.

조사자 : 뭘 안 먹어? 닭발? 먹으면 안 돼요?

이유나 : 아니 먹어야 돼.

조사자 : 아, 먹어야 된다고.

이유나 : 그거 닭발 먹으면 애가 닭처럼 크고 애기 나오면 더 쉽게 나와요. 애기 빨리 빨리 나와요. 그런 것도 있어요.

찐티배트 : (이유나 제보자가 베트남어로 제보자에게 설명하는 내용을 다 듣고 나서) 아, 뭐지? 임신 초기. 임신 초기랑 말기에 그그 그그, 그 뭐지?

이유나 : (찐티배트 제보자가 베트남어로 한국어 번역 단어를 묻자) 여주.

찐태배트 : 여주 먹으면 안 돼요.

찐티배트 : 유산된대요.

조사자 : 아, 유산된다고.

찐티배트 : 어, 초기에 먹으면 유산되고 말기에 먹으면 조산해요.

조사자 : 그건 한국도 그런가요?

찐티배트 : 한국에는.

조사자 : 저도 잘 못 들어봐서. 그럼 임신 말고는 뭐 또 다른 걸로 금기시하고 음식 먹을 때나 그런 건 없어요?

찐티배트 : 음식들 서로 먹으면 죽는 음식도 있대요.

조사자 : 죽는 음식?

찐티배트 : 아니, 이거 먹다가 저거 먹으면 죽는다구요. 근데 어떤 사람은 베트남에서 고동, 고동 말고 우렁? 우렁 아냐? (이유나 제보자와 베트남어로 잠시 대화를 나누다가) 우렁 같은데.

조사자 : 논에 서 나오는.

이유나 : 논에서 나오는 거 고동 그거.

찐티배트 : 그거 먹고 베트남에 있는 나무. 나무 그 나무를 먹으면 남자는 그 성기가 없어졌대요. 그거 먹으면 없어진대요. 아니 없어지는 건 아니고.

조사자 : 작아져?

찐티배트 : 작아진다고요. 근데 실제로 사람이 먹는데 아무것도 괜찮은데 아무것도 일 없다고 하더라구요.

베트남의 식용 금기 동물

● 구연정보

조사일시 : 2016. 11. 17(목) 오전
조사장소 : 강원도 횡성군 횡성읍 읍상리
제 보 자 : 누구엔티미두이엔(원지영) [베트남, 여, 1989년생, 결혼이주 6년차]
조 사 자 : 박현숙, 김현희

● 개요

베트남에서는 뱀, 고양이, 개를 잡아먹으면 안 좋은 일이 생긴다는 믿음이 있다. 고양이를 잡아먹은 사람이 재산이 빠져나가고, 하는 일마다 잘 안 되었다는 이야기를 들은 적이 있다.

[조사자: 베트남에서는 어떤 동물들 중에 우리에게 행운을 주는 동물들이 있으면, 사람들에게 되게 해를 끼치는 동물이 있어서 함부로 죽이면 안 되고, 이런 동물들이. 혹시, 신성하게 여기는 동물들이 있어요?] '그 동물 죽이면 안 좋은 일이 생긴다.' 이거죠? [조사자: 네네.] 있어요. 고양이? 고양이 아니면 뱀. [조사자: 고양이나 뱀?] 네. 뱀을 죽여 버리고 그냥 죽여 버리는 게 아니라 잡아먹잖아요. 그러면 안 좋은 일이 생겨요. 꼭.

[조사자: 뭐 혹시 안 좋은 일 생긴 사람 이야기 들어본 적 있어요?] 들어는 봤어요. 먹고 나서 완전히 어디나 재수가 없는 거처럼 일이 하나도 안 되고, 그리고 갑자기 집안에, 집안에 돈이 원래 있었는데, 어디 다 나갔는지 다 모르겠어. 어떻게 쓰는지. [조사자: 아, 돈이 술술 빠져나가요?] 네. 진짜 그러니까 그거 먹지 말라는 거죠. [조사자: 그 사람 뭘 먹었어요?] 고양이. [조사자: 고양이.] 예. 진짜 안 좋아요. 운이가.

근데 먹는 사람은 먹어요. 말 안 들어서. [조사자: 그러면 고양이 먹으면 나쁘다고 하는 무슨 속담 같은 것도 있어요?] 속담은 없고. 그런 사람이 있으니 조심해야 되는 거예요.

[조사자: 그냥 그런 사람 있었으니 조심해라. 뱀을 함부로 잡아먹으면 안 되고, 그다음에 고양이도 함부로 먹으면 안 되고. 또 뭐 있어요?] 강아지. [조사자: 강아지도?] 네. 개. [조사자: 개도 잡아먹으면 안 좋다고 이야기해요?] 네. [조사자: 한국에 와서 개고기 먹는 사람들 이야기 듣고 깜짝 놀랐겠네요. 그러면?] 네. 저는 한국 사람 개고기 잘 먹는다 했어요. 그런데 다행히 저희 남편은 안 먹었어요.

버드나무로 만든 바구니처럼

● **구연정보**

조사일시 : 2018. 11. 19(월) 오후
조사장소 : 서울시 관악구 신림동 서울대학교
제 보 자 : 쩐티빅프엉 [베트남, 여, 1977년생, 기타]
조 사 자 : 오정미, 엄희수

● **개요**

베트남에 며느리와 시집 식구에 관한 유명한 표현이 있다. 시아버님은 공작새와 봉황새처럼 공경해야 하고, 시어머님은 새로 만든 불상처럼 조심히 대접해야 한다. 며느리는 버드나무로 만든 바구니처럼 꾸중을 듣는 대상이다.

[조사자 1: 근데 궁금한 게 저는 베트남은 그래도 시집살이가, 한국은 시집살이가 많잖아요. 이야기도 많고? 베트남도 그래요?] 네, 그래요. 베트남도 비슷한 얘기 되게 많이 있어요. 어, 처음에는 시집 올 때 어머니는 그냥 뭐지?

'아버님께서는 그냥 공작새하고 봉황새처럼 공경하게 해야 된다.'고.

어머니는 어, 그, 시로, 말씀하는 거구요. (베트남어로 말한 후) 그리고

'시어머님은 산불, 좀 비슷한 거는 새로 만든 불상처럼 좀, 조심하게 대접해야 한다.'고.

그렇게. [조사자 1: 시어머니는?] 네.

'시어머니는 새로 만든 그 불상, 불상처럼 조심하게 대접해야 한다.'

시아버님은 공작새나 봉황새처럼 공경하게 대접해야 한다, 그런 말 있어요.

[조사자 1: 이런 말이 있는 거예요?] 있는데, 시로. 6·8체 전통 시 장르. [조사자 1: 저희가 내용은 들어도 모르겠지만, 베트남어로 한 번 그 시 한 번만 말씀해주시겠어요?] 다 알아요, 원래. 이렇게 그냥 음.

(제보자가 베트남어로 시를 적어줌.)

그리고 그 새로 온 며느리는 그냥 그, 뭐지? 여기 모으는 그, 통? 통처럼 생긴 거 뭐라고 할까? 원래 한국도 있는데 그, 뭐지? 버드나무 가지를 엮어 만든 그, 통 있잖아요. [조사자 2: 바구니?] 네, 그래요. 바구니인데 깊은, 속이 깊은 바구니 뭐라고 할까요? [조사자 2: 따로 부르는 말이 있어요?] 있는 거 같은데 제가 기억하지 않아요, 그거. 기억 안 나요. 아주 바구니인데 아주 큰 거, 깊이, 깊이 아주. [조사자 1: 대나무로 만든.] 대나무로 만든 그거. 뭐라고 할까? [조사자 1: 며느리를 거기에다가 비유해요?] 네, 그냥.

(조사자들이 스마트폰으로 검색함.)

'새로 온 며느리는 책망이나 꾸중을 듣는 그 통처럼 꾸중이나 많이 듣는 대상이다.'

그렇게 해요.

(제보자가 베트남어 사전에 검색함.)

버드나무 가지 엮어 만든 바구니, 아주 깊, 깊이가 좀 있고 그냥 얇은 거 아니라 좀 깊은 거. 바구니가, 깊은 바구니. 그거 버드나무 가지로 만든. [조사자 1: 버드나무 가지로 만든. 그 며느리는 버드나무 가지로 만든.]

'바구니처럼 꾸중을 많이 받는 대상이다.'

그 원래 바구니는 좀 여러 가지 담고 있는 대상이잖아요. 그래서. (웃음) [조사자 1: 뭐든지 다.] 다 들어있는 거, 며느리도 똑같애요. 꾸중이나 책망이나 뭐 여러 가지 다 뭐지, 그. 심부름, 심부름 다 모든 거, 다. 시켜도 괜찮다고 그런 대상이다, 그렇게. [조사자 1: 참, 어딜 가나.] (일동 웃음) 그리고 여기 그냥, 아까 재미있는 게 여기는 그, 여기 있구요.

(베트남어로 적어줌)

여기는 그, 마이(베트남어)는 그냥 절하면서 하는 거예요. 그,

"어머니, 어머니 빕니다. 제가 그냥 속에 있는 물을 배출하러 갑니다."

[조사자 1: 비는 거예요? 그냥 한 번 읽어 주, 녹음이 되게 한 번 해주세요.] (제보자가 베트남어로 읽음.)

[조사자 2: 선생님도 시집살이 겪으셨어요?] 괜찮았어요. [조사자 2: 괜찮았어요?] 왜냐면 시아버님도 시어머님도 그냥 다 선생님이세요. 그러니까 좀. [조사자 2: 시아버지 시어머니 다 선생님이세요?] 네, 다 선생님이세요.

[조사자 1: 야, 재밌다 이게. 그럼 혹시 사위는 뭐에 비유하는 거 없어요? 사위는 없어요? 베트남도?] 되게 많이. [조사자 1: 시어머니, 시부모님, 며느리, 비유를 다 하나하나 했잖아요. 그 외에는 뭐.] 사위, 사위. 사위는 그 뭐지? 잠시만요. 기억을 좀 더듬어야.

음. 보통은 그, 베트남 사람들이 좀 한국 좀 비슷한 거. '건가이 Con gái' 그냥 그, 다른, 다른 사람의 딸이다.

'며느리는 진짜 나의 딸이다.'

그런, 생각이 있어요. 왜냐면 며느리가 나랑 함께 계속 끝까지 살고 있으니까. 며느리가 진짜 내 딸이다. 그런데, [조사자 1: '사위는 진짜 나의 딸이 아니다.'] 그거 아니고. 사위. 베트남 사람은 이렇게 생각해요.

'며느리는 딸이고, 사위는 손님이다.'

[조사자 1: 한국하고 똑같네요?] 조우껀제이칵dâu Con rể khách 어, 그렇게 해요.

'며느리는 딸이고 사위는 손님이다.'

손님처럼 대접해야 된다고. [조사자 1: 어, 똑같구나. 에이 그냥 우리 남편이랑 살아야지.] (일동 웃음) [조사자 1: 똑같네 뭐. 그렇구나. 똑같네요. 저희도 왜, 사위를 백년손님이다. 그러거든요.] 끝이에요. [조사자 3: 딸이면 딸처럼 잘해줘야지.] [조사자 1: 바구니처럼 그냥. 꾸중만 하고.] (일동 웃음)

[조사자 1: 아 재밌다. 오늘 알았어요. 저는 베트남은 가모장? 약간 엄마, 여자가, 여자의 좀 위치가 한국보다 높다고 생각했거든요. 근데 비슷하네요.] 비슷하죠. 물론 그냥 한국에 비하면 좀, 어느 정도는 위치가 있는 거 같구요. 음, 좀. 그런 가능성이.

수저를 멀리 잡으면 멀리 시집간다

● **구연정보**

조사일시 : 2016. 11. 12(토) 오후
조사장소 : 강원도 횡성군 횡성읍 읍하리
제 보 자 : 누구엔티미두이엔(원지영) [베트남, 여, 1989년생, 결혼이주 6년차]
조 사 자 : 박현숙, 김현희, 김민수

● **개요**

수저를 잡을 때 멀리 잡을수록 시집을 멀리 간다고 한다.

[조사자 1: 한국은 젓가락 끝에 잡으면 시집 멀리 간다고.] [조사자 2: 이것도 있어요. 연필 너무 가까이 잡으면 처가에 가까이 산다고.] [청자: 뭐를 믿는다고 하지 않아요? 신?] [조사자 1: 미신, 미신.] [조사자 1: 저는 멀리 가고 싶어서 (숟가락 끝자락 짚는 시늉을 하면서) 이렇게 잡은 적도 있어요.] 젓가락은 우리 있어요. 숟가락, 젓가락.

[조사자 1: 숟가락, 젓가락은 베트남에도 있어요?] 네. 끝에 이렇게 조금 잡으면 시집 멀리 가고, 가깝게 잡으면 가깝게 가고.

[청자: 사람 사는 게 다 똑같은가 봐요.] (웃음) 근데 믿는 사람은 믿고 안 믿는 사람은 안 믿고. [청자: 그거는 과학적으로 말고 철학적으로 인정이 되는 것 같아요.] [조사자 1: 맞아요.]

나무 하나면 부러지나 여러 개면 안 부러진다

● 구연정보

조사일시 : 2016. 11. 27(일) 오후
조사장소 : 충청북도 진천군 덕산면 용몽리
제 보 자 : 누엔티김퍼 [베트남, 여, 1990년생, 결혼이주 7년차]
조 사 자 : 오정미, 이원영

● 개요

잘 부러지는 가늘고 약한 나뭇가지라도, 여러 개가 함께 모이면 부러뜨리기 힘들다는 내용이다. 한국에서도 흔히 쓰는 표현이며, '백지장도 맞들면 낫다'라는 한국 속담의 협력의 의미와도 상통한다.

속담은 그 나무, 이제 나무가 이쑤시개 같은 거 하나면 잘 부러진다고, 여러 개 모이면 안 부러진다고.

[조사자 1: 아 그, 그런 거, 어우 잘 했다. 어 맞어, 맞어.] [조사자 2: 한국에도 있어요.] [조사자 1: 여러 개면 안 부러진다. 오케이. 그니까 여러 명이 협동해라. 이런 뜻이야.] 네.

비가 온 후에 무지개가 뜬다

● **구연정보**

조사일시 : 2017. 12. 11(월) 오전
조사장소 : 충청북도 청주시 서원구 모충동
제 보 자 : 팜티루엔(김민주) [베트남, 여, 1987년생, 결혼이주 11년차]
조 사 자 : 신동흔, 오정미, 한상효

● **개요**

고생 끝에 낙이 온다는 의미의 베트남 속담 '비가 온 후에 무지개 뜬다'가 있다. 뒤늦은 후회를 의미하는 '소 잃고 외양간 고친다'는 속담도 있다.

[조사자 2: 한국에도 뭐뭐 하면 뭐뭐 된다. 뭐뭐하면 안, 된다. 또 뭐, 뭐라는 속담이나 이런 하면 안, 된다는 이야기가 많은데 베트남에는 그런 거 재밌는 거 없어요? 그런 이야기들 없어요? 이렇게 하면 한국에서는 밥 먹고 누우면 소된다. 막 이런 이야기들이 있는데, 그런 식으로? 그런.]

속담? [조사자 1: 네. 속담.] 속담 있어요. 한국 거하고 베트남하고 비슷한 거 많아요. [조사자 1: 그런 이야기 소개해 주세요.]

뭐라 하지 고생 끝에 뭐라 그러지. 뭐가 받는다? [조사자 2: 낙이 온다.] 어, 낙이 온다. 그리고 그 뭐였지. [청자(띵티름): 어, 있다. '비가 온 후에 무지개 뜬다'.] 음 그런 것도 있고. [조사자 2: 비가 온 후에?] [조사자 1: 무지개 뜬다.] [조사자 2: 무지개 뜬다. 좋네요. 한국에서는 비가 온 후에 땅이 굳어진다 이렇게 이야기하는데.]

그리고 소. 잃고. [조사자 1: 외양간.] [청자: 외양간 고친다.] [조사자 1: 똑같은 게 있어요?] 그거 똑같은 뜻이 있어요. [조사자 1: 똑같은 의미이긴 한데 베트남 말로도 소 잃고 외양간 고친다예요?] 네. 맞아요. 네. 베트남어로는. (베트남어로 이야기하고) 똑같애요. 소 잃고 나서는 소 집을 다시 고치는 거. [청자: 거의 똑같, 속담 거의 똑같, 속담 의미가 뜻이 다 똑같아요.]

캄보디아

케이크는 그릇보다 클 수 없다

● **구연정보**

조사일시 : 2016. 11. 14(월) 오후
조사장소 : 서울특별시 서대문구 대현동
제 보 자 : 소다니스 [캄보디아, 여, 1986년생, 유학 4년차]
조 사 자 : 박현숙, 김민수

● **개요**

〈똠과 띠우의 사랑〉 이야기와 관련된 속담으로 자녀는 결혼할 때 부모의 뜻을 거스를 수 없다는 뜻이다.

원래는 그런 말은 우리 속담에 있어요. [조사자: 어떤 속담이 있어요?] '놈리은톰진리오.'

[조사자: 무슨 뜻이에요? 한국말로 번역하면?] 번역하면. 그 부모님이 항상 높아요. 부모님이 이 사람하고 결혼하라고 하면 해야 해요. 그런 뜻이에요. [조사자: 부모님이 정해준 사람과 결혼해야 한다. 그런 뜻이 있어요?] 네네. 그냥 부모님 따라 해야 해요.

[조사자: 부모님이 시키는 대로 해야 해요? 그럼 똠이나 띠오나 이런 표현이 들어가요? 그 속담에?] 속담에? [조사자: 똠 띠오 이야기랑 관련된 말 있어요?] 만약에 이런 속담 말하면, 다 그 똠 띠오 생각나요. [조사자: 근데 거기 쓰는 말에는 똠 띠오와 관련된 표현된 말은 하나도 없고?] 글쎄요.

[조사자: 그 속담 말할 때, 그런데 사람들은 그 속담을 말하고. 다시 한 번만 말해 주겠어요? 캄보디아 말로? 부모님이 정해준 대로 결혼해야 한다고 하는.] 아,

‘놈리은톰진리오.’

‘놈’은 먹는 거, ‘리은’은 만드는 그릇. [조사자: 그릇?] 네. 그런 거? [조사자: 그러면 먹는 것과 그릇하고 그다음에 이어지는 말은 어떤 뜻이에요? 그 속담.] 다른 단어? [조사자: 그 뒤에 이어지는 단어.] 아, 놈리은톰진리오. 그냥 그릇이랑 케이크랑, 케이크는 그릇 더 크지 않아요. 보통 케이크는 그릇에다 놓고, 근데 그릇 항상 이거, 이거는 이거.

[조사자: 그릇은 부모가 되는 거고 그거는 그럼 자녀가 되는 거네요.] 이거(케이크)가 이것(그릇)보다 더 크지 못해요. [조사자: 그러니까 이게 자식이 되는 거죠? 그리고 큰 그릇이 부모가 되어서 부모 뜻을 따라야 한다는 거죠?] 네네.

[조사자: 그러니까 사람들은 이 속담 이야기를 하면 자연스럽게 똠 띠오 이야기를 자연스럽게 생각한다는 거죠?] 네. 그런데 지금은 바뀌었어요.

떡이 그릇보다 클 수 없다

● **구연정보**

조사일시 : 2016. 12. 17(토) 오후
조사장소 : 강원도 횡성군 횡성읍 읍하리
제 보 자 : 체아다비 [캄보디아, 여, 1983년생, 결혼이주 8년차]
조 사 자 : 박현숙, 김민수

● **개요**

자녀는 부모의 뜻을 거스를 수 없다는 뜻의 캄보디아 속담이다. 이 속담은 캄보디아에서 유명한 〈똠과 띠우의 사랑〉 이야기와 관련이 있다.

[조사자: 그 똠 띠우 이야기랑 관련해서 자녀들이 결혼을 할 때 반드시 부모님의 말을 들어야 한다 이런 속담 같은 게 있어요?] 속담? [조사자: 뭐 케이크는 그릇보다 더 크면 안 된다? 그런 뜻이라던데.] 아, 있어요. [조사자: 그게 어떤 뜻인 거예요?]

떡이 캄보디아 말로는 '놈언통진레이'예요. '떡이 그릇보다 클 수 없다.' 그런 뜻이에요.

[조사자: 그러면 그 의미가 똠 띠우 이야기와 관련이 있는 거예요?] 네, 네네.

[조사자: 그럼 어떻게 관련이 있는 거예요?] 놈언통진레이는 부모한테 말 잘해야 한다. 무조건 내가 이거 정하니까 인제 너는 거절할 수가 없다.

[조사자: 그러니까 부모가 시키는 대로 해야 한다? 부모 말을 거절하면 안 된다?] 딸은 떡이고 엄마는 그릇이니까 그릇이 떡보다 크잖아요. (웃음) 그런 거 뜻이에요.

강 위의 배는 뒤집어도 되지만 집은 불이 나면 안 된다

● **구연정보**

조사일시 : 2018. 02. 06(화) 오후
조사장소 : 경상남도 진주시 상대동
제 보 자 : 썸마카라 [캄보디아, 여, 1988년생, 결혼이주 4년차]
조 사 자 : 김정은, 황승업, 강새미

● **개요**

캄보디아에서는 아버지를 배에 비유하고, 어머니를 집에 비유한다. 속담 중에 배는 뒤집어져도 되는데, 집에 불이 나면 안 된다는 말이 있다. 아버지보다 어머니가 더 중요하다는 뜻을 담고 있다.

배, 뭐지, 한 가운데 배를 뒤집어도 되는데 화재하면 안 된대요. 그 뭐지, 강 가운데 배를 뒤집어도 되지만, 화재 생기면 안 된대요.

그 배는 아빠랑 비교하고, 집은 엄마랑 비교해요. 강 가운데 있는 배는 아빠랑 비교해요. 집은, 집 안에 있는 거는 가득해요. 물건들이 화재 생기면 모든 게 다 없어지는 거예요. 근데 배는 달라요. 배 안에 들어있는 거는 많지는 않아요. 그래서 나쁘다는 나쁘지만, 근데 그냥 그래도 배 뒤집어도 될 수 있지만, 화재는 절대 안 된다. 그래 엄마는 그 집이랑 비교하고, 배는 아빠랑 비교.

[조사자: 그럼 엄마가 더 중요하다는 얘기예요?] 네. 엄마, 캄보디아 사람은 여자 엄지로 생각해요. [조사자: 여자가 엄지예요? 그거 좋은데요.] 그 여자 사회예요. 그래서 결혼하고 나서는 여자 집으로 가는 거예요.

눈다래끼 났을 때 하는 말

● **구연정보**

조사일시 : 2016. 11. 14(월) 오후
조사장소 : 서울특별시 서대문구 대현동
제 보 자 : 소다니스 [캄보디아, 여, 1986년생, 유학 4년차]
조 사 자 : 박현숙, 김민수

● **개요**

캄보디아에서 눈다래끼가 났을 때, 상대방을 지목하여 쳐다보면서 '하나! 둘! 가!'라는 의미로 '무이삐빠이체'라고 외친다. 그러면 눈다래끼가 지목한 사람에게 옮겨간다는 속신이 있다.

[조사자: 눈에 이렇게 뭐가 나면 다래끼라고 그래요. 이거 낫게 하는 방법이 혹시 민간요법으로 있어요? 한국에는 내가 되게 싫어하거나 미워하는 사람 지나가는 길에 이 눈다래끼 난 눈썹을 뽑아서 거기 바닥에다가 놓으면 그 사람이 그걸 밟으면 눈다래끼가 옮겨간다고.]

아, 우리나라는 그렇지 않고 이렇게 해요. [조사자: 어떻게?] (손을 앞으로 뻗으며)

"무이 삐 빠이 체."

이렇게 말하고 누구한테 이렇게 하면 옮겨요. 그렇게 믿어요.

[조사자: 뭐라고 말한다구요?] 아, (망설이며) [조사자: 캄보디아 말로 먼저 해보세요] 아, 이렇게 (망설이며) [조사자: 말할 때 뭐라고 한다고?] 뭐지? 아까 말했는데. [조사자: 그러니까 말하는 거 다시 해도 괜찮아요.] 이렇게,

"무이 삐 빠이 체."

이렇게.

[조사자: 그게 무슨 뜻이에요?]

"그냥 가라."

가래요.

"하나! 둘! 전달!"

이런 뜻.

[조사자: 하나! 둘! 전달! 나한테 있는 눈다래끼 저리로 가라! 근데 그게 상대에게 지목해야 돼?]

"무이 뻬 빠이 체. 가요."

[조사자: 하나! 둘! 가! 이런 뜻이에요? 근데 그걸 상대방을 보고 해야 돼요?] 네. 이렇게 얘기하면 이렇게 [조사자: 앞에 있는데 대놓고 얘기해야 해?] 네, 이렇게 하고 이렇게 전달해요.

그리고서,

"아, 나한테 이러지 마. 보지 않을 거야."

이렇게 해요.

딸꾹질하는 사람에게 하는 말

● **구연정보**

조사일시 : 2016. 11. 14(월) 오후
조사장소 : 서울특별시 서대문구 대현동
제 보 자 : 소다니스 [캄보디아, 여, 1986년생, 유학 4년차]
조 사 자 : 박현숙, 김민수

● **개요**

캄보디아에서는 딸꾹질하는 사람에게 남의 물건을 훔쳤냐고 물어보면 그 사람이 놀라서 딸꾹질을 멈춘다.

[조사자 2: 아니면 우리나라는 딸꾹질하잖아요. '끅' 이렇게 하는 거. 그럼 옆에서 이렇게 몰래 '워!' 놀래키거든요.] 아! 우리나라 그렇게 하지 말고. 이렇게,

"너 누구한테 뭐 훔쳤어요?"

그렇게 물어봐요.

[조사자 2: 아, "뭐 훔쳤어?" 물어봐요?] 네. [조사자 1: 아, 딸꾹질하면 "너 뭐 남의 것 훔쳤어?" 이렇게 물어 봐요?] 무섭게 물어봐요. 그래서 헉! 하면 이렇게 없어져요.

[조사자 1: 아, 그러니까 이 사람이 깜짝 놀랄 만큼의 무서운 이야기를 해요?] 네. [조사자 2: 추궁한대, 긴장되게.]

[청자(와닛차): 우리나라에서는 "너 뭐 훔쳤어?" 이렇게 해요. 남의 거 훔쳐 먹었냐고. (웃으며) 이야기해요.] 아 우리는 누가 물건을 훔쳤냐고 물어봐요. [조사자 1: 뭐 훔쳤어! 이렇게?] 네, 그런 경우도 있어요.

미얀마

미얀마의 여러 금기

● **구연정보**

조사일시 : 2018. 10. 29(월) 오후
조사장소 : 서울시 종로구 신교동
제 보 자 : 떼떼져 [미얀마, 여, 1992년생, 기타(한국방문)]
조 사 자 : 박현숙, 엄희수

● **개요**

미얀마에는 일상생활 속 다양한 금기가 있다. 스님하고는 거리를 두어야 하며, 스님의 그림자를 밟아서는 안 된다. 여자는 사원에서 불상에 금박을 붙일 수 없기 때문에 다른 남자에게 대신 부탁해야 한다. 밥을 먹을 때에는 소리를 내어서는 안 되며, 음식이 조금 남아있는 상태에서 추가 주문을 해야 한다. 주걱으로는 사람을 때리면 안 된다. 또 가위를 두 손으로 움직이거나 신발 바닥을 서로 부딪치면 부모가 싸운다고 생각한다. 스님에게 인사할 때에는 합장을 하고, 선생님에게 인사할 때에는 팔짱을 낀다. 또 장사하는 사람이 턱을 괴면 안 된다. 책상을 쳤을 때에는 다시 책상 아래에서 쳐야 한다. 그리고 무엇을 가리킬 때 발을 사용하면 안 되며, 어른 앞에서 다리를 꼬는 행위는 버릇없다고 여긴다.

[조사자 1: 그러면 미얀마에서 꼭 하면 안 되는 금기 같은 거. 뭐 예를 들어서 식사 문화에서 하면 안 되는 거. 그다음에 어디 갔을 때 하면 안 되는 거 이런 거 혹시] 있어요. 그 스님하고 이 정도 멀리 있어야 돼요. 거리를 좀 있어야 되고. 스님에게 하는 말하고, 일반 사람에게 하는 말이 달라요.

[조사자 1: 아, 어떻게 달라요?] 어떻게 설명해드릴까요? [조사자 1: 단어가 달라요?] 단어도 다르고, 단어도 다르고. 뭐, 많이 달라요. 스

님께 쓰는 말이. [조사자 2: 뭐 말투?] 말투, 네. 그런 것들. [조사자 1: 쓰는 말과 거리가 있고. 또?]

음, 그다음에 미얀마에서는 그런 거 있어요. (책상을 치며) 책상 이렇게 하면 돈이 나가요. [조사자 1: 책상을 이렇게 치면?] 네, 치면 돈이 나가요. [조사자 1: 손이든 뭐 아무거나로라도 소리를 내면 안 돼요?] 네, 그래서 만약에 우연히 쳤으면 (책상 아래에서 치며) 아래에서 다시 해야 돼요. (웃음) 그런 거 있고.

또 장사하는 사람들이, 만약에 이거는. 장사하는 사람인데, 제가 이렇게 뭐라고 할까요? (턱을 괴며) 턱 하면 안 돼요. [조사자 1: 턱을 괴면 안 돼요? 장사하는 사람들이?] 네. [조사자 1: 그럼 돈이 나간다고 생각해요?] 뭐 장사가 안 된다고. 그다음에 금기가 엄청 많은데.

미얀마 사람들에게 발로 알려주면 안 돼요. 너무 싫어해요. 한국인들이 좀 그런 거 문화가 달라서 어떤 한국인은, 제가 아는 뭐 미얀마에서 맨날 얘기하면 발로 얘기해요. '이거, 이거' 하면서. 미얀마 사람들 되게 싫어하는 거예요. [조사자 1: 발길질 같은 거 하면 안 돼요?] 네, 안 되고.

밥을 먹을 때 소리 나게 먹으면 안 돼요. [조사자 1: '냠냠냠냠, 쩝쩝쩝' 이렇게?] 안 되고. 뭐가 있을까요?

미얀마에서는 부처님께 금박을 여자들은 대부분 못해요. [조사자 1: 금박을 붙일 수가 없어?] 그거 붙이는 데가 몇 개만 있어요. [조사자 1: 그러면 못 붙이면 어떡해요? 붙이긴 해야 되잖아.] 대신 해주는 사람들이, 모르는 남자라도. 같이 갔던 사람 중에 남자가 있으면 그 남자한테 해달라고 하고, 아니면 다른 남자에게. [조사자 1: 아, 여자는 금박을 못 붙이고.]

[조사자 1: 음, 또 뭐 예를 들면, 한국은 이렇게 다리를 달달 떨면 안 돼. 복 나간다고. 다리를 흔들면 안 되거든요?] 네. 아, 미얀마에서 어른들 앞에서 다리를 꼬고 앉으면 절대 안 돼요. [조사자 1: 아, 다리를 꼬아서 앉으면 안 돼요?] 네. [조사자 1: 왜 그런 거 같아요?] 그거는 버릇없는 행동이라고 생각했어요. [조사자 1: 어른 앞에서 다리를 꼬고 앉으면 안 되는 거죠?] 네, 맞아요.

그다음에 그, 스님의 그림자를 밟으면 안 돼요. 저는 어렸을 때 기억나요. 제가 자전거 타고 있어요. 그런데 갑자기 스님 한 분이 지나갔어요. 그런데 저는 어차피 스님 그림자를 밟아야 되잖아요. 그래서 제가 피했으니까 제가 넘어졌어요. (웃음) 그거 한 가지 기억나요. [조사자 1: 밟으면 안 되니까.] 네, 주의해야 돼요. 요즘에는 어쩔 수는 없지만 가능하면 그건 주의해요. [조사자 1: 그거는 꼭 지키려고 하는 거고.]

금기는 너무 많아요, 미얀마에. [조사자 1: 그러게 너무 재밌다. 좀 더 기억이 나면 좋겠는데.] 네.

아, 미얀마에 그, 그거는 한국말로 몰라서. 밥을 이렇게 하는 거, 그 조그마한 거 있잖아요. [조사자 1: 밥 푸는 거? 주걱?] 주걱. 주걱으로 때리면 그 사람이 미칠 수 있다고 해서. [조사자 1: 주걱으로 사람 머리를 때리면 안 돼요?] 네.

그다음에 가위를 (두 손으로 잡는 시늉을 하며) 이렇게 하면 안 되고. 그거는 엄마 아빠가 싸운다고. [조사자 1: 엄마 아빠가 싸운다고?] 네. [조사자 1: 두 손으로 이렇게 하면?] 네네네.

그다음에 신발을 이렇게 치면 부모가 싸운다고 생각해요. 별 거 아니에요. [조사자 1: 신발을 서로 바닥을 치면 안 되는구나?]

[조사자 1: 응. 그러면 뭐 어떻게 하면 부모님이 일찍 돌아가신다는 그런 건 없어요?] 그런 건 없어요. 일찍 돌아가신다는 그런 거는. [조사자 1: 우리나라는 흰 쌀을 그냥 집어먹으면 엄마가 빨리 죽는다고.] 네? 뭐? [조사자 1: 흰 쌀. 생쌀. 안 익히고 그냥 생쌀을 먹으면 엄마가 빨리 죽는다고.] 진짜요? (웃음) [조사자 1: 옛날에는 쌀이 귀하니까. 함부로 못 먹게 하느라고. 세상에서 제일 무서운 게 엄마 죽는 거니까.] 그런 거 미얀마에서는. [조사자 1: 그런 건 없고. 스님하고 관련된 얘기가 금기가 가장 많은가 봐요?] 맞아요, 맞아요. [조사자 2: 조심해야겠다.]

맞아요. 어떤 분들이 몰라서 스님하고 뭐, 사진 찍고 그런 거 하면 너무. [조사자 1: 거리를 유지해야 되는데. 조심해야 되고. 혹시 뭐 인사법이나 이런 거는 어떻게 다른 게 있어요? 그니까 그냥 일반 친구들 만날 때 인사랑, 스님들 만날 때 하는 인사랑.] 스님들 만나면 우리가 (손을 합장하며) 저절로 이렇게 해야 돼요. [조사자 1: 아, 두 손 모으고? 그렇게 이제 반 정도 이렇게 하는 거.] 맨날 가면은 눈을 마주치지 않아요, 스님하고 얘기할 때. 스님에게 턱 정도만 (보고) 얘기하고. 미얀마 사람들은 인사 잘 안 해요. [조사자 1: 그러면 어떻게 해? 친구를 지나가다 만나. 그럼 어떻게 인사해요?] 그냥 잘, 친하지 않으면 손만 흔들어 주고. 그냥 미얀마에서는 '니깡라' 이렇게만 안부처럼만 물어보고. [조사자 1: 어, 말로만 하고. 특별하게 하는 행동은 없다는 거죠?]

한국에서는 인사 엄청 많잖아요. 미얀마는 그런 거는 없어요. (팔짱을 끼며) 선생님께 인사할 때는 이렇게. [조사자 1: 응? 이렇게?] [조사자 2: 선생님한테요?] 선생님한테요. [조사자 1: 양쪽 팔을 꼬고.] 이렇게만 해야 돼요. 맨날 선생님, 우리 고등학교, 대학교에서는 요즘 안 하는데. 우리는, 우리 시대에서, 우리 시대 학생들은 이렇게 하고 있어요. 고등학교까지는 이렇게. 선생님께 인사는 이렇게. [조사자 1: 이렇게 꼬고 빳빳하게 들고 있어요?] 맞아요. 선생님이 편안하게 있으라 하면 (손을 내리며) 이렇게 할 수 있어요. [조사자 1: 우리는 이렇게 하면 되게 버르장머리 없는 건데.] 그래서 선생님께, 우리에게는 선생님 되게 공손하게 하는 거예요. [조사자 2: 신기하다.] [조사자 1: 그러게. 그런 건 잘 알아두면 좋겠네.] [조사자 2: 그러게요. 어른들 앞에서는.] [조사자 1: 팔짱 끼면 안 되는데. 오히려 선생님한테 이렇게 하는 거구나.] 네.

[조사자 1: 그러면 일상생활에서, 이제 아까 먹는 거는 소리 내서 먹으면 안 되는 게 있고.] 네네, 또 하나 있어요. 밥을 접시에 한 알도 없이 먹으면 가난하다고 생각해서 맨날 조금은 남겨야 돼요. 또 우리 밥을 추가하고 싶으면 다 먹기 전에 조금 남고 밥을 추가해야 돼요. [조사자 1: 빈 그릇을 만들면 안 되는구나.] 맞아요.

[조사자 1: 그러면 거기 밥, 접시에 붙어있는 밥알이나 이런 거는 동물한테 주거나 그러나요?] 맞아요. 미얀마에서는 남은 거는 다 개에게. 미얀마에 많은 것 중에 하나는 개예요. 길가에 개가 너무 자유롭게 돌아다니고 그래요. 개에게 많이 줘요. [조사자 1: 아, 붙어있는 거는?] 네. [조사자 1: 재밌다.]

미얀마의 속신 처방법

● **구연정보**

조사일시 : 2018. 10. 29(월) 오후
조사장소 : 서울시 종로구 신교동
제 보 자 : 떼떼져 [미얀마, 여, 1992년생, 기타(한국방문)]
조 사 자 : 박현숙, 엄희수

● **개요**

미얀마에서는 딸꾹질이 날 때에는 주변 사람이 거짓말을 해서라도 딸꾹질을 하는 사람을 놀라게 한다. 눈에 다래끼가 나면 다른 사람에게 물건을 주었다가 다시 돌려받았다고 생각한다. 눈꺼풀 한쪽이 떨리면 다른 쪽을 때린다.

딸꾹질 날 때 처방

[조사자 1: 그러면 그 뭐야, 딸꾹질.] 아, 그때는 있어요. 딸꾹질 할 때는, 자기에게 놀라운 이야기하면 그 딸꾹질이 사라졌어요. [조사자 1: 놀라운 얘기?] 그거 자기가 상상도 하지 못한 놀라운 이야기나 뭐 그런 거 들으면 그 딸꾹질이 사라졌어요.

[조사자 1: 혹시 옛날에 본인이 직접 딸꾹질을 했는데 누군가 얘기를 해줘서.] 이모가. [조사자 1: 어떤 이야기야?] 그때 제가 딸꾹질했어요. 이모가 갑자기 그, 저의 친구 한 명이 있어요. 그 친구 한 명, 그 친구의 어머니하고 이모가 아는 사이예요. 그런데 이모가 저에게,

"너, 그 친구에게 돈 빌려서 썼다면서요?"

그렇게 얘기해서 저는 한 번도, 저는 돈에 대해서 민감했어서 그 때 깜짝 놀라서,

"아, 이모야. 저 친구한테 돈 안 빌렸어!"

그랬더니 갑자기 딸꾹질이 사라졌어요. (웃음)

[조사자 1: 기가 막히거나, 놀라운 얘기를 해서. 거짓말이라도 해서 놀라게 하는 거지.] 맞아요. 그때 그래서, 그때 이모가 가르쳐줬어요. 저는 다른 사람이 딸꾹질하면 제가 뭐 없는 이야기도 만들어서 했어요. 그럼 딸꾹질이 없어졌어요.

[조사자 2: 우리랑 다르네요.] 한국에서는 어떻게 해요? [조사자 2: 우리는 그냥 놀래켜요.] 아아, 여기는 놀랍게 이렇게 하고, 우리는 이야기.

눈다래끼가 났을 때 처치법

[조사자 1: 그러면 여기 눈에 다래끼라고 그러거든요? 이렇게 눈에 뭐가 나면, 눈에 뭐가 나서 눈이 이렇게 부풀어 오르고 이럴 때가 있잖아요? 한국에서는 이렇게 눈썹을 뽑아요. 눈썹을 뽑아서 내가 싫어하는 사람이 다니는 길에 놓으면, 그 사람이 그걸 밟으면 그 사람한테 옮겨간다고. 그렇게 이제 사람들이 많이 하는데 혹시 미얀마는 그런 건 없어요?] 뭐 그런 거는, 눈껍질(다래끼)은 어떤 거예요? 그 안에 아픈 거예요? [조사자 1: 안에, 여기가 뭐가 들어있는 것처럼.] 아, 알았어요. 그런 건 없어요.

그런데 그런 거 나타나면 미얀마에는 어떤 얘기가 있었냐면,

"니가 주는 것을 다시 돌려서 받았지?"

[조사자 2: 아, 우리도 그러지 않아요? 줬다 뺏으면.] 만약에 제가 동생에게 이 책을 줬어요. 그런데 제가 동생하고 사이가 안 좋아서 다시 받았어요. 그때 제가, 아까 선생님이 얘기한 것처럼 눈 안에 뭐뭐 하나가 있었어요.

"너, 주는 것을 다시 돌려서 받은 거지?"

그러면 그거가 났다고. [조사자 1: 아, 그래서 그거 난 사람한테 그렇게 말해?] 네네. 그렇게. [조사자 1: '너, 너가 준 거 돌려받았구나?' 이렇게?] 네.

눈꺼풀이 떨릴 때의 처방

그다음에 눈이 이렇게 떨리잖아요. 그럴 때는 우리가 그 반대편을 때려요. 이렇게 미신이 있어요. 이쪽이 떨리면 이쪽을 때리고. (웃음) [조사자 1: 아, 재밌네.]

부모에게 이자 받는 자녀는 지옥 간다

● **구연정보**

조사일시 : 2018. 10. 29(월) 오후
조사장소 : 서울시 종로구 신교동
제 보 자 : 떼떼져 [미얀마, 여, 1992년생, 기타(한국방문)]
조 사 자 : 박현숙, 엄희수

● **개요**

부모에게 돈을 빌려주고 이자를 받는 사람은 부처님 몸에 있는 금박을 떼어 가는 것과 마찬가지이기 때문에 지옥에 간다. 다른 사람도 아니고 부모에게 이자를 받는 것은 옳지 않다는 뜻이다.

[조사자: 실제 그렇게 해서 복을 받았다거나, 또는 그걸 금박 붙이는 게 아까워서, 욕심을 부리거나 남한테 베푸는 거 되게 인색하게 하는 사람들은 벌을 받고 그러잖아요? 그런 이야기가 혹시 전해지는 거 있어요?] 네? [조사자: 금박을 붙이는데 왠지 그런 게 아까워서, 금박을 갖다 붙이는 게 아까워서. 아니면 누군가에게 베푸는 게 아까워서, 안 해서 욕심부려서 벌 받는 얘기도 많죠? 그런 얘기는 없어요?] 있기는 있어요, 선생님. [조사자: 꼭 옛날이야기 아니라도, 사람들이 직접 경험한 이야기도 주변에서 하잖아.]

그거는 이야기 정도는 아니지만 그 미얀마에서 그, 부모에게, 자식들이 부모에게 돈을 빌렸어요. 어, 아니 부모가 자식에게 돈을 빌렸어요. 그때 자식이 이자를 받아요. [조사자: 왜 받아요?] 이자를 받아요. 왜 받는지는 모르겠지만 그런 얘기가 있어요.

'부모에게 이자를 받는 자식은 부처님께 금을 빼는 거랑 똑같다'구요. 그래서 지옥 간다고 말해요. 그런 거는 있어요.

[조사자: 받지 말아야 되는구나.] 네, 맞아요. 그래서 부모님은 우리를 얼마나, 뱃속에서부터 키웠는데, 그 이자를. 네네. [조사자: 그래서 '부모에게 이자 받는 자녀는 지옥 간다.' 이런 말이 있는 거예요?] 네.

'부모님께 이자 받는 사람은 부처님께 금을 빼어 갔다.'

대국

베개를 밟지 말고 머리를 만지지 마라

● 구연정보

조사일시 : 2017. 01. 04(수) 오후
조사장소 : 서울특별시 광진구 화양동
제 보 자 : 와닛차 [태국, 여, 1990년생, 유학 6년차]
조 사 자 : 박현숙, 김민수, 엄희수

● 개요

태국에 머리와 관련된 금기어가 많다. 〈베개를 밟지 마라〉, 〈머리를 만지지 마라〉와 같은 금기어가 있다. 이는 머리가 높은 곳에 있어 중요한 것으로 여기기 때문이다.

태국에도 이런 거, 이거 베개 밟지 않는 것도 있어요. [조사자 2: 어디는 베개를 세우지 말라고 그러던데.] [조사자 1: 베개를 밟지 말라고 그래? 이유는 잘 몰라?] 네.

사실 태국에서는 그거 약간 머리랑 관련된 거는 거의 다 이런 거 있어요. [조사자 2: 금기가 있어요?] 네. 약간 뭔가 (자신의 정수리 쪽을 손바닥으로 만지며) 이 머리가 좀 높은 데 있어가지고 이거는 약간 좀 높은 [조사자 2: 중요한?] 네.

약간 좀 (생각하다가) 아마 태국문화 책에서 보면 이런 거 말이 나와요. 태국 사람의 머리를 이렇게 (머리를 쓰다듬는 손동작을 하며) 이렇게 만지지… [조사자 1: 쓰다듬지 마라?] (고개를 끄덕거리며) 네. 만지지 말라고. [조사자 1: 머리를 만지지 말라고.] 이렇게 많이 하는 것 같아요, 태국문화 책에서.

책을 밟으면 바보가 된다

● **구연정보**

조사일시 : 2017. 01. 04(수) 오후
조사장소 : 서울특별시 광진구 화양동
제 보 자 : 와닛차 [태국, 여, 1990년생, 유학 6년차]
조 사 자 : 박현숙, 김민수, 엄희수

● **개요**

태국에 발과 관련된 금기어도 많다. 대표적으로 〈책을 밟지 마라〉가 있다. 이는 책 속에 스승이 있다는 믿음에서 나온 것이다. 그리고 책을 밟으면 어리숙한 사람, 바보가 된다는 속설이 있다.

그 책을 밟지 말라고. 약간 좀 높은 그런 거 같아요.

[조사자: 책을 밟으면 어떻게 된다고 그래요?] (부정적 표현이라 잠시 주춤하다가) 그 약간 바보가 (웃으며) 된다고.

[조사자: 그러니까 공부할 책을 밟으면 오히려 멍청이가 된다.] 약간 우리가 그런 믿음 있는 것 같아요. 그 책에는 스승이 있다는 믿음이 있어요.

발을 함부로 올리지 마라

● **구연정보**

조사일시 : 2017. 01. 04(수) 오후
조사장소 : 서울특별시 광진구 화양동
제 보 자 : 와닛차 [태국, 여, 1990년생, 유학 6년차]
조 사 자 : 박현숙, 김민수, 엄희수

● **개요**

태국에 머리와 발에 관련된 금기어가 많다. 〈테이블 위에 발을 올리지 마라〉, 〈머리 쪽으로 발을 두지 마라〉가 있다. 머리에 비해 상대적으로 발을 부정적으로 인식하고 있다.

그 발, 발도 막 이렇게 머리 쪽으로 올라오면 안 되고 막 이거 그 테이블 위에 올라 놓는 것도 안 되고.

[조사자 2: 그거 없나? 다리 떨지 말라고?] 네? [조사자 2: 다리 떨지 말라고.] [조사자 1: 달달달달 떠는 거. 흔드는 거.] (고개를 끄덕이면서) 아, 그것도 있어요. [조사자 2: 우리나라는 다리 떨면 복 나간다고.]

밤에 손톱 깎지 마라

● 구연정보

조사일시 : 2017. 01. 04(수) 오후
조사장소 : 서울특별시 광진구 화양동
제 보 자 : 와닛차 [태국, 여, 1990년생, 유학 6년차]
조 사 자 : 박현숙, 김민수, 엄희수

● 개요

태국에 〈밤에 손톱 깎지 마라〉는 금기어가 있다. 밤에 손톱을 깎으면 귀신이 온다는 속설이 있다.

태국에서 막 그거 밤에 손톱을 깎지 말라고. 그런 것도 있어요. [조사자 2: 그거 우리나라에도 있다.] [조사자 1: 이유는 뭐라 그래?] 이유요? 어 귀신이 온다고 막 그런. (웃음)

[조사자 1: 혹시 뭐 귀신이 그 손톱을 먹어서, 먹어서 왜 이렇게 사람으로 바뀌거나 그런 건 없어요?] 네. 그건 모르겠어요. 그냥 하지 말라고 그래요.

밤에 휘파람 불지 마라

● 구연정보

조사일시 : 2017. 01. 04(수) 오후
조사장소 : 서울특별시 광진구 화양동
제 보 자 : 와닛차 [태국, 여, 1990년생, 유학 6년차]
조 사 자 : 박현숙, 김민수, 엄희수

● 개요

태국에는 〈밤에 휘파람을 불지 마라〉는 금기가 있다. 밤에 휘파람을 불면 귀신이 온다는 속설 때문이다. 한국에는 밤에 휘파람을 불면 뱀이 나온다는 속설이 있다.

그리고 막 휘파람 [조사자 2 : 밤에 휘파람 불지 말라고?] 네. [조사자 1: 왜? 뭐라 그래?] [조사자 2: 휘파람 불면 어떻게 된다고 그래요? 태국에서?] 그것도 귀신인 것 같은데요. [조사자 1: 그냥 귀신하고 관련 있는 거 같아?] 네.

아기에게 예쁘다는 말을 하지 않는다

● 구연정보

조사일시 : 2017. 01. 04(수) 오후
조사장소 : 서울특별시 광진구 화양동
제 보 자 : 와닛차 [태국, 여, 1990년생, 유학 6년차]
조 사 자 : 박현숙, 김민수, 엄희수

● 개요

태국에서는 아기에게 예쁘다는 말을 하지 않는다. 아기에게 예쁘다고 말하면 귀신이 아기를 잡으러 온다고 믿기 때문이다. 그래서 반어적으로 아기에게 못생겼다고 표현한다.

아기를 낳으면 그 다른 사람, 모든 사람은 '이 아기를 예쁘다고 하면 안 된다'는 그런 믿음이 있어요. 그 예쁘다는 말 대신에,

"못생긴, 못생겼다."

이렇게 얘기해야 되는 거예요.

그거 왜냐하면 예쁘다고 얘기하면 귀신이 잡으러 온다고 막 그런 믿음이 있어가지고.

[조사자 1: 우리나라도 그래.] '못난이' 이렇게. (웃음)

깎은 머리와 빠진 이를 처리하는 방법

● **구연정보**

조사일시 : 2017. 01. 04(수) 오후
조사장소 : 서울특별시 광진구 화양동
제 보 자 : 와닛차 [태국, 여, 1990년생, 유학 6년차]
조 사 자 : 박현숙, 김민수, 엄희수

● **개요**

태국에서는 머리카락을 자르면 버리지 않고 봉투에 담아서 보관하는 문화가 있다. 또 윗니가 빠지면 땅으로, 아랫니가 빠지면 지붕 위로 던지는 풍습이 있다. 이를 던질 때는 새 이가 예쁘게 나길 바라는 기도를 한다.

태국은 머리카락. 그 이렇게 제가 어렸을 때 머리카락을, 머리 자르면은 엄마가 막 이렇게 담아서 막 봉투에 담아서 버리지 않아요. [조사자 1: 아, 버리지 않고 어떻게 해요? 태워?] 아뇨, 아뇨. 그 봉투 안에 (머리카락을 봉투에 담는 동작을 하며) 이렇게 [조사자 1: 잘 간직하고 있어?] 간직해요. [조사자 1: 나중에 본인한테 주거나 그런 건 아니고?] 네. 그런 건 아니에요. 저도 왜 그러는지 모르겠는데 (웃음) [조사자 1: 나중에 엄마한테 한 번 물어봐봐. 그런 거는 왜 이런 문화와 관련된 것들은 그냥 하지 말라고 하는데 그게 무슨 뜻이 있는지 물어보면, 엄마는 또 알 수 있거든.]

그리고 그것도 있어요. 이가, 어렸을 때 이가 (입안에서 이를 꺼내는 손짓을 하며) 이렇게 빠지면은 그 아래, 아랫, 아랫니가 빠지면은 위로 (던지는 시늉을 하며) 이렇게 던져야 돼요. 그 지붕 위로. 이렇게 던져서 그리고 그 윗니, 윗니가 빠지면 막 땅으로 (던지는 시늉을 하며) 이렇게.

[조사자 2: 우리랑 좀 다르네.] 그래요? [조사자 2: 한국은 그냥 어디든 빠지면은 지붕 위로.] [조사자 1: 이가 빠지면.] [조사자 2: 까치, 까치한테.] [조사자 1: 까치한테 물어가고 새 이 갖고 오라고.] [조사자 2: 새 이빨 가져오라고.]

[조사자 1: 던지면서 이렇게 하는 말이나, 어떤 말이나 노래 같은 건 없는 거지? 그냥 던지는 거지?] 없어요. 그냥 던지고 기도, 기도하라고 했어요. 약간 이가 좀 예쁘게 나오라고.

눈다래끼 났을 때 하는 말

● **구연정보**

조사일시 : 2016. 11. 14(월) 오후
조사장소 : 서울특별시 서대문구 대현동
제 보 자 : 와닛차 [태국, 여, 1990년생, 유학 5년차]
조 사 자 : 박현숙, 김민수

● **개요**

태국에서는 눈다래끼 난 사람에게 다른 사람 샤워하는 것을 훔쳐봤냐고 농담을 한다.

[조사자: 태국은?] 태국은 고치는 법은 없는데 이거 약간 그런 농담은 있는데요. [조사자: 어떤 농담?] 이거 한국말로 뭐예요, 아까? [조사자: 눈다래끼.] 눈다래끼. 눈다래끼 생길 때,

"너는 누가 샤워하는 거 훔쳐봤냐?"

이렇게.

[조사자: 아, 눈다래끼 난 사람한테?] 네. 막 이렇게 화장실에서 몰래 이렇게 샤워하는 사람 보고 그거 생긴다는 그런 믿음이 있어요. [조사자: 그래서 그렇게 이제 말을 해?] 네. 뭐,

"누가 샤워하는 거 훔쳐봤어?"

뭐, 이렇게.

눈 경련 위치에 따른 운세

● **구연정보**

조사일시 : 2016. 11. 14(월) 오후
조사장소 : 서울특별시 서대문구 대현동
제 보 자 : 와닛차 [태국, 여, 1990년생, 유학 5년차]
조 사 자 : 박현숙, 김민수

● **개요**

태국에서는 눈에 경련이 일어날 때 오른쪽 눈에 경련이 일어나면 나쁜 일이 생기고 왼쪽 눈에 경련이 일어나면 좋은 일이 생긴다고 여긴다.

그 눈이 이렇게 막 (손을 떨면서) 이렇게 [조사자: 경련?] 경련이 일어날 때 이런 거 있는데 오른쪽이 경련이 일어나면 나쁜 일이 생긴다고 이렇게 얘기하고. 근데 왼쪽이 경련이 일어나면 좋은 일이 생긴대요. 태국말로는 '콰라이싸이에' 이렇게. [조사자: 음, 그래서 경련이 오른쪽이 일어나면 나쁜 일, 왼쪽이 일어나면 좋은 일?] 네.

[조사자: 그러면 태국에서는 왼쪽과 관련된 거는 나쁜 기운보다 좋은 기운이 있다고 믿고 있는 거예요? 의식해요?] 그거는 아닌 거 같아요. 그냥 약간 그런 속담이 되게 뭐라고 해야 되죠? 그게 운율이 되게 좋아서 이렇게 '콰라이싸이니' 이렇게 하잖아요. 그냥 운율이 좋아서 그런 거 같아요.

물속에 물고기가 있고 논에는 쌀이 있다

● 구연정보

조사일시 : 2016. 10. 17(월) 오전
조사장소 : 서울특별시 광진구 화양동
제 보 자 : 와닛차 [태국, 여, 1990년생, 유학 5년차]
조 사 자 : 박현숙, 김현희, 김민수

● 개요

물속에는 물고기가 많이 있고 논에는 쌀이 많이 있는 상태로, 물자가 풍부한 상황을 나타내는 속담이다.

물고기. 생선 관련된 속담이 많긴 해요.

[조사자 1: 어떤 게 있어요?] 예를 들면 '물속에 물고기가 있고 논에는 쌀이 있다.' 이런 속담이 있어요.

이 속담은 되게 풍부한 상태에 그 고가가(곳간이) 풍부한 상태에 많이 쓰는. [조사자 2: 곳간에 풍부하게 있는, 가득 차 있는 이런 상태?] 네. 잘 먹고 잘살 때.

그라디 물고기가 물을 받다

● **구연정보**

조사일시 : 2016. 10. 17(월) 오전
조사장소 : 서울특별시 광진구 화양동
제 보 자 : 와닛차 [태국, 여, 1990년생, 유학 5년차]
조 사 자 : 박현숙, 김현희, 김민수

● **개요**

물고기가 물을 만난 것처럼 기쁜 상태로, 좋은 일이 생겼을 때 사용하는 속담이다.

그것도 있어요. '그라디'라는 물고기가 있는데. [조사자 1: 그라디?] 네. '그라디, 그라디 물고기가 물을 받았다.' 그런 속담이 있는데. [조사자 1: 그라디 물고기가 물을 받았다?] 네.

그거는 되게. 약간 이 물고기가 물이랑 만나면 되게 너무 지나치게 행복한 거라서. 그래서 약간 사람이 좋은 일이거나 좋은 선물을 받았을 때 너무 지나치게 행복한 상태를 얘기하는 속담. [조사자 2: 아, 물 만난 물고기?] 네. 그런 느낌이에요.

구슬을 받는 원숭이

● **구연정보**

조사일시 : 2016. 10. 17(월) 오전
조사장소 : 서울특별시 광진구 화양동
제 보 자 : 와닛차 [태국, 여, 1990년생, 유학 5년차]
조 사 자 : 박현숙, 김현희, 김민수

● **개요**

원숭이에게 구슬을 주어도 가치를 모른다는 뜻으로, 한국 속담 '돼지 목에 진주'와 유사한 의미를 지닌다.

아니면 뭐 '구슬을 받는 원숭이' 이런 것도 있고요.

[조사자 2: 뭐예요? 무슨 뜻이에요?] 구슬. 그 좋은 거를 받았는데. (구연을 멈추며 생각을 하다가) 그 가치를 모르는 사람이 받은 거예요.

[조사자 1: 구슬을 받은 원숭이는 태국어로 하면 어떻게 되는 거예요?] '링 따이 깨오'. '링'은 원숭이고, '따이'는 받았다. '깨오'는 구슬 이렇게요. '링 따이 깨오' 이렇게.

물소에게 해금을 연주한다

● 구연정보

조사일시 : 2016. 10. 17(월) 오전
조사장소 : 서울특별시 광진구 화양동
제 보 자 : 와닛차 [태국, 여, 1990년생, 유학 5년차]
조 사 자 : 박현숙, 김현희, 김민수

● 개요

쓸모없는 일을 한다는 뜻을 지닌 속담으로, 한국의 '소 귀에 경 읽기'와 유사한 의미를 지닌다.

'시서 하이파이팡'이에요. 물소, 물소인데. 물소한테 해금을 해 주는 거? [조사자 1: 해금을 연주해 주는 거?] 네. 연주해 주는 거.

[조사자 3: 무슨 뜻이에요?] 뜻은 바보한테 이렇게 의미 있는 얘기를 해 주는 거. 뭐 이런. [조사자 2: 소 귀에 경 읽기.] 네. (박수를 치면서) 맞아요. 맞아요. 그거.

춤을 못 추면서 피리와 북을 나무란다

● **구연정보**

조사일시 : 2016. 10. 17(월) 오전
조사장소 : 서울특별시 광진구 화양동
제 보 자 : 와닛차 [태국, 여, 1990년생, 유학 5년차]
조 사 자 : 박현숙, 김현희, 김민수

● **개요**

자신이 잘못해 놓고 다른 대상을 탓하는 상황에서 쓰이는 속담이다.

'춤을 못 추는데 피리와 북을 나무란다.'

[조사자: 우리도 비슷한 이야기 있어요. '목수가 연장 탓한다' 이런 거 있잖아요. 필기구를 탓한다든가.]

이나오가 남을 나무라지만 자신도 그렇다

● **구연정보**

조사일시 : 2016. 10. 17(월) 오전
조사장소 : 서울특별시 광진구 화양동
제 보 자 : 와닛차 [태국, 여, 1990년생, 유학 5년차]
조 사 자 : 박현숙, 김현희, 김민수

● **개요**

자신도 비난받을 짓을 하면서 남을 비난하는 상황에서 쓰이며, 한국 속담 〈똥 묻은 개가 겨 묻은 개를 나무란다〉와 유사한 의미를 지닌다.

남을 나무라는데 자기도 그렇다. 뭐 이런 거 있잖아요. [조사자 1: 남을 나무라는데 자기도 그렇다.] 네. 근데, 이나오는 문학의 남자 주인공이에요. 약간 처음에. [조사자 1: 그러면 이나오가 남을 나무라는데 자신도 그렇다 이런 건가 원래 문장은?] 네. '이나오가 다른 남을 나무라는데 자기도 그렇다.' [조사자 1: 이나오가 들어가야 하는구나?] 네.

[조사자 2: 이나오요?] [조사자 1: 이나오. 남자주인공. 옛날이야기에 나오는 남자주인공이에요?] 문학에서 나오는. [조사자 1: 문학에 나오는? 그럼 소설은 아니고? 아무래도 속담에 이 정도면 되게 오래된 건데.] 네 문학인데.

[조사자 1: 혹시 이나오에 대해서 간단하게라도 알려 줄 수 있어요?] (웃음) 되게 길어요. 근데 저도 기억 잘 안 나요. 사실 학교에서 배운 건데. [조사자 1: 학교에서 배운 거 중에 기억이 나는 부분만이라도. 완벽하게 처음부터 끝까지 다 있지 않아도 되고, 왜냐하면 이거는 이나오와 관련된 속담이니까. 대충 스토리를 우리가 알면 속담 이해하는 데 도움이 되

니까.]

첫 부분만 기억나요. [조사자 1: 첫 부분 이야기가 어떻게 되는데?] 어떤 왕국이 있는데 그 나라의 공주님이 되게 예쁘다는 소문이 되게 났어요. 그래서 온 국(國)이, 뭐 다른 나라의 왕자들이 막 이 공주님을 원해요. 그런데 '이나오'라는 남자가 있는데 이나오도 되게 잘생기고 능력도 있는 왕자님인데. 근데 모든 사람이 이 그 '무싸바'라는 공주님의 이름이 무싸바인데. 그 무싸바에 대해서 많이 얘기를 너무 많이 해요.

근데 그 이나오는 결혼했어요. 결혼했는데 자기 아내가 가장 막 최고라도 이렇게 여기고 되게 최고 예쁜데,

'다른 사람이 왜 무싸바에게 관심을 가지다니.'

막 이러는 거 이해가 안 되고 막 그랬는데, 어느 날 무싸바의 그림을 받았어요. 그런데 그 그림을 보고 되게 빠졌어요. 사랑에 빠지고 그래서 무싸바를 막 찾으러 나가는 거예요. 뭐 전쟁에서 뭐 싸우고 그런 거 그런 얘기만 기억 남았어요.

[조사자 1: 결국은 둘이 사랑이 이루어져?] 네네. [조사자 1: 아내는 어떻게 돼?] 아내는 뭐. [조사자 1: 버림 받아?] 네. 버리고 갔어요.

[조사자 2: 태국은 일부다처제예요?] 네. 예전에는. [조사자 2: 예전에는? 일부다처제? 지금은 일부일처제 법적으로 딱 되어있고요?] 네. [조사자 1: 옛날 얘기도 아내가 둘이거나 그런 이야기가 많겠네?] 원래 남자 주인공이 거의 다 여자 여러 명 있어요.

[조사자 1: 그러면 '이나오' 이 남자주인공이 들어간 속담이 이거 말고도 여러 개가 있어요?] 제가 기억나는 건 이것밖에 없어요.

[조사자 1: 그러면 이게 나쁜 뜻으로 쓰이잖아. 근데 이나오? 이 남자 주인공에 대해서 사람들은 별로 좋지 않게 인식을 하는 건가? 아니면?] 되게 뭔가 좀 역설적으로 보는 거 같아요. 왜냐면 처음에 막 관심을 없는 척하다가 나중에는 이렇게 빠지게 되고. 자기 아내를 막 이렇게 버리고 막 그러는 거라서.

[조사자 2: 이 사람이 실존 인물은 아니고 실제 역사 속에 살았던 사람은 아니에요?] 아, 있는 거 같은데요. 사실 이거 태국 문학이 아니고

요. 인도네시아에서 전해진 이야기인 거 같은데. 근데 태국에서는 되게 중요한 문학이 됐어요.

[조사자 1: 그럼 이건 어느 분야? 장르로 들어가면 어느 장르로 들어가는 거야? 문학 시간에 배우는 장르는?] 태국에서는 아마 극본? [조사자 2: 극본? 희곡?] 네. 희곡. 왜냐면 태국에서는 사실 옛날에 문학들이 거의 대부분 희곡이에요. 왜냐면 극에다가 쓰려고 이렇게 많이 만들었어요. 태국은 시가 같은 경우 다 뭔가 서사시? 그 사람은 춤을 추고 이렇게 연주할 수 있기 위해서 만든 문학이 거의 대부분인 거 같아요.

코끼리를 타고 메뚜기를 잡다

● **구연정보**

조사일시 : 2016. 10. 17(월) 오전
조사장소 : 서울특별시 광진구 화양동
제 보 자 : 와닛차 [태국, 여, 1990년생, 유학 5년차]
조 사 자 : 박현숙, 김현희, 김민수

● **개요**

쉬운 일을 어렵고 불편한 방법으로 해결할 때 사용하는 속담이다.

많이 유명한 건데 이거 그 코끼리를 타고, (잠시 적절한 한국어 단어를 찾다가) 아, 메뚜기 맞아. [조사자: 다시 한 번만요.]

'코끼리를 타면서 메뚜기를 잡는다.'

약간 쉬운 일인데, 쉬운 일인데 어렵게 하는 거, 해내는 거.

죽은 코끼리를 연꽃잎으로 덮을 수 없다

● **구연정보**

조사일시 : 2016. 10. 17(월) 오전
조사장소 : 서울특별시 광진구 화양동
제 보 자 : 와닛차 [태국, 여, 1990년생, 유학 5년차]
조 사 자 : 박현숙, 김현희, 김민수

● **개요**

잘못을 가리려고 하지만 가릴 수 없다는 뜻을 가진 속담으로, 한국의 '손바닥으로 하늘 가리기'와 유사한 의미를 지닌다.

'코끼리가 죽는데 연화잎, 연꽃잎으로 덮어줄 수 없다.'

[조사자: 아, 코끼리가 크니까 연잎으로 덮이지 않는, 어떤 뜻이에요?] 되게 잘못을 했는데 그 잘못을 덮을 수가 없어요. 되게 잘못이 되게 크니까. 이런 거 정치인들한테 많이 써요, 이건.

돌절구를 산 위로 옮기다

● **구연정보**

조사일시 : 2016. 10. 17(월) 오전
조사장소 : 서울특별시 광진구 화양동
제 보 자 : 와닛차 [태국, 여, 1990년생, 유학 5년차]
조 사 자 : 박현숙, 김현희, 김민수

● **개요**

자신의 능력보다 어려운 일에 도전하는 모습을 보일 때 쓰는 속담이다.

'절구를 산 위로 옮긴다.' 이런 거. 되게 약간 되게 어려운 일을 한다. 이런 거.

[조사자 1: 절구를 어디로 옮긴다고?] 산으로요. 산 위로요.

[조사자 2: 쓸데없는 일을 한다.] 쓸데없는 일은 아닌데, 되게 어려운 거. [조사자 1: 그게 어려운 일이구나. 절구가 엄청 무겁구나.] 그 돌절구.

[조사자 1: 되게 힘든 일을 하는 거 이루게 하는 거 맞죠?] 네. [조사자 2: 좋은 의미인 거네요?] 좋은 의미인.

닭은 털 때문에 예쁘고 사람은 화장 때문에 예쁘다

● **구연정보**

조사일시 : 2016. 10. 17(월) 오전
조사장소 : 서울특별시 광진구 화양동
제 보 자 : 와닛차 [태국, 여, 1990년생, 유학 5년차]
조 사 자 : 박현숙, 김현희, 김민수

● **개요**

닭이 털 때문에 화려하고 예쁘듯이 사람도 겉모습을 꾸미고 화장을 해야 예쁘다는 의미를 가지는 속담이다.

'닭은 털 때문에 예쁘고 사람은 화장 때문에 예쁘다.' 이런 거 있어요. 닭도 털 때문에 예쁜데 사람도 화장해야 예쁜 거, 그런 의미가.

[조사자: 그럼 화장을 되게 긍정하는?] 네. 약간 화장도 하고 뭐, 옷을 잘 입고 하는 얘기. [조사자: 중요하네.]

바닷속에서 바늘을 찾는다

● 구연정보

조사일시 : 2016. 10. 17(월) 오전
조사장소 : 서울특별시 광진구 화양동
제 보 자 : 와닛차 [태국, 여, 1990년생, 유학 5년차]
조 사 자 : 박현숙, 김현희, 김민수

● 개요

어떤 일을 어렵게 할 때 쓰는 속담으로, 주로 부정적인 맥락으로 쓰인다.

그리고 이건 되게 옛날 속담이에요. 현대 속담은 아니고.
'바닷속에서 바늘을 찾는다.'
이런 거. 가능성이 되게 낮은 일을 한다는 그런 의미가 있어요.

닭이 뱀 발을 발견하고 뱀이 닭 젖을 발견한다

● 구연정보

조사일시 : 2016. 10. 17(월) 오전
조사장소 : 서울특별시 광진구 화양동
제 보 자 : 와닛차 [태국, 여, 1990년생, 유학 5년차]
조 사 자 : 박현숙, 김현희, 김민수

● 개요

서로의 숨겨진 비밀을 알게 되었을 때 사용하는 속담이다.

'닭이 뱀의 발을 발견하고 뱀이 닭의 가슴을 발견한다.'

뜻인데 서로 비밀을 아는 것이에요. 닭도 뱀의 비밀을 발견하게 되고, 뱀도 닭의 비밀을 알게 되는 그런.

깔라 안의 개구리

● 구연정보

조사일시 : 2016. 10. 17(월) 오전
조사장소 : 서울특별시 광진구 화양동
제 보 자 : 와닛차 [태국, 여, 1990년생, 유학 5년차]
조 사 자 : 박현숙, 김현희, 김민수

● 개요

견문이 좁아서 세상 형편을 잘 모르는 때 쓰는 속담으로, 한국 속담 '우물 안 개구리'와 유사한 의미를 지닌다.

그리고 한국 속담이랑 비슷한 거 있는데 '우물 속 개구리' 맞아요? [조사자: '우물 안 개구리']. '우물 안 개구리.'

태국에서는 그거 코코넛 있잖아요. 코코넛이 마를 때 태국말로는 '깔라'예요. [조사자: 깔라?] 깔라. 그거, 그 껍질? 코코넛 껍질은 좀 딱딱하잖아요. 그거 마를 때 되게 딱딱한데.

깔라 속에, '깔라 안 개구리' 이런 속담 있어요. 세상을 잘 보지 못하는.

집안에서 먹고 지붕에서 똥 싼다

● **구연정보**

조사일시 : 2016. 10. 17(월) 오전
조사장소 : 서울특별시 광진구 화양동
제 보 자 : 와닛차 [태국, 여, 1990년생, 유학 5년차]
조 사 자 : 박현숙, 김현희, 김민수

● **개요**

예의가 없고 주제넘은 행동을 할 때 사용하는 속담이다.

'집에서 먹고 지붕에서 똥을 싸다.' 이런 거. 약간 효를 잘 모르는 사람한테 얘기하는 거예요. [조사자: 불효자들이 많이 이렇게 한다고?] 근데 자식뿐만 아니라, 약간 효를 선생님한테나 이런 효를 잘 모르는.

[조사자 1: 예의범절이 없는 걸. 우리나라는 대개 게으름뱅이들한테 '윗목에서 밥 먹고 아랫목에서 똥 싼다'처럼 방안에서 밥 먹고 똥 싸는 걸 한꺼번에 다 하는 게으름뱅이 지칭할 때 그렇게 많이 하는데. 지붕에다가 똥 싸야 하는 자리가 아닌데 지금 거기다가 싸놓고 있는 거에 문제 제기를 하는 건지?] 태국에서는 높을수록 되게 신성한 느낌이 있어요. 그래서 높은 데다가 이렇게 똥을 싸면 되게 뭐 예의 없고, 그리고 효(예의범절)를 잘 모르는 그런, 그런 거예요.

태국에서는 머리를 함부로 다른 사람의 머리를 함부로 만지면 안 되는 거 뭐 그런 거예요.

배 위에서 노를 젓지 않고 배 밖으로 발을 내민다

● **구연정보**

조사일시 : 2016. 10. 17(월) 오전
조사장소 : 서울특별시 광진구 화양동
제 보 자 : 와닛차 [태국, 여, 1990년생, 유학 5년차]
조 사 자 : 박현숙, 김현희, 김민수

● **개요**

어떤 일에 도움이 되지 못하고 방해만 되는 행동을 할 때 사용하는 속담이다.

손으로 노를 젓지도 않는데 발도 이렇게 내밀고 나서 그 배를 움직이지 못하잖아요. 그래서 그거는, 그런 사람은 되게 도와주지도 않고 방해가 되는 된다는 그런.

[조사자 2: 아, 네. 한번만 다시 이야기해 주세요.]

'손이 노를 젓지 않고 발을 배 위에, 배 밖에 내민다.'

[조사자 1: 발을 바깥으로 내밀면, 배가 오히려 균형이 안 잡히고 오히려 위험하게 만드는 행위인 거잖아, 발을 내미는 거는. 손으로 노를 젓지 않고 배 밖으로 발을 내민다. 그런 의미이구나.] 네. 그런 거예요. 과제할 때 다들 팀 과제 하고 있는데 도와주지 않고 막 옆 사람한테 막 얘기하는, 하는 그런.

호랑이를 피하려다가 악어를 만난다

● 구연정보

조사일시 : 2016. 10. 17(월) 오전
조사장소 : 서울특별시 광진구 화양동
제 보 자 : 와닛차 [태국, 여, 1990년생, 유학 5년차]
조 사 자 : 박현숙, 김현희, 김민수

● 개요

위험한 상황에서 벗어났더니 더 큰 위기를 맞이한 상황에서 사용하는 속담이다.

'호랑이에서 도망갔는데 악어를 만난다.'

[조사자: 호랑이를 피해 도망갔는데, 악어를 만났다.] 네. 위험한 상황을 피했는데 더 위험한 그런 상태에 빠진 그런 의미 같아요.

돼지 꼬리에 쌓이는 흙

● **구연정보**

조사일시 : 2016. 10. 17(월) 오전
조사장소 : 서울특별시 광진구 화양동
제 보 자 : 와닛차 [태국, 여, 1990년생, 유학 5년차]
조 사 자 : 박현숙, 김현희, 김민수

● **개요**

일이 미루어서 많이 쌓여 있는 상황에서 사용하는 속담이다.

'돼지 꼬리에 쌓이는 흙.' 흙이에요.

그런 (웃음) 속담이 있는데. 돼지 꼬리에 많이 쌓이는 그 흙인데, 의미는 일을 너무 많이 하지 않아서 일이 이렇게 쌓인다는 거예요. [조사자: 돼지가 꼬리를 안 움직여가지고 쌓이는 흙을 떨어뜨리지 못하는 상황인 거예요? 이건 농사를 지어봐야 아는데.]

(제보자가 휴대폰으로 속담의 상황이 그려진 그림을 조사자에게 보여줌.)

소를 잃고 외양간

● **구연정보**

조사일시 : 2016. 10. 17(월) 오전

조사장소 : 서울특별시 광진구 화양동

제 보 자 : 와닛차 [태국, 여, 1990년생, 유학 5년차]

조 사 자 : 박현숙, 김현희, 김민수

● **개요**

일이 잘못된 뒤에는 후회하고 손을 쓴다는 뜻을 가진 속담으로, 한국의 '소 잃고 외양간 고친다'와 같은 의미를 지닌다.

이거 한국 속담에도 있는데 한국 속담을 많이 잊어버려가지고, 소가 잃고 [조사자: '소 잃고 외양간 고친다'.] 네. 그거랑 똑같은 건가? 태국은 '소를 잃고 외양간'. 똑같네요.

비행기를 보고 짖는 개

● 구연정보

조사일시 : 2016. 10. 17(월) 오전
조사장소 : 서울특별시 광진구 화양동
제 보 자 : 와닛차 [태국, 여, 1990년생, 유학 5년차]
조 사 자 : 박현숙, 김현희, 김민수

● 개요

사회적 지위가 다른 높은 지위의 상대를 원하고 동경할 때 사용하는 속담이다.

'비행기를 보고 짖는 개.'

[조사자 1: 비행기를 보고 개가 짖는다고?] 네. [조사자 1: 그건 어떤 의미로 쓰이는 거예요?] 약간 낮은 신분의 남자가 그 높은 신분에 있는 여자한테 바라보는 그런. [조사자 2: 도저히 이걸 보고는 유추해 낼 수가 없는.] 네. 이거는 현대 속담인가요? 비행기가 나오니까.

[조사자 1: 그럼 지금 태국이 어떤 신분 그런 차이에 따라서 아직도 그런 문화가 좀 있긴 있어?] 지금은 없는데 왕족이 있잖아요. 아직 왕족이 높은 신분에 있고, 근데 아마 이 속담은 약간 돈이 많은 여자 뭐 이런 거. 경제적으로 신분을 따지는 거 같은데요.

쌀통에 빠진 쥐

● 구연정보

조사일시 : 2016. 10. 17(월) 오후
조사장소 : 서울특별시 광진구 화양동
제 보 자 : 와닛차 [태국, 여, 1990년생, 유학 5년차]
조 사 자 : 박현숙, 김현희, 김민수

● 개요

쥐에게 행운이 닥친 경우로, 남자가 부잣집 여자와 결혼할 때 사용하는 속담이다.

속담 중에 그런 거 있어요. '쌀통에 빠진 쥐' 있어요. 그런데 그 속담은 약간 가난한 남자가 부자인 여자 집에 장가가는 그런 속담 있어요.

해골을 차는 말(馬)

● **구연정보**

조사일시 : 2016. 11. 14(월) 오후

조사장소 : 서울특별시 서대문구 대현동

제 보 자 : 와닛차 [태국, 여, 1990년생, 유학 5년차]

조 사 자 : 박현숙, 김민수

● **개요**

태국에서는 행동이 여성스럽지 않고 천방지축인 여성에 대해 '해골을 차는 말'이라는 표현을 쓴다. 태국 설화 〈말괄량이 깨오〉 이야기와 관련된 속담이다.

[조사자: 근데 거기 태국에서는 이렇게 못생긴 얼굴을 우리는 호박 같다 이야기하잖아. 그걸 말같이 생긴 존재를 못생겼다고 하지 않아?] 네, 하지 않는데. 근데 약간 그 속담이 있어요. [조사자: 속담? 어떤?] '마리 깔로우' 이렇게 읽는데. 그거 해골, 이거 해골 맞아요? [조사자: 해골? 뼈?] 네, 뼈. 그거 '해골을 차는 말'이라는 뜻인데. 약간 여자가 여성스럽지 않게 행동할 때 말같이 막 행동하고 이런 것을 할 때 비유하는 속담이에요.

[조사자: 그러니까 얼굴이 못생겼다는 것도 있지만 여성스럽지 못하고 되게 천방지축이고 말괄량이고 이런 표현으로 말 같은 얼굴. 이렇게 표현해서, 그래서 해골을 차는 말?] 네.

인도네시아

임신했을 때의 금기

● **구연정보**

조사일시 : 2018. 11. 23(금) 오전

조사장소 : 경기도 안산시 원곡동

제 보 자 : 수산티 [인도네시아, 여, 1976년생, 결혼이주 12년차]

조 사 자 : 김정은, 강새미

● **개요**

인도네시아에서는 임신했을 때는 칼을 써도 안 되고 머리를 잘라서도 안 되는 금기가 있다.

엄마는 우리 임신했을 때 써도 안 되고. 바느질도, 칼도 안 되고. [청자: 중국도 그런 거 있어요. 중국도 임신 후에 애기 태어나기 전에 머리 자르면 안 돼요.] 그리고 박구 (칼로) '뚝! 뚝! 뚝! 뚝!' 안 된대. 머리카락도 자르지 말고.

밤이나 아침에 빗자루로 쓸면 안 된다

● **구연정보**

조사일시 : 2017. 10. 21(토) 오후
조사장소 : 경기도 안산시 단원구 원곡동
제 보 자 : 수산티 [인도네시아, 여, 1976년생, 결혼이주 11년차]
조 사 자 : 김정은, 황승업

● **개요**

밤에 빗자루로 쓸면 바보가 된다고 하고, 아침에 쓸면 돈을 못 번다고 하며, 집안일은 오후에 하도록 하는 속신어다.

우리는 밤에 무조건 집 쓸면 안 돼요. 바보 될 거라고. [조사자 2: 쓸면 바보 된대요?] 네. [조사자 2: 밤에 청소하면 안 되겠네요, 그러면.] 네. 아 우리가 그걸 빗으로 쓸었잖아요, 집에. [조사자 1: 빗자루로 하면은.] 네, 밤이면 안 돼. [조사자 1: 밤에는 하면 안 돼요?] 네, 왜냐면 나중에 바보 될 거라고 그래서. (일동 웃음) [조사자 1: 밤에 하면 바보 된다고.]

[조사자 2: 왜 그래요?] [청자: 미신들이 지역마다 그거 있나 봐.] 아침에는 만약 아침 일어나서 쓸어도 안 돼요, 집. 왜냐면은 나중에 그거 돈 안 벌어. [조사자 1: 아침에 쓸면 또 돈을 못 벌어요?] 예, 돈 못 벌고. 밤에 안 쓸며.

그러니까 '집안일은 오후에 해라', 그렇게 하시면은가 봐요.

필리핀

몸에 이상이 생겼을 때의 속신 요법

● 구연정보

조사일시 : 2017. 10. 29(일) 오전
조사장소 : 전라남도 순천시 조곡동
제 보 자 : 마리셀(박세라) [필리핀, 여, 1971년생, 결혼이주 17년차]
마이린 [필리핀, 여, 1975년생, 결혼이주 7년차]
조 사 자 : 박현숙, 김현희

● 개요

필리핀에서는 감기가 걸리면 담배 마는 종이를 이마에 붙인다. 눈 다래끼가 나면 눈썹을 뽑는다. 생선뼈가 목에 걸리면 흰색 종이에 침을 바르고 물을 마신다. 딸꾹질이 나면 흰색 종이에 침을 묻혀서 붙인다.

감기 걸리고 배 아플 때 치료법

조사자 : 필리핀은 어디 아플 때 하는 방법이 있어요? 감기 걸리거나, 아니면 체했다거나.

마리셀 : 우리 그냥 붙이는 거.

조사자 : 뭘 붙여? 감기 걸리면?

마리셀 : 머리 아픈 날. 우리 엄마가 맨날 (웃으며) 그 담배 있잖아.

조사자 : 이렇게 마는 담배?

마리셀 : 우리엄마 이렇게 침 묻히는 거 뭐야? 기도. 기도하는 거.

마이린 : 말.

마리셀 : 말. 말하는 거. 우리 형부가 이런 거 잘해요.

조사자 : 아, 주문 같은 거? 주문?

마리셀 : 네. 주문 그런 거. 우리엄마
조사자 : 담배 마는 담배 종이에다가?
마리셀 : 담배 빼고. 담배는 버리고 그 종이만.
마이린 : 약 안 먹어도 돼요.
조사자 : 그래서 이마에다 붙여?
마이린 : 네 그냥 붙이면 돼요.
조사자 : 그럼 감기 나아? 배 안 아파?
마이린 : 네. 몇 번 해봤어요.
조사자 : 그거 배 아플 때?
미리셀 : 믿는 사람만. 안 믿으면 잘 안 나아.
마이린 : 배 아플 때. 그리고 열날 때 병원 안 가도 돼요. 약도 안 먹어도 되요.
조사자 : 그럼 현수도 해봐주셨어요?
마리셀 : 아니요. 안 했지. 여기는 다 바로 병원가요.
청자 : 여긴 아빠가 있으니까.
조사자 : 그러면 어릴 때 그렇게 해보니까
마이린 : 난 많이 해봤어요. 나.
조사자 : 그럼 그 거 말고 또 어떤 거 해보셨어요?
마이린 : 요것만 많이.

눈 다래끼 났을 때

조사자 : 또 어떤 거 해보셨어요? 눈에 다래끼 나면 눈썹 같은 거 하고 하는 거. 필리핀 어떻게 해요?
마리셀 : 있어. 뭐야? 산 들어가서 이제 그 눈썹 빼라고 그래.
마이린 : 네. 눈썹만 빼고 나았어요.
조사자 : 아 눈썹만 빼면 낫는다고?
마리셀 : 그런 약이 없어요. 우리는.
마이린 : 이거는 약이 없어요. 아침에 일어날 때 빼고.

마리셀 : 저녁
마이린 : 아니. 아침에 일어나면
조사자 : 아침에 일어나면 빼.
마리셀 : 또 저녁에 빼.
마이린 : 한 며칠 있다가 나서요.
마리셀 : 몰라, 그 거 말로만 할머니 할아버지들이 해
마이린 : 아니, 나는 많이 해봤어.
청자 : 해봤어?
마이린 : 어, 언니.
조사자 : 마이린 선생님은 그런 거 많이 해보셨네. 그런 거.
마이린 : 근데 지금 기억이 안 나요.
조사자 : 어릴 때는 많이 해봤어요?
마이린 : 애기 때부터.

생선뼈 목에 걸렸을 때

마이린 : 우리 아버지도 만약에 뼈 있잖아.
조사자 : 뼈?
마이린 : 생선 먹으면 그다음에 뼈가 여기 걸리는데.
마리셀 : 가시, 가시.
마이린 : 우리 아버지는 침만 하는데
마리셀 : 가시. 가시 있잖아.
마이린 : 금방 나서요.
청자 : 진짜?
조사자 : 침을 묻혀서 여기 바르면
마이린 : 네. 금방 나아요.
청자 : 그래?
조사자 : 그럼 이 뼈가 갑자기 없어져?
마이린 : 없어요. 그냥 물을 마시고 나서요.

마리셀 : 우리 아버지도 그랬는데.

딸꾹질 멈추게 하는 법

조사자 : 그럼 딸꾹질 멈추는 거는 없어요?
마이린 : 딸꾹은 그 거는 저기.
마리셀 : 딸꾹질은 그냥 물 많이 먹어. 일곱 번.
마이린 : 그 하얀색 이거 뭐야?
조사자 : 종이
마이린 : 종이. 종이하고 침하고 이거 붙이라고.
마리셀 : 아, 맞다.
조사자 : 아, 똑같이? 아까처럼?
마이린 : 네.
마리셀 : 아니, 이 거는 작은 거만. 아무 거나 붙이면 돼. 얘 잘 아네.
조사자 : 만병통치약이네.
청자 : 나, 잊어먹었어.
마리셀 : 나는 물 먹는 거, 일곱 번. 마이린 잘한다.
마이린 : 필리핀 이야기하면 지금 기억나. 갑자기. (웃음)

말이 죽었는데 지푸라기가 무슨 소용이 있나

● 구연정보

조사일시 : 2016. 11. 09(수) 오전
조사장소 : 경기도 화성시 향남읍 행정리
제 보 자 : 룻파네스 [필리핀, 여, 1974년생, 결혼이주 23년차]
조 사 자 : 오정미, 이원영, 이승민

● 개요

필리핀 속담 '말이 죽었는데 지푸라기가 무슨 소용이 있나'는 이미 죽었는데 말의 먹이인 짚이 있어봤자 쓸 곳이 없다는 뜻으로, 한국의 '소 잃고 외양간 고친다.'와 비슷한 의미이다.

(제보자가 필리핀어로 먼저 제목을 말함.)

[조사자 1: 우리나라 말로 하면 무슨 말이에요?] 데모는 저기 풀이라고 해요. [조사자 1: 데모?] 풀. 풀. 잔디. 카바이오는 말이거든요. 카바이오. 이거 카바이오가 말이에요. 파타이는 죽었다고. 카바이오가 말이 죽었다고. 근데 무엇일 것이냐고. 무엇을 사용할 것이냐고. 이거. 말이 먹는 거 뭐라고 하죠? [조사자 2: 여물. 여물 먹는다고.] 거기 있잖아요. 잔디, 잔디 말고. [조사자 1: 건초?] 거, 풀. [조사자 2: 지푸라기.] 응. 지푸라기. 어. 지푸라기.

지푸라기를 말이 죽었는데, 지푸라기를 뭘 사용할 수 있냐고. 이미 죽었는데. 이미 말은 죽었는데, 지푸라기 어떤 뭘 사용할 거냐고. 이미 늦었다고. [조사자 2: 말이 죽었는데, 지푸라기가 무슨 소용이 있냐.]

홍콩

홍콩의 금기

● **구연정보**

조사일시 : 2018. 12. 14(금) 오전
조사장소 : 서울시 광진구 화양동
제 보 자 : 채가오 [홍콩, 여, 1993년생, 유학 4년차]
조 사 자 : 신동흔, 오정미, 한상효

● **개요**

홍콩에서는 설날에 신발을 선물하면 안 된다. 광둥어로 신발의 발음과 한숨 쉬는 소리가 비슷하기 때문이다. 또 홍콩에서는 시계를 선물하지 않는다. 시계가 보낼 송(送)자와 발음이 비슷하여 빨리 죽으라는 의미가 되기 때문이다. 음식을 먹을 때는 양손을 위에 다 올려야 한다.

[조사자 1: 저거 몇 개만 생각나는 대로 물어볼게요. 이렇게 하면 어떻게 된다. 이렇게 하면 안 된다. 뭐뭐 해야 한다. 속신인데 속신들인데 밥 먹고 나서 뭐 하면 안 된다. 아침에 뭐 하면 안 된다. 비올 때 뭐 하면 안 된다. 뭐할 때 뭐 해야 한다. 이런 식의 이야기들.]

설날 때요. 제일 많아요. 설날 때 신발을 사면 안 되고, 그리고 [조사자 1: 설날 때 신발을 사면 왜 안 된다고 해요?] 약간 홍콩의 그 말이 있는데 그 계속 힘들 때 하, 하, (거친 호흡을 함) 막 그런 거 있잖아요. 근데 신발의 발음이 하이라고 해요. 그래서 비슷해서 그러니까 정월은 한 해의 첫날이면은 되게 중요하다고 생각해요. 정월 안에 무조건 신발 사면 안 되고. [조사자 1: 신발 사면 축 가라앉는 거군요?] 아 맞아요. 아하 저질고(처지고), 그런 거 있어요. [조사자 2: 중국에서 배 선물 안 하는 거랑 똑같은 거네요.]

우리는 시계, 시계 선물 절대 안 돼요. 약간 우리가 어 시계는 광둥에서 쫑이라고 하는데 보낸다는 송이라고 해요. 그래서 '송종송종' 이렇게 하면은 딱 어르신들이 보낼 때 남자 아이가 어르신 보낼 때는 송종이라고 해요. 그래서 시계가 누군가한테 특히 어르신한테 보내면 진짜 큰 실례예요. 홍콩에서 절대 하면 안 돼요. 발음이 비슷하고 네, 끝난 뜻이다.

그리고 누군가한테 욕할 때는,

"송종하는 사람이 없을 거다."

그래서 약간 후손이 없다는 뜻이죠.

"너 보내는 사람이 없을 거다."

그래서 광동어에서 하면은 모자이송종, 짜이는 남자아이.

뭐 중국 문화에서 남자아이 되게 중요하잖아요. 약간 후손을 잇는 뜻이라서 계속 남자아이 있다 그러야 되잖아요. 약간 장례 문화에서도 만약에 그 고인의 사진을 가진 사람을 무조건 남자아이고 그러는데 만약에 누군가한테,

"그 남자아이 너 보내는 사람이 없다."

그런 말을 하면은 약간 저주 같은 느낌이어서 그래서 선물하면 안 되고.

[조사자 1: 혹시 뭐 잠을 자거나 먹거나 거기 관련되는 건 없어요?] 아 우리가 밥 먹을 때 한국 사람은 손 올리면 안 되잖아요. 우리는 무조건 올려야 돼요. 양손. [조사자 1: 양손을 다 올려야 돼요?] 이렇게 올려야 되고 이렇게 먹으면 안 된대요. 그리고 그릇을 잡을 때도 이렇게 잡아야 되고 이렇게 잡으면 안 된대요. 이렇게 잡으면은 거지들만 하는 그래서,

"이렇게 주세요."

그런 느낌이어서 무조건 이렇게 [조사자 2: 거지가 동냥하는 행동이랑 비슷해서.] 거지 이렇게 하잖아요. 돈 주세요. 막 이런 막 그런 느낌. 그래서 우리는 손가락 엄지 무조건.

세 살의 모습이 팔십 세까지 정한다

● **구연정보**

조사일시 : 2018. 12. 14(금) 오전
조사장소 : 서울시 광진구 화양동
제 보 자 : 채가오 [홍콩, 여, 1993년생, 유학 4년차]
조 사 자 : 신동흔, 오정미, 한상효

● **개요**

어릴 때 모습이 커서도 계속된다는 뜻의 속담으로, 한국 속담 '세 살 버릇 여든 간다'와 일치한다.

[조사자 1: 홍콩의 대표적인 속담 생각나는 거 있어요? 뭐 한국에 '세 살 버릇이 여든 간다', 뭐 그 '천리길도 한 걸음부터', '되로 주고 말로 받는다' 그런 속담들 있잖아요.] 거의 [조사자 1: 홍콩에서 유명한 속담.] 한국어랑 되게 비슷해요. 방금 세 살 때 막 그런 거 있어요. 홍콩에서도 '삼설댕바섭'이라는 말이 있는데,

'세 살의 모습은 팔십 때까지, 팔십 세 때까지 정하는 것이다.'

그런 거 있어요. 그래서 아이의 세 살 때의 어떤 모습이면은 팔십 세 때까지도 쭉 그럴 거다. 그런 거예요.

중국

중국의 금기들

● 구연정보

조사일시 : 2019. 03. 08(금) 오전
조사장소 : 서울시 노원구 공릉동
제 보 자 : 심죽령 [중국, 여, 1988년생, 결혼이주 4년차]
조 사 자 : 신동흔, 오정미, 엄희수

● 개요

중국에는 동음이의어 글자들로 인해 생기는 금기들이 여럿 있다. 배(梨)와 이별(離)의 한자 발음이 같아 손님에게 배를 잘 대접하지 않는다. 그리고 시계(鐘)와 끝남(終)의 소리가 같아 어른들에게 시계를 선물하면 안 된다. 또, 우산(傘)과 헤어짐(散)을 뜻하는 한자의 소리도 같아서 연인들 사이에는 우산을 선물로 주고받지 않는다.

[조사자 2: 이거 글자에 관해서 하니까, 저 궁금한 게 있는데. 혹시 아실까 봐. 그 중국에서는 제가 들었는데, 얼핏 들었는데, 손님이 와도 먹는 배, 배를 절대 안 깎아준다고. 과일을 안 낸다고. 그게 한자로 헤어짐? 이별? 이런 의미여서.] 아, (종이에 한자를 쓰며) 이거를 배(梨) 글자, 이거(離)는 이별. 보통 선물로 잘 안 줘요. [조사자 2: 네, 그렇다면서요. 손님이 와도 배는 절대 내놓지 않고.] [조사자 1: 이 리(梨)하고 이 리(離)가 서로 발음도 비슷하지만, 통용해서. 아, 리(離) 자를 이렇게 쓰는구나. 원래 옆에 새 추(隹) 자를 쓰는데.] 간체자라서.

[조사자 2: 그거랑 관련된 이야기는 없어요? 선생님?] 아마 있을 거예요. 이거 말고도 여러 가지 있어요. 예를 들어서, 음, 이따가 제가 한 번 끝나고 나서 찾아볼게요. [조사자 2: 약간 중국에는 이런 게 많더

라구요. 재미있더라구요.] 네.

[조사자 1: 우리나라도, 4층. 4(四)하고 죽을 사(死)하고 비슷해가지고.] 아. [조사자 1: 그래서 병원에 4층이 없잖아.] 4층, 아하. [조사자 1: 죽을 사(死)하고 발음이 비슷하다고 해가지고. 어느 나라든 그런 게 다 조금씩 있을 거예요.]

[조사자 3: 뭐, 손목시계 선물 안 하는 것도 있잖아요?] 네. 손목시계도 그렇구. 그 벽에 거는 거. [조사자 3: 네네, 시계.] 시계는 쫑(鐘)이라고 하는데, 근데 이거랑 마치는 거(마칠 종, 終)하고 똑같아서. 특히 아픈 사람한테 주면 '빨리 죽어'라는 그런 뜻도 가지고 있어요. [조사자 2: 맞아, 그 얘기도. 특히 노인, 어르신들한테는 절대로 시계 선물 안 한다고.] 선물 절대 시계를 주면 안 돼요. [조사자 1: 그러고 보니까 종친다는 말이 두 가지 뜻이 다 있네?] [조사자 2: 어, 소름. 왜, 우리말에 '종 친다' 그러면, 끝났다. 끝났어.] [조사자 1: 그게 그 종하고 연결될까?]

[조사자 2: 선생님, 갑자기. 말 나왔을 때. 중국에서 금기. "이거 하지마. 이거 하면 안 돼." 이런 게, 선물로 안 되는 게 배도 선물하면 안 되고, 시계도 선물하면 안 되고.] 배는 그나마 그렇게 심각하게 꺼려하지는 않는데, 시계는 진짜 안 되는 거예요. [조사자 1: 한국에서는 신발. 고무신.]

그리고 또, 우산. 우산은 싼(傘), 헤어지는 거(흩어질 산, 散). [조사자 1: 아, 우산도 헤어진다고 그러는구나.] 헤어지는 산(散)하구. [조사자 3: 그러면 연인끼리 우산 안 주겠네요?] 네네. 그럼 헤어지는 거. [조사자 1: 비 와도 그냥, 그냥 내가 쓰고 가는 건가요?] 그렇게까지는.

[조사자 2: 전부 다 글자 때문에 그런 거네요?] [조사자 1: 언어의, 그 주술이라는 게, 주언이라는 게 말로 하는 거잖아요. 옛날에는 말의 힘이 세상을 움직였기 때문에 옛날에 주술적인 그런 문화의 산유물인 것 같아요.] [조사자 2: 맞아. 우산, 재밌다.]

동물에 대한 금기와 속신

● **구연정보**

조사일시 : 2016. 12. 19(월) 오전
조사장소 : 서울특별시 광진구 화양동
제 보 자 : 윤군 [중국, 여, 1981년생, 결혼이주 8년차]
윤가사 [중국, 남, 1952년생, 기타(한국 방문)]
조 사 자 : 박현숙, 김현희

● **개요**

중국에서 살생을 금기시하는 동물이 있다. 거미는 아침에 오면 좋은 일이 생기고 밤에 오면 돈이 생긴다고 믿는다. 뱀도 상서로운 동물이어서 함부로 죽이지 않는다. 족제비는 사람을 홀리는 능력이 있어서 사람들이 꺼려하는 동물 중 하나다. 족제비를 작은 신으로 모시고 제를 지내는 지역도 있다. 하지만 족제비신은 한 번 찾아오면 돌아가지 않으려고 하기 때문에 신으로는 잘 섬기지 않는다. 사람을 홀리는 족제비가 집안에 들어오지 못하게 족제비를 잡아서 내장을 말려 걸어두고 다른 족제비에게 경고를 보내기도 한다. 해를 보면서 앞발을 모으는 족제비를 죽이면 재앙이 온다.

거미줄이 있어요. 거미가 아침에는 오면 좋은 일이 생기고, 거미가 밤에 오면은 재산이 생긴다고. 돈이 생긴다고. 그런 이야기가 좀 있어요. 아침에는 운이 좋고 밤에는 돈이 생긴다고. 그래서 거미는 안 죽이는 거예요. [청자: 우리는 거미 밤에 보면 근심이 생긴다고 그러는데. 그죠?] 금? 그럼 비슷하네요. [청자: 근심이 생긴다고.] 근심? 근심은 안 좋은 거잖아요. [청자: 나 그걸로 믿을래.] (웃음)

그리고 동물은 뱀 비슷한 거죠. 뱀에는 어디 가서도 함부로 죽이지 않아요. [조사자 1: 아버지한테 거미 같은 경우는 사람들한테 좋은 기운을 준다고 보는데, 해치거나 해서 혹시 안 좋은 일 겪었던 사람들 이야기들은 게 있는지. 아니면 뱀 같은 경우도 함부로 죽이면 안 되는데. 어떻게 죽여서 부정한 일이 생긴다고 들은 게 있는지 좀 물어봐 주세요.]

(윤군 제보자가 부친인 윤가사 제보자에게 조사자의 질문을 중국어로 전달하고 두 제보자가 중국어로 삼 분가량 대화를 나눔.)

그 아빠 이야기는 동물 세 가지 이야기했어요.

첫 번째는 거미줄, 거미줄은 왜 죽었냐면 잘 모르겠어요. 그냥 일단 옛날집이 위에는 다 나무로 만들어졌잖아요. 거미줄은 위에서 자주 내려와요. 자주 내려오고, 그래서는 잡지 말라고 노인들이 다 말했어요. 왜 잡지 말라고 했는지 모르겠어요. 재산은 좋다고. 이런 거 좀 있어요.

두 번째는 뱀이, 안 죽이는 이유가 옛날에 먹는 거 살 같은 거 찢기는 거 뱀이잖아요. 쥐 때문에 뱀이 쥐를 잡으니까, 뱀이 또 죽이지 않은 거예요, 함부로.

세 번째 동물은, 잠깐만요. 한국말로 제가 찾아볼게요. (잠시 휴대폰으로 검색하다가) 아, 족제비. 족제비 얘기 많이 했어요.

족제비는 중국에서는 조금 특이한 동물이에요. 일단은 족제비는 다 잡잖아요. 사람들이 만날 때는 다 죽여요. 그런데 죽이면서도 조금 무서워요. 왜냐하면 족제비는 귀신 관련 좀 있는 거 같아요. 지금 보면 소설 쓸 때도 족제비는 죽이면 밤에는 귀신 찾아오는 경우 좀 있어요. 족제비는 사람을 정신적으로 혼란스럽게 하는 능력이 좀 있는 거 같아요.

(윤가사 제보자의 말을 잠시 듣다가) 그래서 족제비는 죽일 때는 다 그 뭐지? 내장 다 빼고, 말라서 집에서 놔두려고, 모피가 놔두려고. 그 이유는 다른 족제비는 오지 말라고.

'이거 봐라, 우리 집에 오면 바로 잡으면 이렇게 된다.'

다른 족제비들 무섭게 하려고 그래서 일부러 그렇게 했어요, 옛날 사람들이. 그런데 족제비는 귀신 관련하는 이야기 좀 있어서, 좀 그래요.

[조사자 1: 족제비는 사람 정신을 혼미하게 하나보죠?] 그런 게 좀 있

어요. 족제비는 여인으로 변신, [조사자 1: 변신해요?] 변신도 있고, 아니면 족제비는 죽으는 사람 귀신이 이런 거 끌어와서 집안을 불운하게 만드는 게 좀 있어서요. 그런 능력이 있어서요. 그래서요, 만약에 족제비 오면 사람들은 심리적으로 다 안절부절하죠.

'이걸 죽여야 되나? 살려야 되나?'

이런 게 좀 있어요.

우리 지역에 동북 해룡강, 길림, 요녕성 어떤 지역에는 족제비는 신으로 제사하는 지역도 있어요. 작은 신? 그런 게 좀 있어요. [조사자 1: 족제비가 신으로 사람들이 모시게 된 이유와 관련된 이야기 없어요?] 그거는 좀. 글쎄요.

안 좋은 게 조금 많죠. 이런 족제비 같은 여우같은 신과 모시게 할 때는 괜찮은데 근데 보내기는 힘들어서요. 그래서 사람들이 다 반대를 하는 거죠. 왜냐하면 평소는 모시면 하는데, 그냥 이 사람 만약에 죽으면 자식들이 어떻게 하는지 그냥 보낼 수가 없는 신이라고 하는데 그래서 좀 그래요. 제가 물어볼게요, 아빠한테.

(윤군 제보자가 조사자의 질문을 윤가사 제보자에게 중국어로 묻고 답함.)

아빠가 하는 동작이 족제비는 해를 보면서 (양손으로 합장하고 흔들며) 이렇게 하는 족제비가 있어서요. 그래서 그런 족제비는 죽이면 안 된다고. [조사자 1: 이렇게 하고 있는 족제비?] 네. 해를 보면서 하는 족제비가 좀 있어요. 아마 그런 족제비가 신통력 있는 거 같죠. 족제비는 못된 죽이려는 사람들이 악운이 오는 거죠.

(윤가사 제보자가 중국어로 설명을 덧붙여서 윤군 제보자가 잠시 구연을 멈추고 대화를 나눔.)

악운이 오거나 아니면 사람들이 자주 아픈 거예요, 결과가. 그런 족제비를 때리면 그런 이야기 좀 있어요.

붉은 줄에 얽힌 속신

● 구연정보

조사일시 : 2016. 12. 19(월) 오전
조사장소 : 서울특별시 광진구 화양동
제 보 자 : 윤군 [중국, 여, 1981년생, 결혼이주 8년차]
윤가사 [중국, 남, 1952년생, 기타(한국 방문)]
조 사 자 : 박현숙, 김현희

● 개요

중국에서는 인삼을 발견하면 캐기 전에 꼭 붉은 줄을 묶어야 인삼이 도망가지 않는다고 믿는다. 처음 발견한 인삼에 붉은 줄은 묶은 뒤 다른 인삼을 캘 수 있다. 붉은 줄은 결혼할 때 신랑의 허리에 묶으며, 일상에서는 열두 띠 중 그 해의 띠에 해당하는 사람은 몸에 붉은 띠를 두른다. 그래야 일 년 동안 액운을 방지한다고 믿는다.

우리 아빠는 이야기하는 거는 옛날에 아빠는 할머니, 엄마라고 부르지 않고 그냥 '느이느이(奶奶nainai, 할머니)'라고 불러요. 느이라고 부르는데 무슨 이야기 하냐면 인삼 이야기. [조사자 1: 인삼 이야기?] 네. 산에 가서 인삼 파는 이야기 그런 이야기 좀 있어요. [조사자 1: 인삼 캐는 거?] 네. 인삼 캐는 거.

인삼은 꼭 빨간 줄 묶어야 안 도망가는 거잖아요. 빨간 줄이 인삼은 위에 있는 뿌리는 먹고 인삼 밑에는 도망가지 않다고 그런 이야기 좀 있어요. [조사자 1: 인삼 밑에를 먹으면 안 도망간다고?] 아니, 빨간 끈이, 빨간 줄이? [조사자 1: 줄기? 줄에 빨간 게 있어요?] [조사자 2: 인삼 꽃이 빨갛지 않아요?] 아니, 그게 아니고. [조사자 1: 뿌리가 있으면 뿌리를 먹잖아, 보통.] 뿌리는 먹는데, 파기 전에 빨간 줄이 묶어야 해. 위에는 묶어야 다시 파는 거는 안 도망간다고 했어요.

애니메이션도 있어요, 인삼 애기, 인삼 베이비. 애니메이션도 있어요. [청자: 그러니까 인삼을 캐기 전에 나온 줄기를 먹어야. 밑에 있는 뿌리가 도망가지 않는다?] 아니요. 위에는 빨간 줄이. [조사자 1: 그다음부터 더 캐야 하는 거 있는데, 그것들을 더 캘 수 있다는 거죠?] 그렇죠. 파기 전에 빨간 줄이 이렇게 묶어놔야지, 신발끈처럼 묶어놔야지 도망가지 않는다고 그랬어요.

[조사자 1: 그러면 중국에 빨간 줄 가지고, 산삼 캘 때 말고도 뭔가 중요한 일을 할 때 하는 거 있어요?] 그렇죠. 있어요. 예를 들면 결혼할 때. 결혼할 때 그리고 자기 띠가 해가 빨간 허리띠 많이 해요.

[조사자 1: 그러면 결혼할 때 빨간 줄을 어떻게 써요?] 그냥 허리띠처럼. [조사자 1: 신랑 신부가 다?] 아니요. 신부. 아니 신랑이. 신랑만. [조사자 1: 신랑이 허리띠처럼 묶어야 하는 구나.] 그냥 좋은 의미로요. [조사자 1: 그거 땜에 신랑 도망가지 말라는 의미는 아니고?] 글쎄요.

(제보자의 질문을 윤군 제보자가 윤가사 제보자에게 중국어로 묻고 답하는 과정에서 윤가사 제보자가 크게 웃음.)

아빠는 그럴 수도 있다고 해요. [조사자 1: 결혼할 때 신랑한테 빨간 줄로 묶고. 또 일상 속에서 허리띠를 많이 사용하고. 옛날에 또 어떤 걸로 써요?] 일상. 지금은 잘 안 쓰죠. 옛날에는. [조사자 1: 지금은 잘 안 써요?] 네.

(윤군 제보자와 윤가사 제보자가 중국어로 대화를 주고받음.)

자기 띠 해가. 예를 들면 올해가 원숭이 띠잖아요. 원숭이띠 사람들은 허리띠를 해요. 허리띠로 빨간 줄을 하니까 일 년 동안 운이 나쁘지 않게 행운을 비는 거죠.

엿사탕을 먹으면 겨울에 턱이 떨어지지 않는다

● 구연정보

조사일시 : 2018. 12. 11(화) 오후
조사장소 : 서울시 광진구 화양동
제 보 자 : 조림 [중국, 여, 1992년생, 유학 3년차]
조 사 자 : 신동흔, 오정미, 박현숙, 엄희수

● 개요

추운 겨울에 엿사탕을 먹으면 턱이 얼어서 떨어지지 않고, 사람이 나쁜 말을 하지 못하게 한다.

설날에 뭐 어느 날인지 기억은 안 나는데 할머니가 그 엿사탕 같은 거. 한국 엿사탕은 그냥 걸쭉한 그런 엿인데 중국은 그게 엿사탕인지 깨가 위에 좀 덮여있고 좀 빼빼로 약간 수제 빼빼로 같은 손가락 굵기가 되는데 이 정도 긴 그런 엿사탕인데. 그 사탕 모양이 굉장히 약간 그 되게 가는 실 같은 그런 사리 같은 면으로 된 사리. 그 사리가 붙어서 이렇게 만들어질 것 같은데 그 위에는 깨가 덮여 있는데.

그걸 먹으면 뭐 겨울에 제일 추운 날에는 절기, 제일 추운 절기에 가서 턱이 얼어서 떨어지지 않는다고 얘기를 하거나 아니면 사람을 나쁜 말을 못하게 나쁜 말 하는 입을 딱 붙여놓는다. 뭐 두 가지 버전이라서 자세히 모르겠어요. [조사자 1: 속신이구나.] 근데 부뚜막신은 그래서 아닌 것 같아요.

젓가락 끝을 잡으면 시집을 멀리 간다

● 구연정보

조사일시 : 2016. 11. 13(일) 오전

조사장소 : 강원도 춘천시 사북면 고탄리

제 보 자 : 장웨이 [중국, 여, 1979년생, 결혼이주 9년차]

조 사 자 : 박현숙, 김현희

● 개요

중국에는 젓가락 끝을 잡으면 시집을 멀리 간다는 말이 있다. 실제 중국에서 한국으로 시집온 중국 친구들을 보면 모두 젓가락 끝을 잡는다고 한다.

저희 동네 자주 이야기하는 거는 젓가락을 잡는 게 봐요. 만약에 젓가락 끝을 잡으면 시집을 멀리 간다고. 그리고 좀 아래로 잡으면 좀 가까운 데로 간다고 그런 얘기 있어요.

그래서 저도 대학교 다닐 때 저희 밥을 먹었다가 항상 그 습관으로 하는데 엄마가 갑자기,

"너는 너무 끝으로 잡지 말라."고.

"그러면 나중에 멀리 간다."고.

(웃으며) 그래, 갑자기 그렇게 얘기한 거예요.

"아니 이게 벌써 습관이 됐는데 어떻게 고치냐?"고.

그랬더니,

"그래도 너무 잡지 말라."고.

그랬더니 진짜 너무 멀리 왔어요. (웃음)

저희 친구끼리도 그렇게 얘기한 적 있어요. 다 거의 다 맞더라구

요. 다 끝을 잡는 사람들이에요. 다. [조사자: 지금 한국에 와 있는 사람들이?] 네네. 그래 생각해 보니까 재미, 재밌어요.

젓가락과 관련된 금기

● **구연정보**

조사일시 : 2016. 11. 13(일) 오전
조사장소 : 강원도 춘천시 사북면 고탄리
제 보 자 : 장웨이 [중국, 여, 1979년생, 결혼이주 9년차]
조 사 자 : 박현숙, 김현희

● **개요**

젓가락을 밥 위에 세우는 것은 제사상에 밥을 올릴 때 하는 행동이기 때문에 '젓가락을 밥그릇에 꽂지 말라'는 금기가 있다. 젓가락으로 밥그릇을 치는 행동은 옛날 거지들이 하던 행동이기 때문에 못하게 한다.

[조사자: 아니면 뭘 함부로 하면 안 되고 이런 뭐 일상생활에서.] 여기랑 비슷해요. 뭐 젓가락을 밥 위에다가 (젓가락을 꽂는 동작하면서) 이렇게 세우면 안 되는 거고.

[조사자: 그러는 이유는 뭐예요?] 그거 죽은 사람 제사상에 올릴 때 그렇게 하는 거니까 살은 사람은 그렇게 해주는 거 아니라고. 그런 거 있지요.

또 밥 먹을 때 젓가락으로 밥그릇 이렇게 (손으로 치는 동작하면서) 떠들면 안 되는 거.

[조사자: 밥그릇을 이렇게 치면 안 돼요?] 네. 소리 나게. 그게 거지가 그렇게, 옛날 거지가 시골에, 마을에 들어가면은 알리려고 그렇게 많이 한다는 게 있어서.

귀신은 노크를 네 번 한다

● 구연정보

조사일시 : 2016. 12. 19(월) 오전
조사장소 : 서울특별시 광진구 화양동
제 보 자 : 윤군 [중국, 여, 1981년생, 결혼이주 8년차]
조 사 자 : 박현숙, 김현희

● 개요

귀신은 노크를 네 번 한다. 밖에서 노크를 네 번 하면 문을 열면 안 된다.

제가 알고 있는 거, 사람들이 노크할 때 몇 번 하세요? [조사자 1: 두 번, 똑똑? 똑똑똑. 세 번인가 보다.] 세 번인 거 같애요? 보통은 두 번 세 번 하는 거 같은데 귀신은 네 번 해요.

그래서,

"네 번 할 때는 문 열지 말라."고.

하는 그런 거 좀 있어요. 제가 어디서 기억나는지 잘 모르겠어요. (웃음)

고양이가 시신을 넘어가면 안 된다

● **구연정보**

조사일시 : 2017. 04. 15(토) 오전
조사장소 : 전라북도 진안군 진안읍 단양리
제 보 자 : 서청록 [중국(한국계), 남, 1962년생, 이주노동 6년차]
조 사 자 : 오정미, 이원영, 이승민

● **개요**

고양이가 시신을 넘어가면 안 된다. 고양이가 시신을 이리저리 넘어 다니면 죽은 시신이 일어난다는 말이 있다. 어린 시절 친구 아버지가 돌아가셔서 간 적이 있는데, 그 집의 아이들이 고양이를 방치하여 고양이가 이리저리 넘어 갔다. 그래서 죽은 시신이 일어났다는 이야기를 들었다. 또 다른 이야기는 삼일장을 치르기 위해 둔 관에서 이틀째 되는 날 고양이가 부스럭거리고 긁는 소리가 났다는 것이었다. 사람들은 관을 지키는 이들이 치매가 걸린 게 아닌가 의심하기도 했다. 젊은 시절에는 상갓집에서 고양이를 보면 무서워서 들어가지 못했다.

[조사자 1: 아까 그 무덤 얘기 하셨잖아요? 그 저희 나라에두 상문 들었다 그러거든요. 중국에두 그런 게 있나요? 상문 들은 게 뭐냐 하면 누가 죽었어. 그 죽은 집 그 상갓집에 갈 때 잘못 갔다가 오면 귀신 들려서 온다구 어 남에 그 죽은 그 저기 뭐야 상 가지구 뭐 호주머니에 소금을 가지구 가서 이렇게 뿌리구 들어가야 된다라든가 뭐 그런 게 있었거든요. 혹시 중국엔 그런 문화가 없었나요? 남의.] [조사자 2: 상갓집 갈 때.]

어 상갓집 가는 거두 이기 우리두 조그말 때 이래 몇 번 친구 아버지가 갔는데 우리는 머 어리니까 그 사람들 엄방 지키고 있잖아요. 그르니까 고양이 나매(넘어) 게 무치 시, 시신이 거기를 지나가면, 넘어가면 안 된다 해가지고. [조사자 1: 아, 고양이?] 네, 고양이가. [조사자 1: '야옹'하는 고양이요?] 예, 고양이요, 네. [조사자 2: 고양이가 시신을 넘어가면 안 된다?] 안 된다구.

[조사자 1: 왜, 왜 안 돼요?] 그게 어터게 머라 하무 이기 뭐 나쁘대요. 이 무 잘 모르지만 그래 그 집에 고양이 있어요. 근데 그래 그 집에 그 아이들이 그 고양이루 얼래가지구 남의 집에 갔다가 이래 못 나오게 해서리 이래 그리 방치해가. 고양이가 이리 이리 넘어가믄 어터기 사람이 이 죽은 기 [조사자 2: 일어났다?] 일어났다 어찐다, 자우간 이게 이게 무슨 [조사자 2: 시신이?] 시신들이. [조사자 1: 시신들이 일어난다?]

어, 한 번 또 누구 말하는 게 어 관 이 뭐라 해까 관이가 관이 뚝이기가 절반이 뿌개지구 그담에 그 죽은 그기 이 일어 그게 나는 못 들어, 못 봤어요. [조사자 1: 그럼요, 그럼요.] 그래 그래아짐 그 그래이께는 엄방 지키잖아요. 맻 맹이. 그래 다 잡으러 다니까 그래 이 사람덜이 그 환상인지 뭐 그랜지 몰라두 이 뚜껑이가 절반 삐쭈구다 해가지구. 고담 이래 그담에 그래 이 사람이 같이 가자 야 앤 왜 일어났는가 빨리 자라 이래 기래가지구 그래니까 또 인첨 눕드래. 그래 또 닫아 놓구 그담 이 사람이 딱 생각해 보니까, 아닌데. 그러니께 사람덜이 야 니 그럼 꿈 꾸애나 머 잘못해대 그 그래.

그담 이 이틀 그러니까 이 이 보통 삼 일 딱 셀 수 있어요. 이튼, 이튿날에 지킬 땐 따른 사람이이 에여 그건 모르구 안에서 자꾸 부스럭부스럭 소리나대. 고양이가. 그래 뭐 약간 흔들기도 하구, 그 시방 모르마, 그때는 머 지진 그른 잘 모른 시방 이리 뭐 움직이 가고 별로 고양이가 안에서 불쑥 이래 무슨 이 널빤지 긁는 소리 난단개. 그래 사람덜이 다 그 좀 의심 많은 분들이 그 지키잖아요? [조사자 1: 그렇죠.] 그래, 무슨 소리 하는가 이 또 어른 사람은 치매가 왔지 않나 그래 놀래는 마 아니 그래 시방 두 맹이가 이런 소리를 듣구 이래 와.

우린 그 젊었을 땐 그 이래 상갓집이나 고양이나 보면 무서와가지구 못 들어가요. 못 가요. 그래 한족들이 그 또 이래 나팔루 불구 아, 그 또 뭐 북두 치구 아 그 또 영웅 굉장해요. 폭죽두 터지구, 밤중에. [조사자 2: 아, 장례할 때도 폭죽을 터뜨려요?] 예, 폭죽도 터지구. 이저 민족이 중국에는 오십 여섯 개 민족이 되니까 이 민족마다 이 습관이가 틀려요.

[조사자 1: 그러면 조선족의 경우는 장례식을 한족처럼 비슷하게 해요?] 이 쪼끔 요렇게 비슷하게 하는데 그래두 조선식 식으로 하긴 하는데 섞어가지고 어떨 땐 단골마 골라서 하죠. 기본상으로는 우리 한국식으로 하긴 하는데 혹시나 이런 무슨 할 때 쪼끔씩 이래 에 또 중국식 식으로도 같이, 딱 무슨 중국식이나 한국식을 이래 없구.

만두에 관한 속신

● **구연정보**

조사일시 : 2017. 03. 19(일) 오후
조사장소 : 부산시 진구 서면
제 보 자 : 권경숙 [중국(한국계), 여, 1981년생, 결혼이주 10년차]
조 사 자 : 조홍윤, 황승업, 김자혜

● **개요**

중국에서는 설날에 만두를 먹을 때, 만두 하나에 깨끗한 동전을 하나 넣는다. 동전이 든 만두를 먹은 사람은 새해에 운이 좋다고 믿는다. 만두의 모양은 중국의 옛 화폐인 금원보의 모양을 본 딴 것으로, 만두를 먹는다는 행위 자체가 돈을 얻는 행위를 상징한다.

[조사자 1: 그거 그러면은 아까 설날 이야기 하셨는데.] 음, 네. [조사자 1: 그 설날 관련된 이야기 같은 거 또 없을까요?] 설날이요? 음, 아, 그 만두 먹는 거 있잖아요. [조사자 1: 네, 아까 물만두 드신다고 그랬죠?] 네 물만두요, '쨔오즈(교자, 饺子)'. 물만두 안에다가 그, 그런 풍습이 있어요. 어릴 때 저도 계속 집, 엄마가 계속 해왔어요.

만두에다가 동전을 넣어요. 그 동그란 거, 작은 거 깨끗이 씻어서. 보통은 하나 넣거든요. 그래 우리 식구들 몇 명 있더라도 딱 하나예요. 딱 하나 넣어서 누가 그거를 먹으면 새해가 행운한 사람이고. 새해 일이 잘 풀리고, 예 그런 거 있어요. 먹으면 딱, 그래서 만두 더 많이 먹어요. 왜냐면 내가 그거를 먹기 위해서.

[조사자 1: 많이 먹어야 걸리니까?] 네. 걸리니까요. 그러니까 가끔 그거를, 저도 한 번은 걸린 적이 있는데요. 진짜 기분이 좋았어요. 딱

먹었는데, 뭐가 딱 씹힐 때 그런 느낌? 어,

"내가, 내가 이거를 먹었어!"

그 정도로. [조사자 1: 그런 문화가 많은 것 같아요. 중국 사람들은 약간 복권 좋아하고, 약간.] 음. [조사자 1: 뭐 이렇게 음, '행운이 나한테 오는 것.' 그런 것에 대해서 되게 좋아하는 것 같아요.] 그리고, 네, 네. 그런 것 좋아하고.

만두가 왜, 그 만두 모양도 그 모양인지 그것도 어, 후에 알았어요. 만두가 왜 요렇게, (만두를 빚는 시늉을 하며) 요렇게 해서 그 만두 모양이 옛날에 그 중국의 그, 만두가 '찐위옌바(금원보, 金元宝)' 라고도 불려요. [조사자 1: 찐위엔?] 찐위옌바. [조사자 1: 찐위옌바?] 네, 찐위옌바. 옛날에 돈 있잖아요. 음 황금이나 은 같은 걸로 만든 거. 그 모양이. 혹시 아시는지 모르겠어요. [조사자 1: 금원보 같은 거?] 네, 금원보 같은 거. 그 모양인데. 그 만두 만들었을 때도 그 모양을 그 따라서 만두 모양을 만든 거예요. 네. 그 모양이 최초에 그렇게 만들 때도. 찐위옌바 그 모양을 따라서 만든, 돈이에요. 물만두가 돈이라는 뜻이에요.

'내가 돈을 먹는다.'

"아, 내가 돈을 많이 먹어서 내년엔 돈도 많이 벌어야지."

이렇게 이런 의미로. [조사자 1: 그런 기원으로 만든 거구나?] 네, 만두. 설에 대한 거니까 갑자기 (웃음) 그게 다시 또 생각나네요.

[조사자 1: 저 어렸을 때 삼국지 읽으면서 제갈량이 거기 어디 지나가면서 만두를 만들었다 그런 이야기도 들었었는데.] 그거는 모르겠어요. [조사자 2: 사람머리.] [조사자 1: 어디를 지나가려면 사람머리를 만 개를 어디에다 바쳐야 되는데.] 음? 뭐, 다, 다시 말씀해주세요. 예, 예? 사람머리? [조사자 2: 사람머리를 잘라서, 그니까 되게 많이 이렇게 바쳐야 되는데, 진짜를 이렇게 자르지는 못하잖아요.] 네. [조사자 2: 만두를, 만두로 만들어서] [조사자 1: 사람머리처럼 모양을, 그러니까 그렇게 만들어 가지고 만 개로 제사를 바치고 지나갔다.] 아, 그 얘기는 저는 못 들었는데요. 저는 모르는 이야기네요. 네, 저는 처음 들었어요. 네.

까마귀를 보면 침을 뱉어야 나쁜 일이 생기지 않는다

● 구연정보

조사일시 : 2017. 05. 15(월) 오전
조사장소 : 경기도 수원시 팔달구 화서동
제 보 자 : 류정애 [중국(한국계), 여, 1980년생, 결혼이주 8년차]
조 사 자 : 오정미, 이원영

● 개요

중국 사람들은 까마귀를 좋아하지 않는다. 그래서 옛날 어릴 적에 까마귀를 보면 침을 뱉으라는 말이 있었다. 그래야 나쁜 일이 오지 않는다고 생각했기 때문이다.

여기는 뭔지 모르겠는데 까마귀는 중국사람들이 안 좋아해요. 여기는 혹시 까마귀는 없어요? [조사자 1: 우리도 그렇게 까마귀 이미지는 썩.] [조사자 2: 요즘에는 안 좋은데 옛날에는 좀 길조구]

중국사람들은 옛날에 제가 어렸을 적에만 해두 그런 얘기 있었어요. 까치 보면 침 뱉으라구. [조사자 1: 아, 진짜?] 그래야 나쁜 일이 안 온대요.

"에, 페!"

그러면서. (웃음) [조사자 1: 아, 까치를 보면?] 아, 까치 말고 까마귀, 까마귀. [조사자 1: 까마귀죠?] 예, 죄송해요. 까마귀를 보면 침 뱉으라고 했어요. 그래야 나쁜 일이 나한테 안 온다구. 네.

근데 까치를 보면 오히려 좋은 일이 생긴다구.

작은 구멍이 큰 구멍 된다

● **구연정보**

조사일시 : 2018. 02. 06(화) 오후

조사장소 : 경상남도 진주시 상대동 진주YWCA 다문화작은도서관

제 보 자 : 임향금 [중국(한국계), 여, 1978년생, 결혼이주 10년차]

조 사 자 : 김정은, 황승업, 강새미

● **개요**

옛날에 양들을 키우는 소녀가 있었는데, 울타리에 작은 구멍이 있었다. 소녀는 괜찮다면서 울타리 고치는 것을 미루었는데 그러다 보니 양이 한 마리도 남지 않았다. 작은 일이 있을 때 빨리 고쳐야 한다는 뜻의 '왕양부라오'라는 말이 있다.

양이 있잖아요. 소녀가 양을 키우고 있어요. 근데 양을 키우고 있는데, 양을 키우려면 이렇게 둥그렇게 있잖아요. [조사자: 울타리.] 울타리 그거를 만들고 이제 밤에 그렇게 재우잖아요.

근데 그거가 이제 구멍이, 늑대나 뭐 이제 와서 양을 하나, 하나씩 먹으려고, 밤중에 가서 빼가는 거예요. 그니까 이제 구멍이 생긴 거예요. 거기에서 자꾸 빼가니까. 근데 그 울타리가 있잖아요. 점점 커, 처음에는 작았어요. 작아가지고 이제 길가는 사람마다,

"이거 작을 때 빨리 꼬매 가지고 좀 막아라."

그렇게 얘기하는데,

"아 괜찮다. 그거 가지고 뭐 누가 들어갈 사람, 늑대가 뭐 들어가지도 못한다. 그 구멍 가지고."

근데 그 구멍이 있잖아요, 점점 커지게 된 거예요. 그래가지고,

“야 이거 너무 커졌다. 이제 다 빨리, 진짜 안 하면 너 큰일 난다. 양들이 이제 다 없어진다.”

“아이 괜찮다. 내일 모레 하면 된다.”

맨날 내일 모레, 내일 모레 미루다가 이제 양이 한 마리도 없어진 거예요. 늑대가 와가지고 통째로 다, 다 끌고 갔어요. 그니까 아침에 일어나니까 이제 양들이 다 없어, 양들이 없어지니까. 이 소녀가 있잖아요. 그때 깨달았어요.

‘왕양부라오’라고. 자그마한 일이 있잖아요. 자그마한 일 있을 때 빨리 고쳐줘야지, 점점 커지면 큰일 난다고. 그렇게 나중에는 후회해도 소용없잖아요. 그래서 나중에는 그렇게 생각하게 되더라고요. 좀 그런 속담 그런 거가 많더라구요.

몽골

몸에 이상이 있을 때의 치료법과 속신

● **구연정보**

조사일시 : 2019. 01. 07(월) 오후
조사장소 : 강원도 춘천시 효자동
제 보 자 : 툽신자르갈 [몽골, 여, 1988년생, 결혼 6년차]
조 사 자 : 박현숙

● **개요**

몽골에서는 딸꾹질을 하면 따뜻한 물을 먹거나 놀라게 해서 멈추게 한다. 코피가 나면 열쇠를 건 빨간 줄을 목에 걸고 등 쪽으로 넘긴다. 체했을 때는 한국과 마찬가지로 손가락에 피를 낸다. 눈꺼풀 위쪽이 떨리면 좋은 일이 생기고, 아래쪽이 떨리면 안 좋은 일이 일어난다고 여긴다. 그리고 귀에서 '윙'하는 소리가 나면 누군가가 자신의 험담을 한다고 생각한다.

딸꾹질 멈추는 법

[조사자: 몽골에서는 딸꾹질을 멈추게 하는 방법이 어떤 방법이 있어요?] 따뜻한 물을 먹거나, 아니면 거짓말을 해서 애기 놀라게 하고 놀라면 딸꾹질 멈춘대요. 그래서 거짓말을 할 때,

"너 누구 집에 가서 뭘 훔쳤어!"

이렇게 좀 무섭게 물어봐요. 그러면,

'어 나 아무것도 안 했는데 뭐지.'

이러다가 깜짝 놀라서. 숨 조절인 것 같아요, 그게 숨 조절을 못해서 딸꾹질 시작하는데. 숨을 잠깐 이렇게 참잖아요. 그러면 딸꾹질을 멈추잖아요. 그런 숨 조절을 도와주려고 거짓말을 하고 놀라게

하고 이렇게 하는 것 같아요.

코피 멈추는 법

[조사자: 그러면 뭐 감기나 그런 거에 특별하게 먹는 뭐 약초나 이런 게 있어요? 아니면 다른 방법이 있어요?] 아. 그런 건 약초 뭐 그런 건 있긴 있는데. 저는 자세하게 잘 모르고. 그 코피 나오면, 코피 나면, 코피 나면 빨간 줄에다가 열쇠 하나를 이렇게 걸어놓고 목에다 걸고 이렇게 등 쪽으로 이렇게 넘기면 코피 흘린 게 멈춘다고 그런 게 있어요. 근데 저는 실제로, 실제 생활에서 써본 적은 없는데 그런 이야기가 있어요. 몽골에. 왜 그렇게 하는지 모르겠어요. [조사자: 왼쪽으로 넘겨야 돼요?] 등. 등 쪽으로. 앞쪽으로 이렇게 넘기는 게 아니라 등 쪽으로.

체했을 때 처치법

[조사자: 그리고 또. 한국에서는 왜 체하면 손을 막 따주잖아요. 먹을 음식 걸리면 피를 내주잖아요. 근데 그럼 몽골은 따로 하는 방법이 있어요?] 몽골에도 피를 여기, 여기에서. 네, 손가락, 여기에서. 피를. [조사자: 찔러?] 네, 찔러서 이렇게. [조사자: 열 손가락 다?] 아니요. 잘 모르겠어요. 찔러서 피를 이렇게, 이렇게 나오게 하면. 피 색깔이 조금 어두운 색깔로 나오면, 보라색 비슷하게 나오면, 몸속에 있는 독이 나온다고 하고. 이렇게 피를 이렇게 짜다가 좀 원래 피 색깔로 이렇게 나오기 시작하면 이제 괜찮다고 하는 것 같아요.

눈꺼풀 떨림과 귀에서 나는 소리에 관한 속신

[조사자: 여기 눈에 왜 그 한국에서는 다래끼라 그러는데, 눈에 여기 왜

이렇게 뭉쳐서 붓는 거 있잖아요.] 눈 붓는 거? [조사자: 여기 눈꺼풀이. 그거 할 때 한국에는 여기 눈썹을 이렇게 딱 빼갖고 길에 다니는 사람 중에 내가 싫어하는 사람 다니는 길목에 놓으면 그게 그 사람한테 옮겨간다고 그러거든요. 근데 몽골에는 그런 거 하는 방법이 있어요?]

눈이 이렇게 떨리고 그런 거 있잖아요. [조사자: 어, 눈 떨림?] 눈 떨리고 하는 게 있는데. 눈 위에 꺼풀이 이렇게 떨리면 좋은 일이 생긴다, 아래 꺼풀이 떨리면 안 좋은 일이 생긴다고 하는데.

그리고 이렇게 귀가 윙 하고 소리 나고 그럴 때 있잖아요. 피곤하거나 할 때. 근데 요즘은 그냥 과학적으로 피곤하면 눈꺼풀이 이렇게 떨리고 귀에서도 소리 나고 한다고 하는데. 옛날에는 그 사람들이 그 귀에서 소리 나면 누가 내 뒷담화를 한다고 그런 이야기 많이 했었어요.

마못 동물의 복사뼈를 몸에 지니는 이유

● 구연정보

조사일시 : 2019. 01. 07(월) 오후
조사장소 : 강원도 춘천시 효자동
제 보 자 : 툽신자르갈 [몽골, 여, 1988년생, 결혼 6년차]
조 사 자 : 박현숙

● 개요

몽골과 티벳에 많이 사는 마못이라는 동물이 있다. 몽골 사람들은 마못의 복사뼈를 몸에 지니며 안전과 건강을 기원한다. 임산부는 뱃속의 아기가 건강하게 자라기를 바라는 마음에 마못의 복사뼈를 품고 있다가 출산예정일이 다가오면 몸에서 뺀다. 태아가 너무 안정된 상태로 있다 보면 출산예정일을 넘길 수 있기 때문이다. 그리고 태어난 아이에게는 마못의 복사뼈로 만든 목걸이나 팔찌를 걸어주면 다치지 않고 건강하게 자란다고 믿는다.

첫 번째는 저거예요. 마못[●]이라고 동물 있잖아요. 마못. [조사자: 마모스?] 마뭇인가. 마뭇인가. 그 대부분 초원 있는 나라에서 많이. 뭐 몽골, 티베트 그런 나라에서 있는 동물, 한국에는 없다고 들었어요. [조사자: 어떻게 생긴 동물이에요?] 이렇게. 초원에서, 평지에서 사는 그런 동물이에요. 마못. 사진도 보내드릴 수 있어요. 사진도 준비하고 그랬었는데, 관련된 사진은 제가 보내드릴게요.

그래서 몽골에서는 마못이라는 동물이 많이 사는데. 임산부하고

● 타바르간마멋(Mamota sibirica)은 다람쥐과에 속하는 설치류의 일종이다. 중국과 몽골 북부와 서부, 러시아에서 발견된다.

아이들이 마못 복사뼈라고 있어요. 복사뼈. 뼈. 복사뼈를 손에, 손 아니면 목에다가 이렇게 끼고 다니는 게 있어요. 마못 복사뼈를 손에 끼고 다니는데. 이것은 그 사람, 그 임산부의 아이를, 뱃속의 아이를 건강하게 태어나라고 그렇게 끼는 것도 있고, 아이들 손이나 목에다 차주면 아이들 다치지 않게 이렇게 지켜달라는 그런 의미에서 끼고 다니는 그런 풍습이 있는데.

왜 꼭 마못 뼈를 이렇게 차고 다니게 되냐면 마못이라는 동물이 태어나서부터 죽을 때까지는 다치는 일이 없는 동물이에요. 그래서 잘 다치지 않는 그런 동물이라서. 죽게 되면 그냥 사냥을 당하거나 아니면 병을 앓거나 아니면 다른 동물에 잡혀 먹히거나. 그런 이야기들이 옛날부터 있으니까 아직까지 마못 뼈를 복사뼈를 아이들 손 아니면 목에다 차주고, 임산부들도 그런 의미를 갖고 아이 낳을 때까지 뼈를 차고 다니게.

[조사자: 그니까 그 마못이라는 동물의 복사뼈를, 여기 사람들 발 옆에 있는 복사뼈를 이제 걸고 다닌다는 거죠?] 네. 근데 이게 효과가 있는 건지. 이게 뼈를 차고 다니는 아이들이 만약에 한두 살, 세 살 때부터 아이들이 이렇게 걸어 다니기 시작하면 계단도 혼자 내려가려고 하고 아빠 손 안 잡고 이렇게 뛰어가려고 하고 하잖아요. 근데 그러다가 다치게 되면 크게 다칠 수도 있잖아요. 머리나 뭐 어디 뼈가 부러지거나 근데 그렇게 심하게 다치는 일이 별로 없어요.

그리고 임산부들도 아이가 이렇게 출산예정일이 가까워지면 그 뼈를 몸에서 빼요. 안 빼고 있다가 아이가 계속 배 속에 이렇게 일정이 넘어져서 계속 품고 있는 일이 많이 있거든요. 뼈를 차고 있다가 깜빡해갖고 예정일도 지났는데 아이를 안 낳고 그런 일도 많이 있었어요. 많이 들었어요. [조사자: 너무 이렇게 안정적으로 있어서.] 네.

그리고 이게 마못이라는 동물도 임신하면 좀 오랫동안 새끼를 품는 그런 동물인가 봐요. 그래서 임산부들도 '뱃속에 있는 아이가 건강하게 이렇게 자라다가 나와라' 이런 의미로 차고 다니는데, 만약에 깜빡하고 계속 차고 있으면 아이를 안 낳고 예정일도 지나가고. 그렇게 이야기를 많이 들었어요.

[조사자: 툽신자르갈 선생님도 자녀분들한테 몸에 차게 해준 적 있어요?] 지금 이제 큰 애가 다섯 살인데, 지금부터 아이들한테 이렇게 끼워 주려고 준비해 놨어요. 아이가 셋인데 작년에 엄마가 몽골에서 오셨을 때 마못 뼈 세 개를 가져왔어요. 보여드릴까요? [조사자: 네.]

(제보자가 마못 복사뼈를 보여주며) 보니까 몽골에서도 이런 마못 복사뼈를 이쁘게 장식을 해서 바로 이렇게 끼고 다닐 수 있게 목걸이, 뭐 팔찌처럼 만들어서 파는 것도 있더라고요. [조사자: 아, 그러면 관광 상품으로 만들기도 하겠구나.]

아이가 울려다가 웃는 이유

● 구연정보

조사일시 : 2019. 01. 07(월) 오후
조사장소 : 강원도 춘천시 효자동
제 보 자 : 툽신자르갈 [몽골, 여, 1988년생, 결혼 6년차]
조 사 자 : 박현숙

● 개요

몽골에서는 아이가 태어나면 펠트 천으로 만든 여우를 모빌처럼 걸어주는 풍습이 있다. 몽골 사람들은 여우가 꾀가 많고 민첩한 동물이라고 생각한다. 아기가 자면서 울려다가 웃는 이유는 여우가 자고 있는 아기의 꿈속에 나타나서 엄마가 사라졌다고 말했다가 다시 거짓말이라고 했기 때문이다. 그런데 아기 위에 여우 모양의 천을 걸어 놓으면, 지나가던 여우가 그 아기에게는 이미 다른 여우가 와 있다고 생각해서 그냥 지나간다고 믿는다.

[조사자: 또 어떤 거 있어요?] 새로 태어난 아이. 아이가 새로 태어나면 펠트felt라는 그런 재질의 천이 있잖아요. 펠트. 그걸로 여우를 오려서 아이가 이렇게. 아기 위에서 이렇게 걸어주고. 모빌처럼. 걸어주고. 그런 풍습이 있는데, 이것도 옛날부터. 그 조상 뭐. 조상들이 이렇게 얘기했던 민담에서 비롯해서 그 생긴 풍습이에요.

[조사자: 어떤 이야기에서 유래가 되었어요?] 이게 몽골 사람들이 여우라는 동물을 옛날부터 그 괴(꾀)가 많다, 그 성격, 그 여우라는 동물의 성격이 괴(꾀)가 많고. [조사자: 괴이한 게 많고?] 괴(꾀). 괴(꾀). [조사자: 괴? 괴가 많다는 건. 꾀가 많고?] 네. 꾀. 꾀가 많고 민첩한 동물이라고 보는데. 그 신생아들이 대부분 하루의 대부분 시간을 자고

보내는 거잖아요. 그래서 이렇게 여우라는 동물이 신생아가 자고 있는데 꿈속에 자주 나타나서 이렇게 아이랑 놀아주려고 그렇게 한다고 그런 이야기가 있어요.

그래서 놀아주면서, 자고 있는 아이를 놀아주면서 거짓말을 많이 한대요. 아이한테,

"너희 엄마가 없어졌어, 너를 버리고 갔어."

이런 말을 하다가 아이가 이렇게 울라고 하잖아요. 자면서 이렇게 울려고 하면,

"거짓말이야, 거짓말이야."

이 다음에 울라고 하다가 또 애기가 웃어요, 또.

그래서 이렇게 진짜로 이렇게 실제로 이렇게 신생아 조그만 아이들이 이렇게 계속 자고 있는 보는 거 조금 지켜보면, 울려고 하다가 또 웃고 꿈꾸는 거처럼 이렇게 하는 것들이 있잖아요. 그런 거는 여우가 자주 그 꿈에 나타나서 그렇게 말로 농담하고 그러는 거래요.

[조사자: 그러면 그 천을 모빌로 걸어주는 이유는 뭐예요?] 펠트? 아 그러면 펠트를 걸어주면, 이게 다른 여우들이 이렇게 그 아기 있는 집으로 여우들이 와서,

"아, 얘는 여우가 있구나, 나는 다른 아이 그 여우 없는 집으로 가야지, 그런 아이한테 가야지."

이렇게 여우들이 지나가서, 한 아이는 한 여우, 여우 한 마리랑만 논다고 그런 뜻인 것 같아요. 너무 많이 여우들이 모여서 같이 놀아주면 많이 울거나 그렇게 할까 봐. 그런. [조사자: 여우들이 너무 많이 와갖고 애기한테 놀릴까 봐.] 네. 애기 꿈에서.

저도 이게 이런 것들을 잘 몰랐는데. 몽골 사람이면서도 이걸 잘 몰랐어요. 근데 애기 생기고 실제로 이렇게 애기 낳고 애기 엄마가 되어보면 조금씩, 조금씩,

'아 이런 거 있구나.'

이렇게 관심도 갖고 하다가, 그때 이야기 대회 때 준비하면서도 몰랐던 거를 많이 알게 되었어요. 좀 신기하게. 사람들한테도 물어보니까 이런저런 재미있는 몰랐던 이야기도 해 주고.

[조사자: 찾아본 이야기를 어머니나 누구한테 물어봤더니 그런 게 진짜 있다고 이렇게 말씀 하세요?] 네. 근데 우리도, 우리도 이렇게 태어나서 태어나자마자 그런 여우를, 이렇게 걸어놓고 이렇게 해줬대요. 부모님이. 그리고 우리 집도 첫째하고 둘째 아이한테는 그렇게 해줬었어요. 셋째는 안 하고.

[조사자: 나중에 애들한테 이야기 해주세요. 이런 의미가 있고, 네가 어렸을 때 해줬다고.]

밤에 외출하는 아기의 미간에 그을음을 묻히는 이유

● **구연정보**

조사일시 : 2019. 01. 07(월) 오후
조사장소 : 강원도 춘천시 효자동
제 보 자 : 툽신자르갈 [몽골, 여, 1988년생, 결혼 6년차]
조 사 자 : 박현숙

● **개요**

몽골에서는 밤에 아기를 데리고 나갈 때 아기의 미간에 그을음을 바르는 풍습이 있다. 아기를 낳지 못하고 죽은 잡신들이 아기를 갖고 싶어 하기 때문에 아기들이 있는 집에 찾아와서 구경하거나 질투를 한다. 그 귀신들은 어른에게는 보이지 않지만 아기들에게는 보이기 때문에 귀신을 봐도 놀라지 말라고 그을음을 발라준다. 그을음을 바른 아기는 귀신의 눈에는 그을린 냄비처럼 보이기 때문에 귀신을 피할 수 있다고 믿는다.

[조사자: 또 어떤 게 있어요?] 그리고 몽골에서 아기를 밤에 안고 나가게 되잖아요. 해가 지고 나서 아주 이렇게 어두워지고 밤이 왔는데 애기를 안고 밖에 나가게 되면 애기 이마나 여기 눈 가운데에 그, 그을음? 그을음? [조사자: 그을음. 까만.] 네 까만 거. 그거를 이렇게 발라줘요.

발라주는데. 이게 무슨 이야기부터 시작하냐면, 그 아기 없는. 이게 한국어로 뭐라고 하지. 잡신? 아기 없는 잡신들이라고 있대요. 그런 잡신들이 조그만 아이 있는 집들을 찾아가서 아기를 구경하거나 뭐 아기한테 좀 질투가 있거나 갖고 싶어 하거나 그런 게 있대요.

그래서 그런 잡신들이 이렇게 해가 지고 어두워지면 많이 나타나고. 그 낮시간에는 없는데 저녁이 되면 아기 있는 집들을 찾아간다고 그런 이야기가 있는데.

집에서 애기를 안고 나갈 때, 어른들은 못 보지만 아이들은 그런 거 눈에 보일까 봐, 그리고 놀래지 말라고 어두우면 놀래지 말라고 이렇게 발라주는데. 이렇게 그을음을 바른 아이들은 잡신들의 눈에는 아이의 모습으로 아니라 그냥 그을음 이렇게 된 냄비 있잖아요. 냄비처럼 보인대요. 그래서 잡신들을, 아이를 피하게 하려고 하는 거래요.

그래서 제가 이야기대회 때 대부분 이게 이런저런 민담에서 시작한 풍습들이 많이 있는데, 그중에서 아이들하고 관련된 것들만 골라서 준비했던 거예요.

아이가 우는 원인을 알려주는 촛농

● **구연정보**

조사일시 : 2019. 01. 07(월) 오후
조사장소 : 강원도 춘천시 효자동
제 보 자 : 툽신자르갈 [몽골, 여, 1988년생, 결혼 6년차]
조 사 자 : 박현숙

● **개요**

아이들이 밤에 자기 전에 울 때가 있다. 몽골 사람들은 아이들이 낮이나 그 전날에 무엇을 보고 놀란 것이 자꾸 생각나서 우는 것이라고 생각한다. 그래서 아이가 무엇을 보고 놀랐는지 촛농을 통해서 알아낸다. 차가운 물에 촛농을 흘려보면 아이가 보고 놀란 그 형상이 만들어진다. 제보자도 아기가 울어서 해 본 적이 있다. 제보자가 차가운 물에 촛농을 흘리니까 낮에 보았던 어릿광대의 다리 모양이 나왔다. 제보자의 지인의 경우에는 아기의 누나 형상이 나오거나, 개의 형상이 나온 경우도 있다. 그 굳은 촛농은 아이의 베개 밑에 삼 일 동안 두고, 물은 어두운 곳에 버리면 된다.

그다음에 마지막에 아이가 이유 없이 많이 밤에, 잘 때쯤 되면 이유 없이 많이 울 때가 있어요. 아이들이. 아픈 것도 아니고 배 아픈 것도 아니고 뭐 불편한 것도 없는데 계속 울고 좀 그런 날들이 가끔 있는데, 아이는 이렇게 놀다가 어떤 것을 이렇게 낮에 아니면 그 전날에 어떤 물건, 아니면 어떤 사람한테 놀랬을 때 밤이 돼서 잘 때쯤 그거 자꾸 놀랬던 것 생각이 나서, 불편해서 울고 그런 거래요. 그런 거 있대요.

그래서 이유 없이 울었을 때 몽골 사람들 어떻게 해보냐면. 차가운 물에다가, 차가운 물에다가 초를 녹여서. 촛물? 촛물을 이렇게 흘려 봐요. 그러면 아이가 뭐 어떤 물건, 어떤 사람을 보고 놀랬는지 그런 그 모양이 나와요. 모양이 나와요.

그래서 저도 직접 해본 게 있는데, 그 첫째 아이가 한 한 살, 한 육 개월? 그때 그 작은 아이였을 때 서울로 친구들 만나러 한 번 애기 안고, 애기 데리고 갔는데. 서울 무슨 공원인가 거기 가서 친구들도 아이들 데리고 왔고, 저도 아이 안고 가서 놀다가 이거 봤어요. 이거. 이런 거. 이게 뭐죠? [조사자: 아, 긴 그 다리. 뭐 이렇게 홍보하고 할 때 다리 긴 거 끼워갖고 걸어다니는 사람. 그쵸?] 어릿광대. 네. 이런 다리가 긴 어릿광대를 봤는데.

저녁에 그 어릿광대가 아이들 많이 이렇게 모여서 아이들도 그 어릿광대를 좋아하고 뭐 풍선도 나눠주고 하니까, 저도 애기 안고 갔어요. 가서,

“어, 이쁘다. 우리 아이도 주세요, 풍선 주세요.”

했는데 아이가 막 많이 울었어요. 화장도 이렇게 심해가지고 코도 이렇게 있고 머리도 이렇게 하니까 아이가 울었는데. 풍선도 못 받고 너무 심하게 우니까 애기 안고 다른 데로 갔어요. 그랬다가 애기 진정 되니까 다른 거 갖고 놀다가 저녁에 집에 와서 씻고 먹고 자려고 하다가 계속 안 자고 울었어요. 애기가.

그래서 엄마한테 전화해서 이게 이 초를 녹여서 하는 거 이야기는 조금 아니까,

“이거 어떻게 자세하게 어떻게 하는지 애기가 좀 놀란 것 같아요.”

해보려고 했더니. 엄마가 이렇게 알려줬어요. 그래서,

“차가운 물에다가 초를 좀 뜨겁게 녹여서 이렇게 부으면 거기에 이렇게 모양이 나타난다.”고.

“그러면 그거를 모양을 그 애기 베개 밑에다가 삼 일 동안 베개 밑에다가 베고 자게끔 해두고 물은 그냥 어두운 데로 이렇게 버리면 된다.”고.

그랬더니 그렇게 해봤더니 모양이 이렇게 나왔어요. 신기하게. [조사자: 어머 정말 다리가 나왔네요.] 네. 긴 다리가 이렇게 나왔잖아요. 그래서 원래 이렇게 이런 물에다가 이렇게 부었더니 모양이 이

렇게 나왔어요. 원래.

그래서 이 부분이 그냥 여기도 이렇게 퍼져있는 그런 모양으로 나왔는데. 이게 이게 이게 무슨 모양인지 이렇게 빼려고 했더니 안 빠져요. (사진을 보여주며) 그랬더니 컵 밑에 이게, 이게 뭐지, 이 여기까지 이렇게, 이렇게 길게 이렇게 붙어서 이렇게 나온 거예요. 그래서 꺼내서 이렇게 놓으면, 이렇게 놓으면. [조사자: 돌려놓으니까 완전히 서 있는 모양이네. 신기하다.] 너무 신기해서.

그래서 이런 사진들을 준비해서 이런 의미로 준비한 거였는데 그때. 지금 제가 얘기하는 것들을 선생님이 좀 이렇게 이쁘게 정리해서 이렇게 쓰시면. [조사자: 말씀하신 대로 저희는 기록하게 되어 있어서.] 아 그래요? 근데 저는 말을 좀 이렇게. 잘 못해서. [조사자: 나중에 그 사진, 그 촛농도 저희가 그 자료, 요 이야기 정리할 때 같이 그거 실을 수 있게 사진도 보내주세요. 지금 요기 마못 복사뼈는 제가 찍었으니까. 이거는 거기 그냥 올리면 되고.] (사진을 보여주며) 여기도 몽골 사람들이 그 초를 녹여서 본 것들의 사진.

[조사자: 근데 그게 다리가 있는 건데 애기 머리 밑에 두면 안 부러졌어요? 그 애기 머리 밑에다 며칠 동안 넣어놔야 되잖아요? 초를. 모양을. 그게 안 부러져요 그게?] 아뇨. 그거는 부러져도 괜찮아요. 상관없어요.

(사진을 보여주며) 이게 다른 사람들이 아기가 이 개를 놀래서 울었던 거래요. 그래서 이렇게 해봤더니 개 모양이 나왔어요. 그리고 얘는 얘 동생인가 봐요. 동생이 울어서 해봤더니 누나 모양이 이렇게 나왔어요. 옆모습이. 언니 옆모습이 나왔는데. 얘는 이런 초 녹여서 이런 모양이 나왔는데. [조사자: 그게 사람들이 해봤다는 그 경험담이 많구나.] 쥐. 쥐 모양. 근데 초가 이렇게 모양이 이렇게 나와요? 이상하게.

[조사자: 그러니까 되게 큰 대야에다 했나 보다.] 얘는 장난감을 놀래서 이런 모양이 나온 거 같아요. 눈이랑 이 모습이 비슷하지 않아요? 이거는 장난감. 진짜 똑같죠. 이것도 장난감. (다른 사람들이 찍은 촛농 사진을 보여주며) 이거 진짜 똑같네요. 이것도 똑같아요. [조사자: 이게 이렇게만 모아놓은 것들이 있나 봐요.] 이거 그냥 장난쳐서 한 것 같아요. 이거 그림. [조사자: 그 다리는 진짜 신기하다.]

소 다리 어는 겨울이 왔다

● **구연정보**

조사일시 : 2016. 12. 14(수) 오전
조사장소 : 서울시 용산구 용산동
제 보 자 : 툭스자르칼 [몽골, 여, 1976년생, 결혼이주 12년차]
조 사 자 : 오정미, 이원영, 이승민

● **개요**

소의 다리가 얼어붙은 정도로 겨울이 춥다는 뜻이다.

몽골 사람들이 9일 동안에 춥잖아요. 그러면 9일이라는 얘기가, 그때 9일 동안에 조금 춥다. 9일 동안에 더 춥다. 또 마지막의 9일 동안에 엄청 춥다. 그리고 다음 9일 동안에 조금 덜 춥다. 그리고 봄이 오는 거예요. 그래서 9일이라는 숫자가 나온 거예요.

그리고 '소 다리 어는 겨울 왔다'는 그런 표현도 있어요. [조사자: 소 다리 어는 겨울 왔다.] '소 다리 어는 겨울 왔다'는 그런 표현이 있어요. [조사자: 진짜 추워졌다는 얘기네요. 그쵸.] 네.

겨울 추위와 숫자 9 [1]

● **구연정보**

조사일시 : 2017. 03. 13(화) 오후
조사장소 : 충청남도 천안시 동남구 안서동 단국대학교
제 보 자 : 노로브냠 [몽골, 여, 1970년생, 이주노동 4년차]
조 사 자 : 신동흔, 오정미, 이원영, 이승민

● **개요**

몽골에서는 '9일이 9번 지나가야 겨울이 끝나 간다'는 말이 있다. 총 81일인 9일 중에는 어린 9일, 청년 9일, 노인 9일이 있고 이중 청년 9일이 가장 춥다. 그리고 너무 추워서 소꼬리가 얼어서 부러지는 9일도 있다.

[조사자 2: 이런 말, '소 다리 어는 겨울이 왔다. 소, 소의 다리가 어는 겨울이 왔다.' 그런 속담 있죠?] 속담이 아니라 그게 있어요. 몽골은 이거, 아홉 일이 아홉 번 지나야 그 추위가 끝나거든요. [조사자 2: 잠깐만. 아홉 번?] 아홉 일이 아홉 번 지나가야. [조사자 4: 9일이?] 예, 9일이, 그러니까 81이에요. [조사자 2: 9일 동안 추위, 맞아요.] 이거가 지나가야 겨울이 끝나는 거야.

[조사자 3: 추운 겨울?] 그래서, 예. 이것도 동짓날 이후로 계산을 해요. 동짓날 이후로 계산을 해가지고 했을 때 81일이 지나가야 겨울이 다 끝나는 거야. 그래서 그 이걸 이 9일을 그거해요. 3, 3으로도 나눠요. 첫 번째 3, 9일은 그러니까 그렇게 계산하는데, 27일은 이건 어린, 어린 9일. 그리고 그다음 9일, 중간에 있는 9일은 청, 청소년이랑 비슷해요. 이끄르라고 그러면. [조사자 4: 청년?] 청년 9일. 예, 청년 9일이고 그다음은 늙은 9일이에요. 늙은 9일.

그러니까 이렇게 해가지고 제일 그 추울 때가 이 중간에 있는 [조사자 2: 청년 9일?] 청년 9일이에요. 그래서 그 이때 그, 그 9일, 9일마다의 특징을 이야기하거든요. 그중에서 그 제일 어려운 그 9일은 소꼬리가 얼어 부러지는 9일이 있어요. [조사자들: 소꼬리.] 네, 소꼬리가 얼어서 부러지는 9일 있어요. 그때가 제일 추운 때야, 추울 때야.

[조사자 1: 그게 그냥 말이에요? 아니면 진짜 꼬리가 부러져요?] (웃음) 말이에요. 그러니까 그 꼬리가 그렇게 부러져 가지고 이렇게 짧은 꼬리 가진 소 자주 봐요. [조사자 2: 아, 진짜로? 그럼 진짜네요.] 그런데 다쳐서 부러진 건지 얼어서 부러진 건지 모르겠어요. 또 모르겠어요. 그 실제로 부러질 수도 있어요.

[조사자 3: 정말 아주 추울 때 그런 일이 있을 수도 있겠죠? 그거를 가지고 이제 정말 춥다는 걸 표현한 거죠.] 예, 근데 진짜 부러질 수도 있어요. 제가 그 양, 그 뭐죠? 유목 생활을 많이 해봐서 모르지만 뭐, 실제로 그러는지. 근데 알고 싶지도 않아요. '부러질 수도 있지' 이렇게만 생각을 하면 돼요.

[조사자 2: 저희가 들은 거는 소꼬리가 아니라 몽골 어머님은 소 다리가 어는 추위라고, 밑에 그 발굽 부분 있죠? 고게.] 그것도 있어요. 지역, 그 차이가 있거든요. [조사자 2: 하여간 소네요. 어찌됐건.] [조사자 4: 그 소가 우리나라 소 같은 소가 아니라 약간 야크 같은 소 같은 거예요? 우리나라 소 같은 거예요?] 예, 한국 소랑 비슷해요. 한우랑 비슷해요.

겨울 추위와 숫자 9 [2]

● **구연정보**

조사일시 : 2018. 01. 12(금) 오후
조사장소 : 서울시 동대문구 쌍림동 동대문 글로벌센터
제 보 자 : 멀얼게렐 [몽골, 여, 1983년생, 결혼이주 14년차]
조 사 자 : 오정미, 한상효, 엄희수

● **개요**

몽골의 겨울은 12월 22일부터 시작된다. 몽골의 겨울 추위는 9단계로 나눌 수 있고, 그중 3, 4단계가 제일 추워 물건들이 얼 정도의 추위라서 소 꼬리가 얼 정도의 추위라고 표현한다. 이처럼 몽골의 추위에는 각 단계의 추위가 있고, 마지막 단계 9단계인 81일째에는 날씨가 풀리기 시작한다.

그냥 그런 거 있어요. 추위를, 그냥 뭐라고 해야 되지? 12월 22일부터 해가지고 9, 9, 9 이래서 81일 동안 있잖아요. [조사자 1: 맞아요, 맞아요. 12월 22일부터.] 그래서 9일은 첫 번째 단계고. 그래서 9까지 가는 거예요. 1단계, 2단계, 3단계 이렇게 가서. 그중에서 지금, 이때쯤이 제일 춥고, 3, 4, 9가 제일 춥거든요, 단계가. 그래서 3.

1단계에서는 그냥 그, 옛날에 유목인들은 그 밖에다가 물건들을 창고에 넣잖아요. 그러면 '그 물건들이 얼게 된다.' 이렇게 하구. 두 번째 단계에서는 뭐였드라? 세 번째는 '세 살, 소가 세 살이 되면 사람으로 치면 성년이 돼서 이제 완전히 몸이 잘 완성된다'고. 힘이 제일 센 때가 세 살, 네 살 때예요. 그래서 세 살 소의 꼬리가 얼 정도로. 엄청 힘이 센, 몸이 잘 완성된 동물인데 꼬리가 얼어 떨어지면 엄청 추운 거잖아요. 그 정도 추위가 되고. 4단계는 그, '네 살 소의 뿔이 떨어질 정도로 추워진다' 이런 게 있어요. 최고의 높은 추위예요. 그다음에는 5로 넘어가면, 5는 뭐, 차츰 따뜻해지구 밖에 있는 물건덜 얼게 되구. 이렇게 이렇게 해서. [조사자 1: 오히려 따뜻해지는 거네요?]

네. 그 조금 조금씩 강도가 떨어져가지구, 81일, 그렇죠. 9, 아홉 번째, 9에 들어가면은 완전 따뜻해지구 봄이 온다 해서 지금 정확히 기억이 잘 안 나요. 지금 이때쯤에 아마 3, 4단계에 있을 거예요. [조사자 1: 그렇죠, 3, 4단계. 제일 추울 때.] 구일은 구(9*1=9), 구이 십팔(9*2=18), 구삼 이십칠(9*3=27)일 이렇게 하니까. 그래서 지금 몽골 사람들은 그 3, 4를 최대한 추위라고 얘기해서 4, 9급 이거만 지나면 이제 걱정할 거 없다, 이렇게 많이 얘기하거든요.

[조사자 1: 정말 그렇게 추워요? 선생님? 진짜 막?] 추워요. [조사자 1: 소 꼬리가 잘려나갈 만큼? 그렇게 추워요?] 추워요, 추워요. 저기 올해가 더 특히 추워가지고 막 마이너스 30도, 40도? 저 북쪽으로 높은 산이나 강가 쪽에 가면 40도, 45도 막 이렇게 돼요. 그래서 추워요. [조사자 3: 상상이 안 돼요. 오늘 막 마이너스 십 몇 도라고 하는데도 너무 춥잖아요.]

[조사자 1: 그 표현도 너무 재미있는 거야. 소 꼬리가 얼 정도로. 소 뿔이 떨어져 나갈 정도로라는 건 오늘 또 처음 들었네. 그만큼 춥다라는 게. 그 '소 꼬리가 얼만큼 춥다', 그 말이 실제, 레알real일 거 같애요.] 그니까, 그때쯤 좀 안 된 말이지만 술 먹고 밖에 있다가 얼어 죽은 사람도 있어요, 있어요. 그래서 밖에서 오래 있으면 춥고, 동상 걸리는 일도 되게 많아요.

근데 한국이 더 추워요. (웃음) 한국이 바람이 되게 차고. 다 쑤셔 들어와요. 그래서 더 추워요.

골짜기 속 놋쇠 국자와 마른 불 속 금

● **구연정보**

조사일시 : 2017. 03. 13(화) 오후
조사장소 : 충청남도 천안시 동남구 안서동 단국대학교
제 보 자 : 노로브냠 [몽골, 여, 1970년생, 이주노동 4년차]
조 사 자 : 신동흔, 오정미, 이원영, 이승민

● **개요**

여우가 빨갛고 노랗기 때문에 불 속에 들어가면 금갈색으로 보이고, 골짜기 속에 들어가면 구리처럼 노랗게 보인다. 그래서 '골짜기 속 구리 국자' 그리고 '마른 불 속 금이 무엇이냐?'는 수수께끼가 있다.

수수께끼 또 재밌는 거 있어요. 예를 들면 [조사자 3: 수수께끼?] 네.

'(몽골어) 보온도트로 볼딘샤노 겔진다토 샤라.' 아까 우리가 여우, 여우에 대해서 이야기가 나왔잖아요? 예를 들면 골짜기 속, 속. 구리 주전, 주전. 아니 국자! 골짜기 속 구리 국자.

[조사자 1: 구리요?] 예, 구리. 예, 구리 국자. 놋쇠, 놋쇠. 그 놋쇤가? 놋쇠. 그리고,

'(몽골어) 쇨츠, 쇨츤.'

그리고

"마른 불 속 금. 뭐냐?"

이렇게 물어봐요. [조사자 4: 마른 불 속 금?] 금. 예.

이 여우가 빨갛잖아요? 노랗고 빨갛고. 그래서 이 불 속에 들어가면 금갈색으로 보이고 그 골짜기 속에 들어가면 구리처럼 이렇게 노랗게 보이는 거예요.

[조사자 3: 그게 여우예요?] 예.

엄마의 사랑은 자식한테 있고 자식의 사랑은 바위 위에 있다

● **구연정보**

조사일시 : 2016. 12. 14(수) 오전
조사장소 : 서울시 용산구 용산동
제 보 자 : 툭스자르칼 [몽골, 여, 1976년생, 결혼이주 12년차]
조 사 자 : 오정미, 이원영, 이승민

● **개요**

어머니는 항상 자식을 사랑하지만, 자식은 항상 차갑고 딱딱한 바위처럼 어머니를 생각한다는 뜻이다.

우리나라에 그런 단어(속담)가 있어요. '엄마의 사랑이 늘 자식한테 있고, 자식의 사랑이 늘 바위 위에 있다.' [조사자: 바위 위에 있다. 엄마의 사랑이 늘 자식한테 있고.] '엄마의 사랑이 늘 자식한테 있고, 자식의 사랑이 늘 바위 위에 있다.'

[조사자: 왜 그런데, 그 많은 것 중에 바위 위에 있다고 했을까요?] 바위는 차갑잖아요. 멀고, 높고, 거칠하고 차갑고.

까치와 까마귀에 대한 속신어

● **구연정보**

조사일시 : 2017. 03. 13(화) 오후
조사장소 : 충청남도 천안시 동남구 안서동 단국대학교
제 보 자 : 노로브냠 [몽골, 여, 1970년생, 이주노동 4년차]
조 사 자 : 신동흔, 오정미, 이원영, 이승민

● **개요**

몽골에서도 '까치가 울면 손님이 온다'는 속신이 있다. 까마귀는 오전에 부처님의 사자로, 오후에는 저승의 사자로 활동을 한다. 그래서 오후에 보는 까마귀에게 '삼백 년을 살고 세 개의 흰 알을 낳으라.'는 덕담을 한다.

몽골에서도 '까치가 울면 손님이 온다.' 이런 이야기 있어요. 몽골에서도, 이거 불교 그것도 있는 거 같아요. [조사자 1: 그러니까 몽골에서도 까치가 울면 손님이 온다?] 음, 그 말이 있어요.

[조사자 2: 몽골에 까마귀는 어때요?] 까마귀는 오전에 부처님의 그 뭐죠? 그 사자로, 오후에는 그 저승의 사자로 활동을 한대요. 그러니까 이면선이 있어요. 앞면선이 있는 거예요. 그렇게 봐요.

[조사자 3: 그럼 까마귀는 오전에 보는 게 좋네요?] 그렇죠. 까마귀는, 예, 오전에 울거나 이렇게 보는 거나 이런 건 좋은데 오후에 보면 좀 안 좋아. [조사자 2: 잡아가는 거예요?] 아니요, 그 주문 같은 거 있어요. 이거 까마귀가 울면 그 이야기를 해주거든요.

"히레히레 꼬론조나스타 꼬론짜원따라."

뭐더라?

"까마귀야, 까마귀야! 삼백 년을 살아가고, 살아, 삼백 년을 살고 세 개의 흰 알을 낳아라."

이렇게 이야길 해요. 이 까마귀가 이 출산, 이거 힘든 거 같드라구요. 되게 알을 낳을 때도 많이 안 낳고 어렵게 낳는 거 같고, 그런 거 있는 거 같드라고요. 그래서 그

"알을 낳아라."

그리고 또 뭐라고 해지?

"삼백 년을 살아라."

까마귀가 나이가 많, 우리 되게 장수한다고. [조사자 3: 그렇대요?] 예, 실제로도 그렇지 않아요? 까마귀가, 예. [조사자 1: 이렇게 이런 내용이 그 몽골어로 주문을 외우면 이제.] 그렇게 그냥 외워요. 까마귀 우는 소릴 보면, 그러면 이제 뭔가 좀. [조사자 1: 좋은 일이 있다?] 예, 나쁜 일은 어쨌든 피하는 거겠죠. 덕담 같은 거? 까마귀한테 덕담을 해주면서 더 이득을 보려는 목적이에요.

비가 온 후 우비를 쓴다

● 구연정보

조사일시 : 2017. 03. 13(화) 오후

조사장소 : 충청남도 천안시 동남구 안서동 단국대학교

제 보 자 : 노로브냠 [몽골, 여, 1970년생, 이주노동 4년차]

조 사 자 : 신동흔, 오정미, 이원영, 이승민

● 개요

한국의 '소 잃고 외양간 고친다'처럼, 뒤늦은 행동이나 후회에 관한 속담이다.

[조사자 1: 몽골에 재밌는 속담은 없어요?] 속담은요? [조사자 1: 네, 속담 중에 재밌는 거, 생각나시는 거.]

많죠. 그거 있잖아요. 한국에서는, '소 잃고 외양간 고치기'. 몽골은, '비가 온 후에 우비 쓰다' 뭐, 이런 식으로.

[조사자 1: 비가 온 뒤에 우비 쓴다.] 예. 그거 속담이죠? [조사자들: 예.]

일본

여우비에 대한 속신

● 구연정보

조사일시 : 2017. 12. 10(일) 오후
조사장소 : 대구시 달서구 신당동
제 보 자 : 마츠자키 료코 [일본, 여, 1982년생, 이주노동 8년차]
조 사 자 : 김정은, 황승업, 강새미

● 개요

일본에서는 한국과 마찬가지로 맑은 날에 내리는 비를 여우비라고 한다. 여우들이 영주의 대명행렬 식으로 다닐 때 여우비가 내린다고 한다.

우리가 '여우비'라는 비가 있어요. 아세요? 그거 여우, 맑은 날인데, 그거 비가 나오는.

[조사자: 저희도 똑같네요.] 아, 똑같아요? 여우비. 여우가 그 결혼식을 하는 날 여우비 하고. 그런데 보통 그걸, 영주님들 하는 행렬 같은 거를 많이 좀, 가마를 들고 가는 것이 '대명행렬'이라고 하는데, 대명행렬식으로 여우가 다니는, 다닐 때 여우비가 내린다.

도깨비는 밖에, 복은 집안에

● 구연정보

조사일시 : 2016. 11. 18(금) 오후
조사장소 : 강원도 강릉시 초당동
제 보 자 : 코마츠 미호 [일본, 여, 1969년생, 결혼이주 20년차]
조 사 자 : 박현숙

● 개요

일본에서는 절분에 부정한 것을 물리치기 위하여 집 안에 콩을 뿌리면서 '도깨비는 밖에, 복은 집안에'라고 외치는 풍습이 있다. 보통 아버지가 오니 가면을 쓰고 집에 들어오면서 오니 왔다고 하면 아이들이 콩을 던진다. 과거에는 콩을 던졌지만 현대에는 땅콩을 던지며, 그 땅콩을 먹기도 한다.

[조사자: 한국은 팥, 팥이 악귀를 물리친다고 해서, 나쁜 기운들 물리친다. 그래서 무슨 행사를 할 때 팥 시루떡을 한다거나, 아이들 성장하는 데에 어릴 때 수수팥떡을 매해 생일날 해서 먹여야 한다거나. 팥이 나쁜 걸 물리치는 역할을 하는 곡식으로 사람들이 많이 해 먹거든요.] 일본에서는 팥 아니고 그냥 콩 있잖아요. [조사자: 콩?] 네. 2월 2일에 그 절, 절분날이라고● 하는데, 그날에 저기 콩을 집 안에다가 나쁜 거를 쫓아내려고 이렇게 뿌려요.

"도깨비는 밖에, 복은 집 안에."

● 절분(節分, せつぶん)은 일본에서 입춘 전날을 가리킨다. 원래 절분(節分)은 봄, 여름, 가을 겨울 계절의 시작 전날을 가리키나, 일본에서는 입춘 전날만을 명절로 쉰다. 입춘이 2월 4일이고 하루 전날이면 3일인데, 제보자는 2일이라고 표현하였다.

이렇게 부르면서 그 콩을 이렇게 집 안에다가 이렇게 뿌려서 하는 날이 있어요.

근데 거기 집 아빠가 도깨비 가면 쓰고, 아빠가,

“오니(鬼, おに) 왔어.”

하고 (웃으며) 아빠한테 [조사자: 아빠한테 콩을 던져요?] 네. [조사자: 오니 나가라고?] 네.

근데 이제 현대니까 콩 말고요. 그 슈퍼에서 땅콩, 껍질 있는 땅콩을 파는데요. 그 도깨비 가면도 같이 이렇게 해서 팔아요. 세트로. 그러면 아빠는 가면 쓰고요. 그 땅콩을,

(땅콩을 던지는 시늉을 하며) “오니 왔어.”

도깨비 나가라고 막. 그렇게 어렸을 때는 그렇게 놀았어요.

[조사자: 재밌다. 그러니까는 그 곡식의 색깔은 중요하지 않고 콩 종류면 되는 거죠?] 그런 것 같애요. 근데 땅콩은 그냥 지금의 현대라서 하는 거고, 먹게 그렇게 하는 거고. 콩, 그냥 완두콩. 그런 거 같애요.

딸꾹질 멈추는 법

● **구연정보**

조사일시 : 2016. 12. 16(금) 오후
조사장소 : 강원도 강릉시 교동 강릉문화원
제 보 자 : 곤도 사끼에 [일본, 여, 1966년생, 결혼이주 20년차]
조 사 자 : 박현숙, 김민수

● **개요**

일본에서는 딸꾹질을 하면 양 팔을 들고 물을 꿀꺽 삼키게 하다. 한국처럼 딸꾹질 하는 사람을 놀라게 해서 멈추게 하기도 한다. 배가 아플 때는 시계 방향으로 배를 문지른다.

[조사자: 혹시 뭐 더 준비하신 이야기 없어요? 지금 준비하신 이야기는 다 해 주신 거죠?] [청자: 네.] [조사자: 혹시 그 일본에는 민간요법 같은 건 없어요? 한국에는 민간요법 많거든요. 병원 가서 치료하는 게 아니라 화상을 입으면 된장을 바른다거나 막 이렇게 하는 것들이 있는데 뭐 체했거나 배가 아프거나 이럴 때 하는 달리 방법이 있어요?]

민간요법인지는 모르겠는데 우리 아빠가 이거 딸꾹질을 할 때 [조사자: 딸꾹질?] 네. 딸꾹질을 할 때 항상 양손 들고 그러니까 제가 양손 들으니까 물을 못 마시죠? 그럼 옆에 있는 사람이 물 먹여줘요. 그럼 딸꾹질 멈춰요. [조사자: 진짜 멈췄어요?] 네. 근데 이게 의학적인 근거가 있어요. 횡, 횡, [조사자: 횡격막.] 횡격막을 높이 하면 그거 횡격막이 딸꾹질 여기가 문제가 생기는 거죠. 이렇게 해서 꿀꺽 삼키면 멈춰요.

[조사자: 미호 선생님네는 어떻게 멈췄어요? 딸꾹질?] [청자: 기억이

안 나요. 그거 물먹으라고.] [조사자: 물 먹으라구요?] 네. 그냥 마시는 거예요, 이렇게. [조사자: 한국에서는 어떻게 한다고 그래요?] 한국에서는 어떻게 해요? [조사자: 아 얘기 못 들으셨어요?] 네, 저는 일본식으로 맨날 해서 아들이 그렇게 딸꾹질하면 그렇게 먹여서 (웃음) 한국식으로는 어떻게 하죠? [조사자: 자녀분들도 지금 이렇게 손 들으라고 해서 먹이셨어요?] 네네, 어렸을 때.

[조사자: 한국에서는 깜짝 놀래켜요.] 아 그것도 합니다! 그것도 해요. [청자: 놀라게 하는 거, 맞아요.] 어느 쪽이 성공률이 높은지 안 해봐서 모르겠는데. [조사자: 깜짝 놀라게 하기는 어려워서 잘 효과는 많이 못 봐요.] (웃음) 아, 그러세요.

[조사자: 근데 (양팔 드는) 이건 해 봐야 될 거 같아요.] 근데 꿀꺽 삼키셔야 해요. 그냥 마시시면 안 되고 꾸울꺽 삼켜서 쇼크를 줘야 돼요. 쇼크를 줘야,

'아 하면 안 되는구나.'

해서 멈추지.

[조사자: 그럼 딸꾹질 멈추게 하는 법이 그렇고 또 어떤 게 있었어요?] 또 어떤 게 있었지?

[조사자: 혹시 배가 아프거나 할 때 하는 방법은 없었어요?] 배가 아프면 시계 방향으로 살살살살 [조사자: 그냥 문질러줘요?] 네. 시계 방향으로 하면 좋다는 거는.

[조사자: 혹시 배를 문질러주면서 하는 노래 같은 건 없었어요?] (웃음) [청자: 엄마 손이.] 그건 선생님,

"칸코쿠 데스요. 엄마 손이 약손이다. 칸코쿠데스요. 니혼데와 나이데스네."

밥 먹고 누우면 소가 된다

● **구연정보**

조사일시 : 2016. 12. 17(토) 오전
조사장소 : 강원도 횡성군 횡성읍 읍하리
제 보 자 : 모우에 히로꼬 [일본, 여, 1967년생, 결혼이주 19년차]
조 사 자 : 박현숙, 김민수

● **개요**

일본에는 밥 먹고 누우면 소가 된다는 속신어가 있다. 한국에도 같은 말이 있다.

그거는 있어요. 밥 먹고 나서 자면 소가 된다. [조사자: 아, 밥 먹고 바로 누우면 소 된다고?] 진짜 제가 저도 진짜 쪼끄맸을 때 진짜 믿었거든요. [조사자: 어릴 때?]

'아, 여기서 뿔이 나면 어쩌지?'

한국에도 그래요? [조사자: 네. 우리도 그런 말 있어요.] 똑같구나. [조사자: 바로 못 눕게 해요. 그래서 소 된다고.] 그렇죠.

옷장의 옷을 안 입으면 비료가 된다

● 구연정보

조사일시 : 2016. 12. 17(토) 오전
조사장소 : 강원도 횡성군 횡성읍 읍하리
제 보 자 : 모우에 히로꼬 [일본, 여, 1967년생, 결혼이주 19년차]
조 사 자 : 박현숙, 김민수

● 개요

일본에는 옷장의 옷을 안 입으면 비료가 된다는 말이 있다. 물건이 귀하다고 사용하지 않으면 쓸모없어진다는 의미이다.

[조사자: 뭐 그런 말은 없어요? 오래 두면 똥 된다는 얘기는 안 해요?] 응? [조사자: 우리는 아끼면 똥 된다는 말이 있어요. 그러니까 왜 이런 것도 아깝다고 안 먹고 아껴두면 나중에 똥 된다고.] 아! 그런 거 있어요.

[조사자: 일본도 그런 말 있어요?] 그러니까 '탄스노코야시'라고 그러니까 옷장에 있는 옷을 안 입으면 그냥 쓸모없는 그 '코야시'가 뭐라고 할까? 비료 같은 걸 '코야시'라고 하나? '탄스노코야시'라고 해서 '탄스노코야시'라는 뜻이 있거든요?

[조사자: 그러니까 '옷장에 옷을 너무 오래두면 비료가 된다' 이런 뜻이에요?] 비료. 응 그러니까 필요, 쓸모없는 그런 거를 '탄스노코야시'라고. [조사자: 우리는 아끼면 똥 된다.] '코야시'고, 그쪽은 똥이고. (웃음)

밤에 휘파람을 불면 뱀이 나온다

● 구연정보

조사일시 : 2017. 01. 12(목) 오전
조사장소 : 인천시 부평구 삼산동
제 보 자 : 노마치 유카 [일본, 여, 1974년생, 결혼이주 10년차]
조 사 자 : 조홍윤, 황승업, 김자혜

● 개요

한국과 비슷한 일본의 속신어다. 고요한 밤에 날카로운 소리를 내는 것 자체를 삼가고자 했을 수도 있고, 삿된 존재를 불러들일 수 있음을 경계하기 위한 것일 수도 있다.

밤에, 밤에 뭐지? [조사자: 휘파람 불면?] 아, '휘파람 불면은 뱀이 나온다.' 네.

[조사자: 밥 먹고 자면 소 되고?] 네.

"밤에 휘파람 부르면 뱀이 나온다. 절대 부르지 말라."

이렇게 했고요.

새 신발을 방에서 신은 뒤 밖으로 나가면 안 된다

● 구연정보

조사일시 : 2017. 01. 12(목) 오전
조사장소 : 인천시 부평구 삼산동
제 보 자 : 노마치 유카 [일본, 여, 1974년생, 결혼이주 10년차]
조 사 자 : 조홍윤, 황승업, 김자혜

● 개요

새로 산 신발을 집 안에서 신고 곧바로 나가게 되면 집 안에 있는 복이 같이 나간다는 속신이다.

그리고 신발, 새 신발은 집에서 보통 열잖아요? 상자에서 꺼내고, 신어 보기도 하고. 그런데 그 상태로 바로 밖으로 나가면은 복이 나간다고 해서, 할머니가 못 하게, 할머니가 고우치(高地) 시(市) 출신이셨어요. [조사자: 어디?] 고우치. 시코쿠(しこく), 사국(四國)●. 그 시골 분이라서 그랬었던 것 같아요.

[조사자: 새 신발을 신고 바로 나가면은 안 된다?] 예예. 바로 나가면. [조사자: 그러면 어떻게 하고 나가야 돼요?] 신고 나가지 말고 일단은 현관에다가 넣어놓고, 방 안에서 그대로 신고 나가면은 안 된다고. [조사자: 신발장에 한 번 들어갔다 나와야 되는 건가요?] 그런, 신고, 예.

일본은 신발을 신고 집에 들어가면 안 되잖아요. 그래서 그런지 일단 밖에서 신는 거를 집안에서 신고 다니지 말라고. 복이 나간다고 그랬었고요.

● 일본 열도를 구성하는 4대 섬 중에서 가장 작은 섬의 지명이다.

베개를 밟거나 넘어 다니지 말라

● **구연정보**

조사일시 : 2017. 01. 12(목) 오전
조사장소 : 인천시 부평구 삼산동
제 보 자 : 노마치 유카 [일본, 여, 1974년생, 결혼이주 10년차]
조 사 자 : 조홍윤, 황승업, 김자혜

● **개요**

베개에 대한 금기 속신이다. 사람에게 가장 중요한 머리를 베는 부분이기 때문에 이런 속신이 나온 것으로 짐작된다.

그리고 베개를 건너뛰지도 말고. [조사자: 베개를 건너뛰지 말라고요?] 예예, 베개를 밟지도 말라고. [조사자: 아, 베개를 밟거나, 이렇게 거기 넘어서 다니면 안 돼요?] 예, 넘어서 다니면 안 된다고 계속 그랬었어요.

[조사자: 그 베개 그냥 밟거나 넘어가거나 하면, 뭐가 안 좋대요?] 사람 머리 대는 부분이라, 머리를 베는 부분이라. 그러니까 근거는 모르겠어요. 그냥 그러면 안 된다고만.

[조사자: '그거 하면은 그냥 복 날아가.', '그거 하면은 뱀 나와.' 이렇게 결과, 나쁜 결과가 나오잖아요?] 네. [조사자: 결과는 기억이 잘 안 나세요?] 결과, 기억이 잘 안 나는데요.

밥을 남기면 눈이 부서진다

● 구연정보

조사일시 : 2017. 01. 12(목) 오전
조사장소 : 인천시 부평구 삼산동
제 보 자 : 노마치 유카 [일본, 여, 1974년생, 결혼이주 10년차]
조 사 자 : 조홍윤, 황승업, 김자혜

● 개요

밥을 남기는 것이 잘못된 행동임을 경계하는 말이다.

그리고 '밥은 남기지 말라.'고 하는데, 우리 할머니 같은 경우는,

"밥알 한 알이라도 남기면은 눈이 부서진다."

고 얘기했었어요.

[조사자: 오, 눈이 부서져요?] 예예. 시골 분이라서 그러셨던 것 같아요.

젓가락으로 음식을 주고받지 말라

● **구연정보**

조사일시 : 2017. 01. 12(목) 오전

조사장소 : 인천시 부평구 삼산동

제 보 자 : 노마치 유카 [일본, 여, 1974년생, 결혼이주 10년차]

조 사 자 : 조홍윤, 황승업, 김자혜

● **개요**

일본에서는 음식을 먹을 때 다른 사람이 젓가락으로 건네 준 것을 자기 젓가락으로 건네받지 말라고 이야기한다. 그러한 행위가 죽음과 관련한 불길한 것이기 때문이다. 화장터에서 화장된 사람의 주요 뼈를 화장장이가 젓가락으로 추려 친지들에게 건네는 것과 관련이 있다.

아 그리고 매너, 매너하고 연결되는 거 많이 들으셨을지 모르겠는데, [조사자: 매나요?] 매너, 매너. [조사자: 아, 매너.] 식사할 때 매너. 뭐 젓가락끼리 (젓가락으로 음식을 집어 건네는 시늉을 하며) 이렇게,

"아, 이거 맛있다. 먹어라."

해서 젓가락으로 이렇게 받아먹으면 그건 안 된다.

[조사자: 아, 젓가락으로 서로 건네받으면 안 된다고요?] 예. 그거는 이유가 있는데, 모든 매너가 장례식이라든지, 죽은 사람 연상되는 거 하지 말라고 하는 거예요. 그러니까 사람 화장하고 나면은 이렇게 침대 위에 뼈만 남아서 나오잖아요? 그런데 요 통에다가 담아요. 중요한 부분만. 그때 젓가락으로 누가,

"아, 이거는 뭐 어디다, 어디다."

설명하면서 건네줘요. 그런데 그 친척이나 가족이 하나씩 젓가

락을 가지고, [조사자: 아, 젓가락으로 받는구나?] 예, 하나씩. 여기는 머, 머리는 맨 마지막이지만, 아, 발목부터 복숭아 뼈인가? 그런 거 하나씩 받아서 넣는데, 그게 방식이 이거예요.

그래서 하지 말라고 하는 거예요.

옷을 반대로 입지 말라

● 구연정보

조사일시 : 2017. 01. 12(목) 오전
조사장소 : 인천시 부평구 삼산동
제 보 자 : 노마치 유카 [일본, 여, 1974년생, 결혼이주 10년차]
조 사 자 : 조홍윤, 황승업, 김자혜

● 개요

일본에서는 장례를 치르며 고인의 기모노를 반대로 여민다. 그래서 평소에 옷을 반대로 입는 행위를 금기시한다.

그 죽은 사람들 기모노를 입히는데, 반대로 입혀요. 저승 나라가 뭐든지 반대라고 해서.

[조사자: 예, 한국에서도 그래요.] 아, 그래요? [조사자: 네.] 그래서 이렇게 입지 말라고 하는.

북쪽으로 베개를 놓고 자면 안 된다

● **구연정보**

조사일시 : 2017. 01. 12(목) 오전
조사장소 : 인천시 부평구 삼산동
제 보 자 : 노마치 유카 [일본, 여, 1974년생, 결혼이주 10년차]
조 사 자 : 조홍윤, 황승업, 김자혜

● **개요**

일본에서는 죽은 사람의 머리를 북쪽으로 향하게 하는 관습 때문에 평시에는 베개를 북쪽으로 놓지 못하도록 한다.

죽은 사람이 북쪽으로 머리를 향해서 눕혀야 되고. 평소에 '기타마쿠라(きたまくら)'라고 하는데, 기타마쿠라. [조사자: 기타마쿠라?] 에. '기타(きた)'가 '북', '마쿠라(まくら)'가 '베개' 그거 절대 하지 말라고. [조사자: 기타마쿠라 하지 마라?] 예예, 죽은 사람이랑 똑같이 되니까. [조사자: 북쪽에 베개?] 예.

다른 사람의 옷에 붙은 머리카락을 떼 주면 안 된다

● **구연정보**

조사일시 : 2017. 01. 12(목) 오전
조사장소 : 인천시 부평구 삼산동
제 보 자 : 노마치 유카 [일본, 여, 1974년생, 결혼이주 10년차]
조 사 자 : 조홍윤, 황승업, 김자혜

● **개요**

일본에서는 타인의 옷에 붙은 머리카락을 함부로 떼어 주면 안 된다. 타인에 의해 머리카락이 버려지는 상황이 남의 손에 자신이 버려지는 상황으로 인식되기 때문이다.

머리카락, 머리카락. 다른 사람 머리카락 어디 붙어있으면, 다른 사람이 버려줄 수도 있잖아요? 그거 하지 말라고 했어요.

[조사자: 왜요?] 스, '스떼루(すてる)'가 '버리다'잖아요? 그런데 '버려진다'는 그 '스떼라레루(捨すてられる)', '내가 버림을 당한다'는 거랑 연결을 시켜서. [조사자: 아, 그러니까 내 머리카락이 여기에 이렇게] 내가 버리는 거 괜찮아요. 그런데 남, 남 위해서 버려주면은 [조사자: 다른 사람한테 버려지면 안 된다?] 버려지면은 스떼라레루, 그러니까 당한, 당한다는 뜻으로도 해석이 돼요, 일본어가. 그래서 알려주는 거예요.

"여기 붙어 있다."

그건 미신이지만. (웃음)

[조사자: 그러면 일본 사람들 이렇게 머리카락 붙어 있을 때 함부로 떼

주면 안 되겠네요?] (웃음) 그건 믿는 사람은, 그런 얘기가, 이렇게 하는 사람이 있죠. [조사자: 은근히 그런 거 믿는 사람들 많아요. 한국에서도 절대 이름 빨간색으로 안 쓰거든요.] 아아, 그쵸. 왠지 느낌이 안 좋잖아요.

잠꼬대 하는 사람의 말에 대답하면 안 된다

● 구연정보

조사일시 : 2017. 01. 12(목) 오전
조사장소 : 인천시 부평구 삼산동
제 보 자 : 노마치 유카 [일본, 여, 1974년생, 결혼이주 10년차]
조 사 자 : 조홍윤, 황승업, 김자혜

● 개요

잠꼬대를 하고 있을 때는 영혼이 육체와 분리된 불안정한 상태인데, 그 상태에서 말을 걸면 영혼이 육체로 돌아오지 않을 수도 있다고 한다.

그리고 꿈, 꿈보대기? 아, 잠꼬대기? [조사자: 잠꼬대?] 예, 잠꼬대. 아,

"잠꼬대를 하는 사람하고 이야기하면 안 된다."

[조사자: 오, 이야기도 하면은 안 돼요?] 안 돼요. 그러니까 대답을 하면은 안 [조사자: 아, 잠꼬대 하고 있을 때, "뭐라고? 뭐라고?" 하면 안 된다고요?] 예, 잠꼬대를 할 때가 영혼이랑 육체가 약간 분리가 되는 불안정한 시기여서, 그럼 분리가 되어 있는데 상대를 해버리면은 그 상태가 계속 유지가 된다고.

그래서,

"말하면 안 된다."고.

"안 돌아올 수도 있다."

[조사자: 안 돌아올 수 있어요?] 예예. 그런, 그런 것을 만화로도 많이 그리는데 [조사자: 그래요?] 예. (웃음)

[조사자: 아우, 군대 고참이 잠꼬대할 때 대답해버릴 걸. (웃음) 그런 좋은 방법이 있었네요.]

문지방을 밟으면 안 된다

● **구연정보**

조사일시 : 2017. 01. 12(목) 오전
조사장소 : 인천시 부평구 삼산동
제 보 자 : 노마치 유카 [일본, 여, 1974년생, 결혼이주 10년차]
조 사 자 : 조홍윤, 황승업, 김자혜

● **개요**

문지방을 밟으면 집주인을 밟는 것과 마찬가지 행동으로 여기기 때문에 금기시한다.

그리고 늘 얘기했던 건, 현관에, 현관에 틀이 있잖아요. 틀에, '틀을 밟으면 안 된다.' [조사자: 아, 문지방 밟으면 안 된다.] 예예. 그거 한국에도 있나요? [조사자: 네.] 그거는 집 주인을 밟는 거랑 똑같다고.

[조사자: 한국에는 집에 성주신이라는 신이 있다라고 옛날에 믿었어요.] 아. [조사자: 그게 성주신 목이라고 생각했어요.] 아, 그거랑 비슷한 거네. 그런데 성주라는 게 뭔가요? [조사자: 가택신, 집 지키는 수호신 같은 거.] 아.

돌다리를 두드려서 건넌다

● 구연정보

조사일시 : 2018. 02. 03(토) 오전

조사장소 : 서울시 광진구 화양동

제 보 자 : 이케다 마유미 [일본, 여, 1967년생, 결혼이주 22년차]

조 사 자 : 오정미, 한상효, 엄희수

● 개요

조심해서 행동하는 모양을 나타내는 속담이다.

그게 돌다리를 뭐야 두드려서 건넌다. [조사자 1: 아 일본에도 이 말이 있어요? 저희도 있거든요. 아. 돌다리를 두들기고 건너라.] [조사자 2: 무슨 뜻이에요?] 그게 진짜 조심해서 행동하라는 거 같은데.

인도

까마귀에게 먹이를 주며 하는 말

● 구연정보

조사일시 : 2017. 11. 29(수) 오후
조사장소 : 서울시 중구 필동
제 보 자 : 파드마 [인도, 여, 1992년생, 유학 1년차]
조 사 자 : 김정은, 강새미

● 개요

길조인 까마귀에게 잘해야 복이 온다고 생각되어 설 때 아침에 까마귀에게 먹이를 준다.

그래서 우리는 까마귀한테 잘해야 우리는 다음 생에 좋게 태어날 수 있다고 생각하거든요. 그래서 우리가 명절 중에 하나가 있는데. 설날 같은 날에 우리는 아침에 여자들만 일어나서 밥을 만들어서 까마귀한테 먹여요.

"맛있는 거 먹고 다음 생에 우리 복 줘라."

[조사자: 까마귀한테. 풍습이 있네요?] 네. 지금 까마귀 그런 의미예요.

까만 고양이가 지나가면 안 좋은 일이 생긴다

● 구연정보

조사일시 : 2018. 12. 26(수) 오후
조사장소 : 서울시 광진구 화양동
제 보 자 : 파드마 [인도, 여, 1992년생, 유학 2년차]
조 사 자 : 신동흔, 황혜진, 김정은, 김민수

● 개요

인도에서는 어떤 일을 하러 갈 때 까만 고양이를 만나면 안 좋게 끝난다고 믿기 때문에 집으로 돌아왔다가 다시 나간다. 또, 어떤 일을 앞두고 재채기를 해도 그 일이 잘 되지 않는다고 생각해서 집에 더 있다가 늦게 나간다.

아까 얘기한 고양이, 까만 고양이가 인도에 제일 유명해요. 까만 고양이가 이제 우리 가는데 까만 고양이가 지나가면 집에 들어가요. 왜냐면 그 일이 완성되지, 어디 일 하러 가거나 어떤 일 하러 갈 때 그렇게 지나가면 그 일이 안 좋게 끝난다는 의미로 다시 집에 가요. 아니면 집에 가서 다시 나가도 돼요. 일단 거기 집에 가서 다시 벗고 다시 나가는 걸로.

아니면 집에서 나가는데 나가기 직전에 재채기 '에취' 이렇게 하잖아요. 그러면 제가 다시 앉아요. 앉아서 오 분 뒤에 가요. 아니면 바로 나가면 하고 싶은 일이 잘 안된다고. 특히 시험 직전에 재채기 하면 무조건 안 가요. 늦게 가도 상관없어요. 저는 떨어지고 싶지는 않아서.

[조사자: 그러면 만약 지각하거나 그럴 때, '까만 고양이 봐서 그랬어.' 그러면 사람들이 아 그래? 그래요?] 맞아요. 원래 그래요.

"너 왜 늦게 왔어? 까만 고양이 봤어? 아니면 재채기했어?"

이랬어요.

근데 저는 그게 엄청 믿으니까 지금도 까만 고양이 보이면 집에 가요. 진짜로 집에 가요. 엄마가,

"왜 왔어?"

그러면,

"고양이."

이러면,

"너 몇 살이야?"

이래요, 엄마가.

그래서 그런 거 되게 많이 믿어요, 제가.

시신 들고 가는 것을 보면 여행을 잘 한다

● **구연정보**

조사일시 : 2018. 12. 26(수) 오후
조사장소 : 서울시 광진구 화양동
제 보 자 : 파드마 [인도, 여, 1992년생, 유학 2년차]
조 사 자 : 신동흔, 황혜진, 김정은, 김민수

● **개요**

인도에서는 사람이 죽으면 화장을 하러 간다. 이때 그 시신을 들고 가는 것을 보는 사람은 그 죽은 사람이 멀리 여행을 잘 가는 것처럼 자신도 여행을 잘 하게 된다고 믿는다.

인도는 이제 어떤 사람이 죽으면 이제 들고 화장을 하잖아요. 우리 힌두교에서는 이게 들고 갈 때 길거리에서 보여요 다. 시신을 이렇게 들고 가는 거. 근데 그걸 보면 여행 잘 한다고 믿어요. (웃음) 그래서 제가 한국 오기 전에 그거 보였어요. 그래서,

"엄마, 빨리 가자. 나 이번에 잘 할 것 같아."

집 앞에서 누가 돌아가셨는데 미안해야 되잖아요. 근데 저 여행 가기 전이니까 ,

'아 잘됐다. 아쉽게도.'

그렇게 생각했었어요.

[조사자 1: 아 그걸 좋다고 생각하는구나 여행 같이 이분도 여행 가시고 우리도 여행 잘 가는 거고.] 이분도 가시니까 우리도 갈 수 있다. 그런 게 있어요. [조사자 1: 재밌는데요?]

근데 아마 시신을 보면 한국에도 이게 귀신이 나타나면 일이 잘

풀린다는 거 있거든요. 특히 연예, 엔터테인먼트 쪽에서 많이 믿어요. [조사자 3: 녹음실에 귀신이 나오면 대박난다.] 맞아요. 나오면 대박난다. 그게 우리나라도 있으니까 제가 듣고,

"아 우리도 있네?"

저도 그렇게 믿게 돼요. 어쩔 수 없이.

지금 소리가 나면,

'아 내가 오늘 시험 잘 보는구나.'

그렇게 믿게 돼요. 그래서 그것 때문에 제가 많이 믿으니까 이렇게 재채기 하거나 제가 많이 지켜요.

[조사자 2: 한국에도 아침에 장례 차 있잖아요? 장례식장 가는 차 보면 그날 운수가 좋다고 그러거든요.] 아 그래요? [조사자 3: 전 처음 들었는데.] [조사자 2: 아니 그런데 그런 이야기가 근대에 들어와서 누가 만든 이야기 아닌가 생각했었는데 인도에도 그런 이야기가 있다니까 굉장히.] 아 인도에도 있기 때문에. 저는 안 좋은 일인 줄 알고 [조사자 2: 그걸 피하려고?] 제가 비행기 무서워해요.

그래서 제가 그걸 보고 엄마한테 가서,

"나 여행 가면 안 된다."

이랬는데 엄마가,

"아니야 그거 좋은 신호야."

그래서 그때 얘길 해준 거예요. 그 이후로 볼 때마다,

'오 여행 잘 되겠다.'

[조사자 1: 비행기 잘 타겠다.]

'아 잘 되겠다. 안전하긴 하겠다.'

아쉽게도 그런 생각을 하게 되더라구요. 어쩔 수 없이.

백 번 돌면 아이가 나오나

● 구연정보

조사일시 : 2017. 11. 29(수) 오후
조사장소 : 서울시 중구 필동
제 보 자 : 파드마 [인도, 여, 1992년생, 유학 1년차]
조 사 자 : 김정은, 강새미

● 개요

아이를 원하던 부부가 신의 계시를 받고 큰 나무를 백 번 돌기만 했는데 아기가 안 생겼다는 데서 나온 속담이다. 기원으로 부족하며 실행이 있어야 한다는 뜻을 담고 있다.

어떤 결혼한 부부가 간절히 아이를 갖고 싶었어요. 아이를 원했어요, 간절하게. 근데 아이 못 낳아요. 안 돼요. 그러면 어떤 집에, 어떤 그 마을에 있는 학자? 선생님? 마을에 대장이 한 명 계시잖아요. 그 대장한테 가서,

"우리 이런 문제 있어요. 그러면 우리 어떻게 해야 되나요?"

원래 그 대장이 원래 브라만, 이제 학자들이었어요. 그러면 신이랑 연결돼야죠.

"너네들은 그 나무가 이런 신이니까, 그 나무를 한 백 개 돌리면 임신할 수 있다."

[조사자 1: 나무를 백 번 이렇게 도는 거를?] 네 백 번 이렇게 다 돌리면. [조사자 1: 나무 주변을 백 번 도는구나.] 그러면 임신할 수 있다. 백한 번.

"하면 할 수 있다."

이런 거예요. 그래서 그 여자가

'그래 큰마음 먹었어.'

하면서 백 개 돌리고 확인하는 거예요. 백 개 돌리고 또 확인하는 거예요, 매일매일.

그러면 위에서 막 신이 내리고,

"야 백 개 돌리면 오는 게 아니고 백 개 돌리고 도전해야 나오지."

(웃으며) 이런 거예요.

그래서 엄마가 제가 항상,

"다이어트를 한다."

하면은,

"그래 하루만 안 먹고 살 빠진다."

할 때 이 속담 알려줘요.

네팔

네팔의 음식 금기

● **구연정보**

조사일시 : 2018. 03. 10(토) 오후
조사장소 : 경기도 고양시 덕양구 현천동 한국항공대학교
제 보 자 : 비멀 [네팔, 남, 1987년생, 유학 10년차]
조 사 자 : 오정미, 한상효, 엄희수

● **개요**

네팔에서는 소를 러츠미 신이라고 생각하고 먹지 않는다. 또한 암컷 고기도 먹지 않는다.

[조사자 1: 혹시 소에 대한 얘기는 없어요?] 소의 뭐요? [조사자 1: 소, 힌두교라 소를 되게 중요하게 여기잖아요.] 어 힌두교 이야기는. [조사자 1: 옛날 이야기? 소, 소에 관련된 이야기.]

소는 우리 러츠미라고 합니다. 러츠미는 비슈누 왕 와이프예요. [조사자 1: 잠깐 소를?] 러츠미. [조사자 1: 러츠미.] 비슈누 왕 와이프. 러츠미 발전된 왕이에요. 돈, 돈이나 행복. [조사자 1: 아 러츠미가.] 신인데요. 그게 보면 우리말로 어 세상에 있는 다 신들이 소에 소 발나, 어디, 머리 어디 어디 있었다고 생각하지만 다 기억나는 건 전혀 없습니다.

[조사자 1: 어쨌든 소는 러츠미다.] 소는 러츠미다. [조사자 1: 그래서 소를 소고기도 안 먹고.] 네. 엄마이잖아요. [조사자 1: 네 엄마니까.] 그리고 우리 네팔에서는 여자 안 먹어요. 여자 고기. [조사자 2: 암컷? 암컷.] 아무것도. [조사자 1: 아, 소고기뿐만 아니라.] 아니. 소고기는 먹잖아요. 염소도 남자 여자 있잖아요. 여자는 안 먹어요. [조사자 1: 몰랐

어요.] 지금 먹는 사람은 몇이 있는데 원래는 안 먹는 문화가 있었어요. [조사자 1: 꼭 소고기뿐만 아니라, 염소고기든 뭐든.] 염소는 남자는 먹지만.

[조사자 1: 수컷만 먹고 암컷은. 지금도 그래요? 그건 아니죠?] 지금은 바뀌지만, 사람 알아서는 안 먹어요. 아직 법적으로도 안 돼요.

시체는 24시간 안에 태워야 한다

● 구연정보

조사일시 : 2018. 02. 06(화) 오후
조사장소 : 경상남도 진주시 상대 2동 YWCA
제 보 자 : 걸퍼나 [네팔, 여, 1991년생, 결혼이주 5년차]
스레스탄 졸티 [네팔, 여, 1987년생, 결혼이주 11년차]
조 사 자 : 신동흔, 한상효, 이승민

● 개요

네팔은 한국과 달리 시체는 24시간 내에 태워야 한다고 믿는다.

걸퍼나 : 한국에서 사람 죽으면서 3일 동안 있어야 되는데 우리나라 사람 죽으면서.

스레스탄 졸티 : 돌아가기 24시간 전에 태워야 된다. 그날 넘기면 안 된다고 해서 그날 넘기면 안 되는 풍습.

걸퍼나 : 태워야 돼요. 바로 가서 강도, 강 앞에다가 가서 태워야 돼요.

불장난하면 오줌 싼다

● 구연정보

조사일시 : 2018. 02. 06(화) 오후

조사장소 : 경상남도 진주시 상대 2동 YWCA

제 보 자 : 스레스탄 졸티 [네팔, 여, 1987년생, 결혼이주 11년차]

조 사 자 : 신동흔, 한상효, 이승민

● 개요

네팔에서는 불장난하지 마라는 뜻에서 '불장난 하면 오줌 싼다.', '불장난하면 호랑이가 나타난다.'는 말이 있다.

[조사자 1: 한국에 오면 속담 많잖아요.] 많아요. [조사자 1: 네팔 얘기로 속담이나 뭐 그런 뭐뭐 하면 안 된다, 그런 금지어나.] [조사자 2: 한국에서는 뭐 미리 대비해야 된다고 '소 잃고 외양간 고친다.' 뭐 이런 말 속담 있는데.]

'소 잃고 외양간 고친다.'

네. 그런 말 있어요.

[조사자 2: 비슷한 거 뭐.]

(제보자들이 네팔어로 대화함.)

그러니까 어떤 이야기가 하나 있냐면은 이제 우리는 불태우잖아요. 불태우거든요. 불태우는 나무에 이제 어릴 때, 어릴 때 장난치면은 많이

"장난치지 말라. 밤에 잘 때 이제 오줌 싼다."

그래 그런 이야기도 있고, 이제 불장난 많이 하면 밤에 오줌 싸니까 불장난 많이 하지 말라 이런 것도 있고.

"이렇게 불장난하다가 까불지 말고 불장난 하지 마. 호랑이가 보면 호랑이가 쫓아온다. 불, 불은 이제 반짝 반짝하는 거 보고 더 이제 쫓아올 수 있다."

뭐 이런 이야기도 있고, 또, (웃음) 생각을 해야 돼요.

침을 모으면 강이 된다

● 구연정보

조사일시 : 2017. 09. 24(일) 오후
조사장소 : 경기도 의정부시 민락동
제 보 자 : 기리라주 [네팔, 남, 1975년생, 이주노동 8년차]
조 사 자 : 박현숙, 김현희

● 개요

한국의 '티끌 모아 태산'과 유사한 뜻을 가진 속담이다. 작은 것이 모이면 큰 것을 얻는다는 의미이다.

티끌 모아서 태산이라는 것이 있어. [조사자: 티끌 모아 태산?] 비슷한 말.

우리나라는 한 사람이 이렇게, 이거 입에서 나오는 물이 뭐야? [청자(아내): 침?] 침? 버리면은, 한사람이 버리면 날아가는 거야. 이거 마른다고, 여러 명이 침 이거 하면은 강이 된다고. 티끌 모아서 태산이라는 거랑 똑같은 거야, 이거. [조사자: 침 모아서 강이 된다고.] 강이 된다고.

윗물이 맑아야 아랫물이 맑다

● **구연정보**

조사일시 : 2018. 02. 06(화) 오후
조사장소 : 경상남도 진주시 상대 2동 YWCA
제 보 자 : 스레스탄 졸티 [네팔, 여, 1987년생, 결혼이주 11년차]
조 사 자 : 신동흔, 한상효, 이승민

● **개요**

윗물이 맑아야 아랫물이 맑다라는 속담은 윗사람이 잘해야 아랫사람도 잘 한다는 뜻이다.

[조사자 2: 혹시 네팔에는 뭐 어떤 집에 며느리가 잘 들어와서.] 어 그런 거 있어요. [조사자 2: 그 집이 뭐 잘 됐다. 뭐 이런 얘기.]

'윗물이 말아야 아랫물이 맑다.'

그런 이야기도 있거든요. 왜냐하면 위에 인제 내가 첫째고 밑에 동생들이 있으면은 내가 잘 해야 보고 그 똑같이 따라서 동생들이 할 건데,

'내가 못하면 못한다.'

그래가지고,

'윗물이 맑아야 아랫물이 맑다.'

뭐 그런 얘기도 있고.

'이제 며느리가 잘 들어와야 집안에 복이 들어온다. 잘못 들어오면 있는 복도 나간다.'

뭐 그런 이야기도 있어요.

고양이 똥도 찾으려면 없다

● 구연정보

조사일시 : 2018. 02. 06(화) 오후
조사장소 : 경상남도 진주시 상대 2동 YWCA
제 보 자 : 스레스탄 졸티 [네팔, 여, 1987년생, 결혼이주 11년차]
조 사 자 : 신동흔, 한상효, 이승민

● 개요

네팔에서도 고양이 똥도 약으로 쓰려면 없다는 말이 있다. 필요할 때 찾기 어렵다는 뜻이다.

아, 그러니까 우리는 그런 이야기도 있어요. 야, 약, (웃음) 약만 만들라면은 뭐 여러 가지 약을 사용하잖아요. 사람들이, 이제 고양이 똥을 약으로 사용하려면은 이제 필요없을 때는 아무 데나 싸 버는데, 필요한, 내가 필요하고 고양이 똥은 찾을래면 땅 파가지고… 고양이가 이제 땅을 파서 똥을 묻는 경향이 있거든요. 우리나라에서는 그렇게. [청자(걸퍼나): 밖에서.] 밖에서 똥을 잘 안 싸고, 이제 파가지고 어디든지 파 가지고 똥을 누는데, 근데 약으로 사용할라면은 고양이 똥도 못 찾는다. 뭐 그런. 이야기가 있고. [조사자: 비슷한 속담이 한국에도.]

여우 결혼식 하는 날

● **구연정보**

조사일시 : 2018. 02. 06(화) 오후
조사장소 : 경상남도 진주시 상대 2동 YWCA
제 보 자 : 스레스탄 졸티 [네팔, 여, 1987년생, 결혼이주 11년차]
조 사 자 : 신동흔, 한상효, 이승민

● **개요**

네팔에서는 해가 뜬 후 비가 오면 "여우가 결혼식 한다"고 한다. 한국과 비슷한데 여우가 장가간다고 하는 점이 다르다.

그러니까 비가 와서 날이 밝고 비가, 비가 왔다가 같은 날에 햇빛이 나다가 비가 나는 날이 있잖아요. 햇빛 쨍쨍 나는 날이 비가 오는 날이 그날은 또 뭐지, ***(네팔어), 폭스, 폭스.

"여우, 여우 결혼식이다. 오늘 어 여우가 얘가 결혼식이가 결혼식인가 보다."

"여우가 장가가는 것 같다. 시집가는. 여우가, 여우가 결혼하는가 봐."

그래서 햇빛이 나면서 비가 오면. [조사자 1: 여우가 장가간다 그래요?] 네, 여우가 장가가는 가는 날. [조사자 1: 한국에서는 여우가 시집간다 그러거든요.] 아 그러니까 장가가는 거라 해야 되나?

"시집간다. 여우가 결혼한다."

그래서 인제 무지개 피잖아요. 비가 오는 날이 빛이 나는 날이, 그래서 여우 결혼식에 이렇게 예쁘게 피어나는, [조사자 1: 여우 결혼식에 장식처럼.] 장식이고 어떻게 표현해야 될지 모르는데. 그런 이야기가 있어요.

[조사자 2: 한국에도 여우비라 그래서.] 아 그래요? [조사자 2: 맑은 날에 비오면 여우비라 그래요.] [조사자 1: 여우가 결혼한다고 하고, 여우가 시집간다고.]

"오늘은 여우 결혼식인가 봐."

이렇게.

[조사자 1: 여우를 네팔 사람들이 좋아하나 봐요? 무지개도.] [청자 1: 어 다 보러 밖에 나와요. 저기 무지개 보면.] 우리 엄마가 인제 어릴 때나,

"오늘 여우 결혼식 다 나와서 구경하라."

이런 식으로 얘기를 하시고 그랬었어요. [조사자 1: 무지개를 뜨면 다 여우 결혼식이라고.] 그리고 햇빛이 나면서 비가 나는 그런 게 종종, 그렇게 많지는 안잖아요. 항상, 날이 안 좋을 때만 비가 '우르르 쾅쾅' 나는데 날이 엄청 화창하게 좋은데 비가 오는 날은 잘 없으니까. 그리고 또 엄청 많아요.

[조사자 2: 엄청 많은 거 같아요.]

카자흐스탄

임신에 관한 금기

● 구연정보

조사일시 : 2016. 11. 12(토) 오후

조사장소 : 강원도 횡성군 횡성읍 읍하리

제 보 자 : 우쿠자노바 디나 [카자흐스탄, 여, 1981년생, 결혼이주 13년차]

조 사 자 : 박현숙, 김현희, 김민수

● 개요

사람 외에도 임신한 모든 존재에게 잘 대해 줘야 한다. 임신한 사슴을 잡으면 안 좋은 일이 생긴다. 사람이든 동물이든 임신한 이한테는 먹을 것을 줘야 한다. 수유하는 엄마에게도 잘 대접해야 한다.

원래 사슴은 우리나라에는 저기 아기 가진 사슴 있잖아요. 그런 걸 잡으면 안 되거든요. 왜냐면 그게 안 좋은 일이 생긴다고, 안 좋은 일. 그러니까 아기 가진 모든 동물이나 사람도 여자도 아기 가질 때 서운하게 하면 안 되고, 아기 가진 엄마가 오면 꼭 뭐 먹을 거 줘야 되고, 또 수유하는 엄마도 그렇게 대접을 하거든요.

나쁜 일을 피하기 위한 속신 행위

● **구연정보**

조사일시 : 2017. 02. 07(화) 오후
조사장소 : 서울시 광진구 화양동 건국대학교 상허연구관 414호
제 보 자 : 아쓰바이에바 [카자흐스탄, 여, 1991년생, 유학 3년차]
조 사 자 : 오정미, 이원영, 이승민

● **개요**

나쁜 일을 보면 나무를 세 번 두드리고 왼쪽 어깨로 뒤돌아본 후 침을 뱉는다. 그러면 자신한테는 그런 일이 안 생긴다고 믿는다.

미신 말고 또 하는 행동이 있어요. 그 예를 들면 나쁜 말을 할 때, 어떤 나쁜 이야기를 할 때 그런데 조용히 이런 일이 안 생기기 위해서 이렇게 (책상을 세 번 두드리며) 세 번 해요. [조사자 1: 아! 나쁜 일이 생기지 않게 하기 위해서.] 네. 나쁜 일이 생기지 않게 (다시 책상을 세 번 두드리며) 이렇게 해요. 그게 러시아 문화에, 러시아 사는 사람들 다 이렇게 하는 거예요.

[조사자 2: 한번 상황을 재연해보면 어떨 때 그렇게 쓰는 거예요?] 예를 들면 그 집에 가는 길에 어떤 여자가 차이는 모습을 봤다고. 이렇게 어떤 사람 이름을 이렇게 이야기하고 그런데 저는 이런 일이 안 생기게 해주세요. 이렇게 하는 거예요.

그리고 이렇게 (침을 뱉는 시늉을 하며) 투투투 이렇게 해요. [조사자 1: 침을 뱉어?] 네. 침을 뱉어요. 이렇게 세 번. [조사자 2: 돌아보고.] 네. 돌아보고 네. 왼쪽. [조사자 2: 나는 피해가려는 그런 뜻인가요?] 네.

[조사자 1: 그 두드리는 건 어디든 상관없고?] 나무로 만든 것이어야 해요. 그리고 정말 많은데 나중에 다시 있어요. 정리한 거 있어요.

노간주나무로 집을 털어내야 나쁜 액이 없어진다

● 구연정보

조사일시 : 2017. 03. 24(금) 오후

조사장소 : 서울특별시 광진구 화양동 건국대학교 국제학사 311호

제 보 자 : 아쑤바이에바 [카자흐스탄, 여, 1991년생, 유학생 3년차]

사니아 [카자흐스탄, 여, 1992년생, 유학생 6년차]

조 사 자 : 오정미, 이원영

● 개요

카자흐스탄에서는 노간주나무로 집을 털어내야 나쁜 액운이 없어진다는 믿음이 있다. 집집마다 노간주 나뭇가지로 집이나 몸의 액운을 털어내곤 한다.

아쑤바이에바 : 우리는 똑같은 거 있는데 우리도, 그런데 소금 아니라, 그 노간주나무예요. 노간주나무를 이렇게 태워서 세 번이나 해요.

사니아 : 그걸 우리 집을. 가족이 받아 온 것 있는데, 우리가 집을 이렇게 깨끗이 해요. 좀 나쁜 영, 영혼들.

아쑤바이에바 : 좀 이사할 때나 뭐 이런 나쁜 일이 생기지 않도록 뭐 이렇게 가다가.

사니아 : 나쁜 영혼들을 나가게 하고

조사자 1 : 새로 이사 가고 그러면 새 집에. 그 노간주나무.

사니아 : 노간주나무로 이렇게.

조사자 1 : 이렇게 이렇게 털어요?

아쑤바이에바 : 실제로 우리 가정도.

사니아 : 우리는 이사할 때만 아니라 그냥 가끔씩 해요. 나쁜 거.

조사자 1 : 집을 털어내요.

조사자 2 : 우리나라에도 있어요. 노간주나무로.

아쑤바이에바 : 아, 진짜요. 우와 신기해요.

조사자 2 : 그게 딱딱하고 가지가 되게 많은 거라서 그걸 막 해 가지고 집에 재수없는.

아쑤바이에바·사니아 : 맞아요, 맞아요.

조사자 1 : 신기한다. 왜 다 노간주나무일까.

조사자 2 : 아마 신성하게 생각했던 나무들이 그걸로 울타리도 하지 않나요?

사니아 : 울타리?

조사자 2 : 울타리라고 집 주변에.

조사자 1 : 펜스.

사니아 : 우리는 아, 그런 건 없죠.

조사자 1 : 그게 순간 소름끼치는 게. 어떡해 그 많은 나무 중에 다 똑같이, 노간주나무가 똑같으냐구.

조사자 2 : 그걸로 싸리나무 같은 걸론 빗자루로 많이 만들어요. 우리나라에서는.

사니아 : 빗자루도 만드는 거예요?

조사자 2 : 그걸로 이제 마당 쓸고 이렇게.

아쑤바이에바 : 그것도 샤머니즘이 조금 있는 거 같아요. 저희도 이렇게 실제로 산 이렇게 가서 해 가지고 뭐라고 하죠.

사니아 : 뜯어요?

아쑤바이에바 : 뜯어서 집에 가서 이렇게 해요.

조사자 2 : 그걸 태우면 평소에도 쓰는데 이걸 태우면 되게 소리가 크게 난대요. 이거가 인제.

조사자 1 : 악귀가 사리지는 소리가 나는.

조사자 2 : 소리가 나고 또 곡물이 또 그만큼 또 많이 타니까 곡물이 많이 열릴 거다. 곡물이 타는 소리처럼 들려서.

사니아 : 신기하다.

조사자 2 : 소리 때문에 잡귀가 인제 사라지고.

아쑤바이에바 : 저도 어렸을 적부터 왜 하필 그 나무일까? 네.
조사자 1 : 다른 나무도 많은데.
조사자 2 : '이걸로 불을 떼면 벼농사가 잘 된다.' 그런 게 있었대요. 옛날에는 우리도 우리는 잘 모르는데 젊은 사람들은, 조사를 해 놓은 거 보니까.

귀신 쫓는 풀 아드라스판

● **구연정보**

조사일시 : 2017. 05. 12(금) 오후
조사장소 : 서울특별시 광진구 화양동 건국대학교 국제학사 311호
제 보 자 : 아쑤바이에바 [카자흐스탄, 여, 1991년생, 유학생 3년차]
사니아 [카자흐스탄, 여, 1992년생, 유학생 6년차]
조 사 자 : 오정미, 이원영

● **개요**

한국의 팥처럼 카자흐스탄에는 '아드라스판'이라는 풀이 나쁜 기운을 쫓아낼 수 있다고 믿는다. 아드라스판은 강한 냄새가 있어서, 이 풀을 전해주면서 액운 막기를 빈다.

아쑤바이에바 : 그리고 또 옛날에 사람들이 어떤 그 풀 있었는데, '아드라스판' 이라는 풀인데, 그 풀을 이용했어요. 뭐 이렇게 나쁜 기운을 이렇게 쫓아낼 수 있는 그런 풀이라고 믿을 적에. 한국에서 그 팥?
(두 제보자가 카자흐어로 대화함.)

사니아 : 아. 대추 아냐? 아 팥 맞아.

아쑤바이에바 : 이렇게 한국에서 팥을 이렇게 막 뿌리잖아요. 이렇게.

조사자 1 : 아 팥.

아쑤바이에바 : 팥, 네.

조사자 1 : 팥.

아쑤바이에바 : 저희는 그 풀을 이용했어요. 왜냐면 그 풀의 냄새가 그 나쁜 기운을 쫓아낼 수 있다고 믿어서. 실제로 저희 어머니도

그 풀을 저한테 이렇게 줬어요. 네. 지금 가져.

사니아 : 가져?

아쑤바이에바 : 네, 갖고 있어요.

조사자 1 : 불 얘기하는 거? 파이어?

아쑤바이에바 : 아니요,

사니아 : 아니. 아니. 풀.

아쑤바이에바 : 풀, 네.

조사자 1 : 아, 풀.

사니아 : 그래스grass.

조사자 1 : 그치 이상하다 했어. 그니까 그 풀의 이름이 아드라스판.

아쑤바이에바 : 아드라스판이요. 냄새가 좀 세서. 네.

제비는 복

● **구연정보**

조사일시 : 2017. 03. 24(금) 오후
조사장소 : 서울특별시 광진구 화양동 건국대학교 국제학사 311호
제 보 자 : 아쑤바이에바 [카자흐스탄, 여, 1991년생, 유학생 3년차]
사니아 [카자흐스탄, 여, 1992년생, 유학생 6년차]
조 사 자 : 오정미, 이원영

● **개요**

제비가 있는 곳에는 복이 온다고 믿는다. 제비를 귀한 새로 보는 한국과 비슷하게, 제비를 보면 좋은 일이 생길 것이라고 생각한다.

조사자 2 : 그러면 아까 제비가 되게 좋은 동물이라 그랬잖아요. 제비랑 관련된 속담은 없어요?

아쑤바이에바 : 그냥 제비가 이렇게 주택이잖아요. 주택, 집. 그 위에 앉으면 뭔가 복이 온다는. 그 좋은 일이 생길 거라고.

조사자 1 : 제비가 어디에 앉으면?

아쑤바이에바 : 지붕에 네.

사니아 : 집은 그냥. "우리 집 근처에 있어도 좋아."라고. 저 그런 일이 있었어요. 우리 그 이모 집 근처에 있었는데 진짜 아들 몇 명 바로 결혼하고 애기들 생기고 바로바로 좋은 일이 있었는데 바로.

복을 가져다주는 일곱 동물

● 구연정보

조사일시 : 2017. 03. 24(금) 오후
조사장소 : 서울특별시 광진구 화양동 건국대학교 국제학사 311호
제 보 자 : 아쑤바이에바 [카자흐스탄, 여, 1991년생, 유학생 3년차]
사니아 [카자흐스탄, 여, 1992년생, 유학생 6년차]
조 사 자 : 오정미, 이원영

● 개요

카자흐스탄에는 일곱 가지의 동물을 키우면 복이 온다고 믿는다. 개, 소, 말, 양, 염소, 고양이, 닭이 그들이다.

조사자 2 : 그럼 염소를 주로 많이 길러요? 아까 양이라든지 염소 얘기를 하는 거 같던데.

아쑤바이에바 : 원래 그.

조사자 2 : 유목민이라서.

아쑤바이에바 : 네 그래서 뭔가 그 7개 종류의 동물을 이렇게 키우면 복이 온다고, 개, 소, 말, 개, 양, 염소, 그 고양이나 또 있었어요. 뭔가.

조사자 2 : 닭?

아쑤바이에바 : 닭. 네. 그거 '시트카스나'라고 하는데, 그거 '시트카스나' 네. 일곱 개의 보물.

사니아 : 맞아요. 보물이라고.

조사자 1 : 7개의 보물을 키우면 복이 온다. 네 7개의 동물이 마치, 복

아쑤바이에바 : 보물이라고 생각해요.

조사자 1 : 근데 그 7개의 보물이 뭐라고요?

아쑤바이에바 : 개, 소, 말, 염소, 양.

조사자 2 : 돼지는 아니죠?

아쑤바이에바 : 네. 돼지는 아니에요. 양, 닭, 고양이인 거 같아요.

조사자 2 : 고양이 좋아해요?

사니아 : 옛날에 너무 옛날에 들어서 이거.

조사자 1 : 개, 소, 말, 염소, 양, 닭, 고양이.

사니아 : 낙타 아니지?

아쑤바이에바 : 낙타? 이 중에서 확인해야 되겠어요.

조사자 2 : 낙타일 수 있겠다.

사니아 : 낙타 우유도 먹으니까.

아쑤바이에바 : 요즘은 아마 바뀐 거 같아요.

사니아 : 점점 바뀌어요.

아쑤바이에바 : 하기 힘드니까.

조사자 1 : 지금도 카자흐스탄에 낙타 못 봐요?

아쑤바이에바 : 있어요. 우리 동쪽에 조금 저희 시골 할머니가 사셨던 데 있었어요.

조사자 1 : 지금은 흔치 않아요?

아쑤바이에바 : 흔치 않아요. 네. 점점.

숫자 40의 의미

● 구연정보

조사일시 : 2016. 12. 16(금) 밤
조사장소 : 강원도 횡성군 횡성읍 읍하리
제 보 자 : 우쿠자노바 디나 [카자흐스탄, 여, 1981년생, 결혼이주 13년차]
조 사 자 : 박현숙, 김민수

● 개요

카자흐스탄에서는 숫자 3, 7, 9, 30, 40을 좋은 숫자로 인식한다. 특히 40일과 관련된 풍습과 이야기가 많다. 카자흐스탄에서는 한국의 백일처럼 아기가 태어난 지 40일이 넘어야 머리를 깎고 산모도 40일 정도 산후조리를 한다. 옥수수 알갱이 40알로 점을 치기도 하며, 결혼식 같은 잔치도 40일 동안 한다.

카자흐스탄에는 이 3, 9, 7. [조사자 1: 아까 6도 많이 나오던데.] 6은 많이 안 나오고. 3, 7, 9 그리고 40. 아니면 30. 그렇게 나와요. [조사자 1: 근데 그 40하고 관련된 속담 같은 것도 있어요?] 40에는, 40이란 거는. 40이란 거는 왠지는 모르겠는데요. 40이란 건 의미가 있어요. 아기 낳을 때도 여기 한국에는 100일이잖아요. 우린 40일이요. 40일 후에.

[조사자 1: 40일 챙겨요?] 40일. 40일 후에는 아이 머리도 깎이고 40일 때는 딱 100일처럼 하는 그런 의식들이 있어요. 그런 의식들을 해요. 40일이면 아이가 인제 어느 정도 그 이 여자의 몸조리도 40일이면 어느 정도 괜찮다고 생각을 해서. 40일은 또 그 점 볼 때도, 점 볼 때는, 우리는 아, 뭐라 그럴까. 그게 옥수수 있죠? 옥수수 알. 40개를 갖다가 점보는 사람들은 많아요. 40개를 이렇게 막 풀어

주면서 그게 떨어진 위치와 모양과 해서 점 이렇게 봐요. 40이나 40일이나. 40은 좋은 의미를 갖고 있어요. 그거 아마도 이 이슬람과 관련이 있는 것 같기도 하고.

[조사자 1: 40은 그러니까 40은 좋은 의미의 숫자로 인식을 하고 있다는 거죠?] 그죠. 40, 3하고. 3일 왜냐면, [조사자 1: 그니까 3, 7 이런 거는 거의 다 세계적으로 그런데 40은?] 네 3일, 7일 그리고 40일. 또 옛날엔 또 뭐 이렇게 옛날이야기에도 등장한 거 보면 뭐 잔치할 때, 결혼식 할 때도 막 40일 동안 했대요. 아까 보면 30일 동안은 놀고 40일 동안은 잔치하고 그러면 70일이면 거의 3개월이잖아요. (웃음) 3개월 놀고. 그런 게 많아요. [조사자 1: 그러고 싶다.] [조사자 2: 돈이 많아야 돼요.]

아기가 태어난 지 40일 뒤에나 볼 수 있다

● 구연정보

조사일시 : 2017. 03. 24(금) 오후
조사장소 : 서울특별시 광진구 화양동 건국대학교 국제학사 311호
제 보 자 : 아쑈바이에바 [카자흐스탄, 여, 1991년생, 유학생 3년차]
사니아 [카자흐스탄, 여, 1992년생, 유학생 6년차]
조 사 자 : 오정미, 이원영

● 개요

카자흐스탄에는 아기가 태어난 후에는 40일이 지나야 그 아기를 보여줄 수 있다. 그때 아이의 손톱과 머리카락을 잘라서 존중하는 사람한테 맡긴다.

아쑈바이에바 : 그리고 아기가 태어난 후에는 한 마흔일 지나고 나서만 그 볼 수 있다. 사람들한테 나 사십 일 지나고 나서야 보여줄 수 있다.

사니아 : 보여줄 수 있고. 그 그런 것도 있어요. 좀 사십 일 지날 때 이제 손톱도 처음으로 깎고, 머리카락도 그거, 근데 그거는 좀 내가 존중하는 사람한테는 맡기는 거예요.

조사자 1 : 아 자른 것을.

조사자 2 : 산모? 엄마 아니면 애기?

아쑈바이에바 : 아 애기를. 근데 예를 들면 할머니한테 아니면 소중한 사람, 좀 대단한 사람한테 그런 거 맡기고 애기를 씻고 막 그런 거예요. 근데 그거 다 한 후에 그 사람한테 선물 줘요.

조사자 1 : 그럼 선물 받은 사람한테는 그게 의미가 있는 선물이 되는 거?

사니아 : 그게 좋은 거죠. 네.
조사자 1 : 보통은 할머니가 해줘요?
사니아 : 꼭 할머니 아니라도.
아쑤바이에바 : 그냥 어르신.

아기가 처음 걸을 때의 속신 행위

● **구연정보**

조사일시 : 2017. 03. 24(금) 오후
조사장소 : 서울특별시 광진구 화양동 건국대학교 국제학사 311호
제 보 자 : 아쑤바이에바 [카자흐스탄, 여, 1991년생, 유학생 3년차]
사니아 [카자흐스탄, 여, 1992년생, 유학생 6년차]
조 사 자 : 오정미, 이원영

● **개요**

카자흐스탄에는 아기가 처음 걸을 때 두 다리를 실로 묶은 후 존경받는 사람이 그 다리의 실을 자른다. 그러면 아기가 그 사람처럼 될 수 있다고 믿는다.

사니아 : 어르신.

(사니아 제보자가 아쑤바이에바 제보자에게 카자흐스탄 말로 단어를 물어봄.)

아쑤바이에바 : 그 코르키 시작할 때는 어떤 관습이 있는데 가위로 이렇게, 아 일단 실로 이렇게 다리를 묶어서 그다음에 이렇게 가위로.

사니아 : 가위로 자르고 이제 그거 그것도 길이 좋은 사람한테 맡겨요. 좀 성공적으로 성공한 사람한테나

조사자 1 : 애기가 처음 첫걸음 하는 것을.

사니아 : 그래서 이렇게 같이 걸어줘요.

아쑤바이에바 : 그 사람이 그 이렇게 가위로 자르는 사람이 이렇게 성공적이어야 그 아기도 그 사람처럼 된다. 잘된다.

사니아 : 그것도 완전 옛날.

아쓰바이에바 : 같은 길로 갈 수 있다는 의미에서.

조사자 2 : 자꾸 걸을 것 같은 조짐이 보이면 자꾸 묶어뒀다가 그분 오라고 하셔가지고 그때 이렇게 자르는?

아쓰바이에바 : 네.

조사자 2 : 그럼 우리나라의 돌잔치처럼 일 년 잔치 뭐 이런 거 있잖아요? 그런 거 있나요? 백일이나 돌 이런 거.

사니아 : (아쓰바이에바 제보자를 향해) 뭐 뽑는 거 있지 않아?

아쓰바이에바 : 어 맞아. 맞아. 우리도 돌잔치 있는데 근데 뽑는 거 요즘 생긴 거 같애요.

사니아 : 아 진짜?

조사자 1 : 그건 요즘 생긴 거고. 그러면 카자흐스탄에도 돌잔치가 있긴 있어요? 첫 번째 아기의 생일은 굉장히 크게 하고.

사니아 : 맞아요. 맞아요.

아쓰바이에바 : 크게 하고, 네 크게 해요.

사니아 : (아쓰바이에바 제보자를 향해) 그거는 요즘 생기지 않았어? 그것도? 그건 잘.

아쓰바이에바 : 보통은 한 살 될 때 이거 해요. 다 같이 해요.

기도할 때는 손을 오므려야 한다

● **구연정보**

조사일시 : 2017. 03. 24(금) 오후
조사장소 : 서울특별시 광진구 화양동 건국대학교 국제학사 311호
제 보 자 : 아쑤바이에바 [카자흐스탄, 여, 1991년생, 유학생 3년차]
사니아 [카자흐스탄, 여, 1992년생, 유학생 6년차]
조 사 자 : 오정미, 이원영

● **개요**

기도할 때는 손가락을 모아서 기도해야 한다. 손을 오므리지 않으면 죽어서 손가락 사이로 물이 다 빠져나가 물을 마실 수 없기 때문이다.

사니아 : 그리고 우리가 기도할 때도 우리가 이렇게 하면 (손가락을 벌리면) 안 되고 진짜 이렇게 닫아야 된대요. 왜냐하면 천국가기 전에 거기에 물이 있대요. 이렇게 물을 이렇게만 해야 내가 살고 있는 동안 이렇게 물이 안 새잖아요. 근데 제가 사는 동안 이렇게 하면 (손가락을 벌리면) 물이 새게 된대요. 거기서 그래서 물 못 먹게 된대요.

조사자 2 : 아 천국에서 마시는 물?

조사자 1 : 그래서 손을 반드시 이렇게 오므려야 된다. 벌리면 안 되고.

조사자 2 : 내가 살았을 때 기도 손 모양대로 천국에 가서 물을 마시게 되는 거예요? 그럼 다들 이렇게 (손을 붙여서) 하겠네요.

사니아 : 그래서 다들 이렇게 하죠.

조사자 2 : 딱 붙여서.

아쑤바이에바 : 그리고 이런 습관도 있어요. 저기 밥 먹고 나서 그

이렇게. (얼굴을 손으로 감싸는 모양을 해보임.)

사니아 : 기독교들이 먼저, 먼저 기도하고 먹잖나요. 우리는 카자흐스탄에서 특히 다른 나라는 모르겠는데 먹고 나서 이렇게 해요.

조사자 1 : 아 어떻게? 밥 먹고 나서.

아쑤바이에바 : 감사의 의미에서.

사니아 : 원래 우리는 그거 아랍 사람들이 '알라하바'라고 하잖아요. 근데 카자흐로 넘어, 발음이 바뀌어서 '알라바르'라고 해요.

아쑤바이에바 : 네 빠르게.

사니아 : 네 조금 발음이 이상해지고 그냥. 근데 사람들이 생각 안 해요. 무슨 뜻인지 그냥 이렇게 하고 그냥 일어나서 가요.

조사자 2 : 말을 하지 않은데 손으로.

사니아 : 아니 말을 하는데 무슨 뜻인지 모르는 거 같아요.

조사자 1 : 잠깐 다 먹은 다음에 이제

사니아 : 감사하다고.

조사자 1 : 밥을 먹기 전에 기독교에서 하지만 그게 아니고 밥을, 이게 더 합리적인데 다 먹은 다음에 하는 것보다.

사니아 : 그래서 한국에서 선생님들이 가끔 보고 아 니들 배부른 다음에만 기도하는 거구나. (웃음)

조사자 1 : 아 그게 그렇게 되는 건가. (웃음)

사니아 : 감사하다고.

조사자 2 : 근데 화장실 갈다 온 다음에도 생각하는 감사하는 마음 가진 게 더.

조사자 1 : 더 진짜지.

사니아 : 맞아요. 맞아요.

조사자 2 : 배고플 때는 다 감사한데 그 뒤에도 그거를 생각하는 게 더 깊은 거 같아요.

조사자 1 : 다 배불러진 다음에 찾는 신이 진짜 신 아닌가 싶어.

사니아 : 그래서 어렸을 때부터 그런 거 시켜요. 얘기들한테 이런 해야 한다고. 얘기들은 모르지. 그냥.

조사자 2 : 그럼 여러분들도 하세요?

사니아 : 네. 네. 먹고 나서 해야죠.
조사자 1 : 근데 이 행동의 의미가 뭘까?
사니아 : 그거는 모르겠고.
조사자 1 : 세수하는 거 같기도 하고.
아쑈바이에바 : 아마 그래도 물이랑 관련 있는 거 같아요.
조사자 1 : 아 물이랑 이렇게 하는 느낌으로.
아쑈바이에바 : 저 잘 모르겠어요.
사니아 : 우리가 그쵸. 우리가 믿어서가 아니라 습관돼서.
조사자 2 : 함께 하는 말은 뭐라고요?
아쑈바이에바 : '알라바르'
사니아 : '알라하바르'랑 똑같애요.
아쑈바이에바 : 근데 우리는 좀 빠르게 좀 해서 이제.
사니아 : 알라바르, 알라바르라고 해요.
아쑈바이에바 : 합성어가 됐어요.
조사자 2 : 그 뜻은 정확히는 없는 거예요?
사니아 : 아니 아니요. 아랍어로 '알라바하르'라고 하잖아요.
조사자 1 : 한국말로는?
사니아 : 그 대단, 대단하신 하느님, 막 하느님 대단하십니다. 뭐 그런 거예요.
조사자 1 : 두 사람은 '망고르트'가 아니네. '망고르트'가 아닌 거야.
아쑈바이에바 : 그게 실제로 문제예요. 카자흐스탄 젊은 사람들이 카자흐 자기 나라 말 모국어를 잘 몰라서.
사니아 : 소련 때 부모님들도 안 하게 됐으니까 이제 점점.
조사자 1 : 저번에 파라과이 학생들을 만나서 얘기를 하는데 너무 얘기를 잘 하는 거야. 너무 무궁무진해서 너무 궁금했어. 두 사람보다도 훨씬 어려. 이제 일학년인데. 그래서 어떻게 이렇게 많이 아냐 물어보니까 파라과이 초등학교 중학교 고등학교 자기 나라 이야기를 배우고 그걸 외우는 시험을 본대.
사니아 : 그거 되게 중요한 거 같아요. 완전 중요해.
조사자 2 : 교육과정에, 교육과목에 있어서 옛날 얘기를 그 책으로

과목으로 배우는 거예요.

조사자 1 : 그게 그때는 너무 싫었는데 지금은 특히 외국에 나와 보니까.

사니아 : 맞아요. 맞아요.

조사자 1 : 어른이 되고 나면 그거 잘 안 하는데 어렸을 때는 중요한 거 같아요.

사니아 : 우리도 그 카자흐 문학 그런 수업들이 있는데 너무 얘기들이 신경 안 쓰고 너무 지루하다고 생각하고 지금 중요하죠.

조사자 1 : 소중함을 알게 되죠.

사니아 : 그때 제대로 배울 걸 그랬다는. 그게 집에서 주로 잘 받는 거 같아요. 그 부모님이 어떻게 전달하냐에 따라서.

문지방 사이를 두고 인사하면 안 된다

● 구연정보

조사일시 : 2017. 03. 24(금) 오후
조사장소 : 서울특별시 광진구 화양동 건국대학교 국제학사 311호
제 보 자 : 아쑤바이에바 [카자흐스탄, 여, 1991년생, 유학생 3년차]
사니아 [카자흐스탄, 여, 1992년생, 유학생 6년차]
조 사 자 : 오정미, 이원영

● 개요

카자흐스탄에서는 문지방을 사이에 두고 인사를 하면 안 된다. 문지방을 경계로 다른 공간이 있다고 믿기 때문이다.

아쑤바이에바 : 네. 문지방을 이렇게 사이에 두고 이렇게 인사하면 안 된다는 말도 있어요.

조사자 1 : 아 그건 우리 없는데.

사니아 : 꼭 그거 너무 엄하잖아요.

아쑤바이에바 : 네. 무서워요.

조사자 1 : 왜, 인사하면 안 돼?

사니아 : 죽은 사람.

아쑤바이에바 : 그 이게 문지방을 사이에 두는 것은 원래 다 서로 다른 공간에 있다는 뜻이 돼요. 같은 공간을 공유하지 못함으로 다툼이 생길 거라고. 믿어서. 안 된다고.

조사자 2 : 아까 뭐 죽은 사람?

사니아 : 저는 왠지 그런 거 생각했었어요. 항상 그 그것도 똑같은 세계 아니라서 좀 다른 세계라는 느낌이 있었는데 왠지 죽은 사람들의 세계라고 생각했었어요. 제가. 아닐 수도 있는데.

수요일에는 행운이 온다

● 구연정보

조사일시 : 2017. 03. 24(금) 오후
조사장소 : 서울특별시 광진구 화양동 건국대학교 국제학사 311호
제 보 자 : 아쑤바이에바 [카자흐스탄, 여, 1991년생, 유학생 3년차]
사니아 [카자흐스탄, 여, 1992년생, 유학생 6년차]
조 사 자 : 오정미, 이원영

● 개요

어떤 일을 시작해도 수요일은 좋다라는 말이 있다. 카자흐스탄에는 월요일과 반대로 수요일을 좋은 날로 본다. 월요일에 돈을 빌려주면 돈을 받지 못할 것으로 생각한다.

사니아 : 맞아요. 그런 말도 있잖아. 힘든 날이라고. 그리고 수요일은 오히려 행운이 오는 날.

조사자 1 : 아 진짜 수요일은 행운이 오는 날.

사니아 : '어떤 일을 시작해도 수요일은 좋다.'라고 생각해요.

아쑤바이에바 : 그러니까 어떻게 보면 월요일은 항상 나쁜 날이라고 생각해요. 이게 다음 거 있는데 만약 월요일에 '돈을 빌려주면은 돌려받지 못하게 된다.'는 그런 말도 있어요.

조사자 1 : 돈을 꿔 줘도 안 되는구나.

조사자 2 : 하여튼 월요일 하면 좀 제대로 안 되고 수요일에 하면은 좋고. 월요일이 약간 왼쪽이랑 관련이 있는 거고. 혹시 수요일에 예배를 드리나요?

아쑤바이에바 : 아 예배는 금요일마다.

사니아 : 금요일이잖아. 이슬람 그런 금요일.

조사자 1 : 근데 달력상 봐도 오른쪽은 왼쪽이 월요일이고 수요일은 오른쪽이니까.

사니아 : 네. 맞아요. 그런 거 같아요.

조사자 2 : 거기 달력은 일요일을 앞에 붙여요? 끝에 붙여요? 일요일.

아쑤바이에바 : 우리 끝에 붙여요.

조사자 2 : 끝에 붙이죠. 월요일이 제일 왼쪽에 있고.

사니아 : 네. 네. 네.

휘파람을 집에서 불면 집 안이 텅 비게 된다

● **구연정보**

조사일시 : 2017. 03. 24(금) 오후
조사장소 : 서울특별시 광진구 화양동 건국대학교 국제학사 311호
제 보 자 : 아쑤바이에바 [카자흐스탄, 여, 1991년생, 유학생 3년차]
조 사 자 : 오정미, 이원영

● **개요**

카자흐스탄에는 휘파람을 집에서 불면 집 안이 텅 비게 된다는 속신이 있다. 집에서 돈이 나간다는 뜻이다.

그리고 '휘파람을 집에서 불지 마라. 집 안이 텅 비게 된다.'는 뜻으로 [조사자: 비슷한 거 있어. 뭐라고? 휘파람을?] 휘파람을 집에서 불지 마라.

[조사자 1: 왜? 왜?] 뭐 이렇게 근데 돈이 없어진다는. [조사자 1: 돈이 새어나간다.] [조사자 2: 집이 텅 비게 된다.] 네. 이런 의미에서.

귀가 간지러우면 누군가 내 칭찬이나 욕을 하는 중이다

● 구연정보

조사일시 : 2017. 03. 24(금) 오후

조사장소 : 서울특별시 광진구 화양동 건국대학교 국제학사 311호

제 보 자 : 아쑤바이에바 [카자흐스탄, 여, 1991년생, 유학생 3년차]
사니아 [카자흐스탄, 여, 1992년생, 유학생 6년차]

조 사 자 : 오정미, 이원영

● 개요

카자흐스탄에는 오른쪽 귀가 간지러워지면 누군가 내 칭찬을 하는 것이고, 왼쪽 귀가 간지러워지면 누군가 내 욕을 한다고 보는 속설이 있다.

아쑤바이에바 : 그리고 귀, 귀 가 뜨거우면 누군가가 흉을 보는 것이다.

조사자 1 : 아 귀가 뜨거우면.

조사자 2 : 우리는 귀가 간지러우면.

아쑤바이에바 : 간지러우면요? 그건 왜?

사니아 : 뜨거운 거.

아쑤바이에바 : 비슷한, 비슷해요. 그리고 이게 좀 따지면 오른쪽이 가려우면 진실을 말하는 것이고, 아 왼쪽이 가려우면은 아 헐뜯는 것이다. 누군가가 욕을 하고 있다는 의미에서.

조사자 1 : 아 왼쪽이 간지러우면 누군가를 욕하고 있고.

아쑤바이에바 : 욕하고 있다. 네 근데 오른쪽은 자랑하고 있다.

조사자 1 : 나에 대해서 좋게.

조사자 2 : 칭찬해 준다.

아쑤바이에바 : 네. 칭찬해 준다.

오른손이 가려우면 돈이 들어오고 왼손이 가려우면 돈이 나간다

● **구연정보**

조사일시 : 2017. 03. 24(금) 오후
조사장소 : 서울특별시 광진구 화양동 건국대학교 국제학사 311호
제 보 자 : 아쑤바이에바 [카자흐스탄, 여, 1991년생, 유학생 3년차]
사니아 [카자흐스탄, 여, 1992년생, 유학생 6년차]
조 사 자 : 오정미, 이원영

● **개요**

카자흐스탄에는 오른손이 가려우면 돈을 얻게 되고 왼손이 가려우면 돈이 나간다는 속신이 있다.오른쪽을 좋게 생각하는 반면, 왼쪽은 불행을 뜻한다고 생각하기 때문이다.

아쑤바이에바 : 그리고 또 오른손이 가려우면 돈을 얻게 되고 왼손이 가려우면 돈이 나가게 된다.

사니아 : 좀 이쪽이 있는 거 같아요. 오른쪽이랑.

조사자 2 : 오른쪽은 좋은 뜻. 왼쪽은 나쁜 뜻.

조사자 1 : 그러네. 계속. 왼손이 가려우면 돈이 나간다.

아쑤바이에바 : 네. 카자흐 사람들이 오른쪽을 행운 기쁨, 행복 등으로 생각하는 반면, 그 왼쪽은 반대로 불행, 슬픔, 실패 등을 의미한다고 생각하거든요.

조사자 1 : 우리나라도 좀 비슷한데.

월요일에는 먼 길을 떠나지 마라

● 구연정보

조사일시 : 2017. 03. 24(금) 오후
조사장소 : 서울특별시 광진구 화양동 건국대학교 국제학사 311호
제 보 자 : 아쑈바이에바 [카자흐스탄, 여, 1991년생, 유학생 3년차]
사니아 [카자흐스탄, 여, 1992년생, 유학생 6년차]
조 사 자 : 오정미, 이원영

● 개요

카자흐스탄에는 월요일에 먼 길을 떠나면 여행이 불행해진다는 속신이 있다.

아쑈바이에바 : '월요일에 먼 길을 떠나지 마라. 여행이 불행하게 된다.'

사니아 : 월요일요.

조사자 : 월요일에 뭐라고? 먼 길을 떠나지 마라. 아. 그래서 진짜로 안 떠나?]

사니아 : 네, 그 그런 사람도 있고 그냥 안 믿는 사람도 있고.

조사자 : 그럼 왜 하필 월요일엔 떠나지 말랬을까요?

아쑈바이에바 : 그러니까 주말, 원래 월요병이잖아요. (웃음)

사니아 : 그런 말도 있잖아. 힘든 날이라고.

이름이 같은 사람 사이에 앉으면 소원이 이루어진다

● **구연정보**

조사일시 : 2017. 03. 24(금) 오후
조사장소 : 서울특별시 광진구 화양동 건국대학교 국제학사 311호
제 보 자 : 아쑤바이에바 [카자흐스탄, 여, 1991년생, 유학생 3년차]
사니아 [카자흐스탄, 여, 1992년생, 유학생 6년차]
조 사 자 : 오정미, 이원영

● **개요**

카자흐스탄에는 같은 이름의 사람 사이에 앉으면 소원이 이루어진다라는 속신이 있다.

아쑤바이에바 : 그리고 이런 거 있는데 그 같은 이름을 가진 사람 사이에 앉으며 소원이 이뤄진다는 뜻.

조사자 1 : 정말?

아쑤바이에바 : 네. 저는 사니아랑 사니아. 이게 사이에 앉은 사람이 소원을 빌 수 있다는.

사니아 : 그게 꼭 카자흐스탄뿐 아니라.

아쑤바이에바 : 러시아 CIS 국가.

사니아 : CIS 국가 중에서 뭔가 있는 거 같아요.

조사자 1 : 아 진짜 같은 이름 사람 사이에 앉으면 소원이 이뤄진다. 그러면 이게 옛날부터 이런 말이 있었던 거야? 러시아 쪽이라든? 저 카자흐스탄 전체 크게 중앙아시아 쪽에.

아쑤바이에바 : 네. 이건 러시아 영향인 거 같아요.

사니아 : 그치. 이 말은. 그런 거 같아요.

조사자 2 : 이름이 같은 사람이 많아서 그런 건가요?

조사자 1 : 아 진짜, 사니아란 이름도 많아요? 그러면?

사니아 : 카자흐스탄에서 조금 많아서요. 많은 편이에요.

조사자 1 : 갑자기 궁금해졌어. 아쑤바이에바. 사니아 무슨 뜻이 있어요?

아쑤바이에바 : 아 아쑤바이에바는 원래 아랍어로 그 뭐 이렇게 '소용이 있다'라는 그 의미.

조사자 1 : 소용이 있다. 그러면?

사니아 : 제 이름도 그 아랍 이름인데 어 뭔가 의미가 몇 가지 있는 거 같아요. 하나는 두 번째 다리라고. 또 두 번째, 두 번째 무슨 뜻이에요. 뭔가 두 번째고, 그리고 다른 의미는 조금, (아쑤바이에바 제보자에게 물어본 뒤) 조금 소중하고 뭔가 소중하다.

조사자 2 : 좀 비슷하네요. 소용이 있다. 가치가 있다. 뭐 가치 있다. 의미가 있다.

머리를 문 쪽으로 두면 안 된다

● **구연정보**

조사일시 : 2017. 03. 24(금) 오후
조사장소 : 서울특별시 광진구 화양동 건국대학교 국제학사 311호
제 보 자 : 아쑤바이에바 [카자흐스탄, 여, 1991년생, 유학생 3년차]
사니아 [카자흐스탄, 여, 1992년생, 유학생 6년차]
조 사 자 : 오정미, 이원영

● **개요**

산 사람은 머리를 문 방향으로 누우면 안 된다라는 금기가 있다. 시신을 문 방향으로 눕히기 때문이다.

사니아 : 그리고 또 하나 생각난 거 그 바닥에 눕잖아요. 우리가. 가끔. 그 머리로 그 문 방향으로 누우면 안 된다고.

아쑤바이에바 : 안 된다고. 네. 왜냐하면 시신을 이렇게.

사니아 : 그렇게 바닥에 하니까.

해가 질 때 자면 악몽을 꾼다

● **구연정보**

조사일시 : 2017. 03. 24(금) 오후
조사장소 : 서울특별시 광진구 화양동 건국대학교 국제학사 311호
제 보 자 : 아쑤바이에바 [카자흐스탄, 여, 1991년생, 유학생 3년차]
사니아 [카자흐스탄, 여, 1992년생, 유학생 6년차]
조 사 자 : 오정미, 이원영

● **개요**

해가 질 때 잠을 자면 악몽을 꾼다는 속신이 있다. 그래서 그 시간에는 잠을 자지 못하게 한다.

사니아 : 아니 제가 그거 들었어요. 해가 뜨는 동안 잠을 자면 안 된다고 제가 엄마가 항상 자면 안 된다고 일어나면 자는 동안 악몽을 꾸거나 일어나면 너무 힘이 없는 거처럼 그냥 그 시간에 그 악마가 들어온다고 저도 자보고, 그렇게 몇 번 잤어요. 항상 악몽을 꾸거나 아니면 항상 힘들어요.

아쑤바이에바 : 아 해가 질 때?

사니아 : 맞아, 아 해가 지는 동안. 그거는 보통 6시쯤인가? 그때 자면 안 된다고. 참거나, 밤까지 참고 참으라고.

(잠시 다른 이야기가 오감.)

아쑤바이에바 : 그리고 '해가 뜨기 전에는 가족에게는 악몽을 얘기하지 마라. 악몽이 현실화될 것이다.'라는, 해가 뜨기 전에 얘기하면 안 된다는 거 있어요.

밥 먹을 때의 금기

● 구연정보

조사일시 : 2017. 03. 24(금) 오후
조사장소 : 서울특별시 광진구 화양동 건국대학교 국제학사 311호
제 보 자 : 아쑤바이에바 [카자흐스탄, 여, 1991년생, 유학생 3년차]
사니아 [카자흐스탄, 여, 1992년생, 유학생 6년차]
조 사 자 : 오정미, 이원영

● 개요

카자흐스탄에는 밥 먹을 때 거울을 보면 아름다움까지 먹어버린다라는 말이 있다. 또 밥 먹을 때는 말을 하지 말아야 한다.

아쑤바이에바 : '밥 먹을 때 거울을 보지 마라. 아름다움까지 먹어버린다.'

사니아 : 어 진짜?

아쑤바이에바 : 네. 있어요. 저도 옛날 어렸을 때 이렇게 들어서 이렇게 어디 거울 보면 안 먹으려고 해요. 이렇게 거울 보면서.

(잠깐 다른 이야기가 오감.)

조사자 2 : 여기 집에선 뭐 밥 먹을 땐 하면 안 되는 행동 같은 거 있어요?

사니아 : 그냥 말 안 하고.

아쑤바이에바 : 조용히 해서.

사니아 : 말 절대 안 하고 러시아 말에 그런 거 있어요. '말할 때 내가 귀도 막히고 말도 안 나와.' 막 그런 말이 있어요.

아쑤바이에바 : 먹을 때. 아무것도 안 들리고.

(두 제보자가 카자흐어로 말을 주고받음.)

사니아 : 말도 못 하는 사람 있잖아요. 그런 사람이 된다고 해요.

조사자 2 : '밥 먹을 때 말하면 다음에 벙어리 된다.' 뭐 이런 거예요?

사니아 : 네 밥 먹을 때 내가 맞아요.

조사자 1 : '밥 먹을 때 말하지 마라.'

아쑤바이에바 : 말하지 마라.

사니아 : 말하지 말고 아무것도 듣지 말라. 그냥 먹기만 하고.

조사자 2 : 그러면 말하면 어떻게 되는 거예요? 말하면 다음에 그렇게 된다고.

사니아 : 아니 아니요. 그거 아마 말하다가 밥 먹으면 그거 걸릴 수 있잖아요. 그렇게 되지 않도록 그렇게 말한 거 같아요.

조사자 2 : 아 그런 사람처럼 행동하라고.

사니아 : 네. 네. 네.

조사자 2 : 아 밥 먹을 때 귀도 안 들리고, 말도 못 하는 것처럼 하라고.

이유가 없이 웃으면 바보가 된다

● **구연정보**

조사일시 : 2017. 03. 24(금) 오후
조사장소 : 서울특별시 광진구 화양동 건국대학교 국제학사 311호
제 보 자 : 아쑤바이에바 [카자흐스탄, 여, 1991년생, 유학생 3년차]
사니아 [카자흐스탄, 여, 1992년생, 유학생 6년차]
조 사 자 : 오정미, 이원영

● **개요**

카자흐스탄에는 웃으면 바보가 된다라는 말이 있다. 그만큼 웃는 문화가 없다.

아쑤바이에바 : 그리고 좀 슬프지만 좀 이렇게 우리 CIS 국가들 보면 그러니까 웃는 문화가 거의 없어요. 또 미국처럼 이렇게 어디서나 이렇게, 활짝 웃는 사람 볼 수 있잖아요. 우리는 그런 사람 바보라고 불러요. '웃으면 바보가 된다.' 이런 말도 있어요.

사니아 : 이유 없이 웃는데.

아쑤바이에바 : 네. '이유 없이 웃는 사람은 바보야.' 이런, 이런.

사니아 : 한국에서 되게 밝은, 여자도 밝은 여자 좋아하잖아요. 좀 애교도 부리고 우리는 그런 거 아니고 좀 뭔가 성숙하게 빨리빨리 우리나라에서 많이 죽었으니까 사람들이. 일찍 결혼하고 일찍 애기 낳아야 되고, 저기 죽으면 안 되니까. 그래서 빨리빨리 해서 여기도 성숙해져야 되고. 그래서 애교를 부리면 애기처럼 생기자, 애기처럼 행동하면 안 된다고. 네. 네. 네. 네 맞아요. 철이 없다고.

아쑤바이에바 : 어떤 면에서 보면 좀 나쁜 거잖아요. 이게.

사니아 : 좀 슬퍼요. 그게. 어른 사람처럼 해야 되니까.

아쑤바이에바 : 약간 심리적으로 성격에 영향을 미칠 수도 있다고 생각해요. 왜냐하면 저도 어렸을 때 이렇게 밥을 먹을 때 아버지가, “절대 크게 웃지마.” 이렇게 “여자가 이렇게 크게 웃으면 안 된다.” 이렇게.

사니아 : 밥 먹을 때도 시끄럽게 먹으면 안 되고.

아쑤바이에바 : 성숙해야 된다. 이렇게 안 된다고 그래서 좀, 이렇게 (위축되게) 좀.

사니아 : 맞아요. 한국 오니까 되게 너무 진지하다고 말을 들었어요. 제가. “너무 진지해.” “너무 재미없다.” 막 이렇게.

아쑤바이에바 : 그리고 아니면 우리나라 갔다 온 아니면 러시아로 갔다 온 러시아에 갔다 온 사람들이 한국 사람들이 너무 진지해 보인다고 좀 무섭다고. 이렇게 웃지 않아서.

사니아 : 맞아요. 맞아요.

조사자 2 : 대부분이 그런 거예요?

아쑤바이에바 : 네. 대부분이.

사니아 : 원래 그래야.

조사자 1 : 생각해 보면 수업시간에 아쑤바이에바가 되게 진지했던 거 같애. 지금은 훨씬 편안해졌고.

아쑤바이에바 : 네. (웃음)

조사자 2 : 그 전쟁을 치른 지가 얼마나 된 거죠?

아쑤바이에바 : 45년, 1945년.

사니아 : 근데 그런 전쟁 말고 그 중세기 때 엄청 많이. 그때부터 온 거죠. 그게.

조사자 1 : 이게 지리학적으로 위치상 여기저기 그냥 작은 이런 민족적 작은 싸움들이 전쟁이 끊임없이 일어났던 거죠.

사니아 : 하고 왔으니까.

조사자 1 : 우리는 반대예요. ‘웃으면 복이 온다.’

사니아 : 맞아요.

아쑤바이에바 : 저도 좀 신기했어요. 말을 들으면.

사니아 : 그게 맞는 거 같애.

조사자 1 : '웃는 얼굴에 침 못 뱉는다.' '웃으면 복이 온다.' 그래서 '늘 웃어라'를 오히려 우리는.

아쑤바이에바 : 저도 이제 늘 고향에 갈 때마다 저도 아버지한테 이런 말해요. 아버지가 저한테 이렇게 너무 많이 웃으면 안 된다고 하면. '웃으면 복이 온다.'고. (웃음)

사니아 : 맞아. 맞아. 맞아.

(조사자 개인 경험담이 잠시 오감.)

조사자 1 : 근데 아까 그 '웃으면 바보가 된다.' 이거는 여자한테만 한해 한 건 아니죠? 남자도 다.

아쑤바이에바 : 네. 남자도 다 그래요. 남자는 특히 이렇게 너무 진지해 보여서 무섭다고

사니아 : 그래서 우리가 무섭게 보이긴 해요.

조사자 1 : 안 무서운 거야.

사니아 : 카자흐스탄은 다 그렇게 하니까 사람들이 우리는 변했죠. 많이.

조사자 1 : 특히 카자흐스탄 남자들도 굉장히 무뚝뚝하게?

사니아 : 맞아요. 엄청 무뚝뚝해요.

텅 빈 물통을 들고 오는 여자를 만나면 실패를 맛보게 된다

● **구연정보**

조사일시 : 2017. 03. 24(금) 오후
조사장소 : 서울특별시 광진구 화양동 건국대학교 국제학사 311호
제 보 자 : 아쑤바이에바 [카자흐스탄, 여, 1991년생, 유학생 3년차]
조 사 자 : 오정미, 이원영

● **개요**

텅 빈 물통을 들고 오는 여자를 만나면 실패를 맛보게 된다고 한다. 이유는 잘 모르겠다고 했다. 빈 물통이 '빈손'을 의미하기 때문일 가능성이 있다.

'텅 빈 물통을 들고 오는 여자를 만나면 실패를 맛보게 된다.'는 말이 있어요. [조사자: 텅 빈?] 텅 빈 물통을 들고 오는 여자를 만나면 실패를 맛보게 된다.

[조사자: 왜 그럴까?] 글쎄 인터넷 찾아봤는데요. 잘 없더라고요.

손님 도래에 대한 속신어들

● **구연정보**

조사일시 : 2017. 03. 24(금) 오후
조사장소 : 서울특별시 광진구 화양동 건국대학교 국제학사 311호
제 보 자 : 아쑤바이에바 [카자흐스탄, 여, 1991년생, 유학생 3년차]
사니아 [카자흐스탄, 여, 1992년생, 유학생 6년차]
조 사 자 : 오정미, 이원영

● **개요**

스푼이나 포크가 떨어지면 손님이 온다는 속신이 있다. 그리고 아기가 어딘가를 바라보고 있으면 그곳에서 손님이 온다는 믿음이 있다. 아이들에게는 어른들이 보지 못하는 것을 보는 신비한 힘이 있다고 믿기 때문이다.

조사자 : 그 손님에 관련된 뭐 속담이나? 우리 같으면 까치가, 아침에 까치가 울면 손님이 온다. 반가운 손님이 온다. 이런 게 있어요.

아쑤바이에바 : 저희는 그게 러시아 꺼인 거 같은데 뭔가 떨어지면, 아 스푼이나 이렇게 포크가 떨어지면, 그 손님이 온다. 오고 있다는. 그런.

사니아 : 그리고 애기가, 그 애기 한 살이나 두 살, 애기가 이렇게 있잖아요. 이렇게 서 있는데 밑으로 해서 이렇게 보잖아요. 근데 아 '길보고 있다, 누가 오고 있다.'란 뜻이에요.

조사자 1 : 아 애기가 식탁 밑을 이렇게.

사니아 : 식탁 밑에 말고 이렇게 다리 있잖아요. 애기가 이렇게 보면.

조사자 1 : 우리는 동생 본다고 그러는데.

사니아 : 뭐 뭐 뭐요?

조사자 1 : 동생, 애기 그런 얘기가, 그러면 "아 동생 본단다. 동생 볼 때 됐다. 동생 보려나 보다." 어른들이.

사니아 : 그런데 가끔 손님이 와요. 진짜로.

조사자 2 : 애들이 영감이 있어서 그런가?

사니아 : 네네. 천사로 보이는 거 같아요.

아쑤바이에바 : 아니면 실제로 저는 있었던, 포크나 이렇게 그리고 이렇게 구분할 수 있을 거, 포크나 스푼이 이렇게 떨어지면 여자 손님이 온다. 나이프가 이렇게 떨어지면 남자가 온다는 말이.

조사자 2 : 약간 손님을 천사로 보는 거죠? 천사일지도 모르니까 대접을 잘 해줘야 되고. 그래서 애들 눈에는 어른들 눈에는 안 보이는 천사가 애들이 보는 거야. 이렇게 그것도 좀 기독교랑 비슷한 거 같기도 하고.

밤에 쓰레기를 버리면 안 된다

● 구연정보

조사일시 : 2017. 02. 07(화) 오후
조사장소 : 서울시 광진구 화양동 건국대학교 상허연구관 414호
제 보 자 : 아쑤바이에바 [카자흐스탄, 여, 1991년생, 유학 3년차]
조 사 자 : 오정미, 이원영, 이승민

● 개요

밤에 쓰레기를 버리면 귀신이 따라 들어오기 때문에, 밤에 쓰레기를 버리면 안 된다.

이슬람 관련된 건데 예를 들면 밤에 쓰레기를 버리러 가면 안 된다는 뜻이에요. 이런 거 있어요. 이런 말이 있어요.

쓰레기를 버릴 때 어떤 그 쓰레기에 악귀 같은 거, 귀신이 따라갈 수 있다고. [조사자 1: 쓰레기 버리고 갔다가 귀신이 날 따라서 집에 올 수 있다?] 네. 이런 거 있어요.

[조사자 2: 그럼 밤에는 잘 밖으로 안 나가겠네요?] 네.

손톱은 밤에 깎으면 안 된다

● **구연정보**

조사일시 : 2017. 03. 24(금) 오후
조사장소 : 서울특별시 광진구 화양동 건국대학교 국제학사 311호
제 보 자 : 아쑤바이에바 [카자흐스탄, 여, 1991년생, 유학생 3년차]
조 사 자 : 오정미, 이원영

● **개요**

카자흐스탄에는 손톱은 밤에 깎으면 안 된다라는 금기가 있다. 위생과 안전에 관련해서 생긴 속신이다.

보니까 한국이랑 비슷한 거 많이 있어요. 네 뭐 이렇게 예를 들면 손발톱 관련 미신 같은 거. 뭐 이렇게, '손톱을 밤에 깎으면 안 된다.'는 말이 있는데, 네 제 보기에는 좀 알아봤는데, 그 해석하면은 위생과 관련해서 생긴 미신이에요.

[조사자: 뭐에 관련해서?] 위생, 위생. 예를 들면 어두운 밤에 깎다가 그 손발톱을 찾기 힘들고, 그리고 깎은 손발톱을 대충 버리면 뭐 이렇게 조각에 찔려서 이렇게 위협이 있다고 감염될 위험이 있다고 이런 면에서 생겼다고 들었어요.

문지방을 밟으면 안 된다

● **구연정보**

조사일시 : 2017. 03. 24(금) 오후
조사장소 : 서울특별시 광진구 화양동 건국대학교 국제학사 311호
제 보 자 : 아쑤바이에바 [카자흐스탄, 여, 1991년생, 유학생 3년차]
조 사 자 : 오정미, 이원영

● **개요**

카자흐스탄에는 문지방을 밟으면 안 된다는 믿음이 있다. 제보자는 지방을 자주 밟으면 닳아 없어지기 때문에 생긴 금기라고 해석했다.

"문지방을 밟으면 안 된다."

근데 좀 다시 보면 문지방을 자주 밟으면 닳아 없어지잖아요. 그래서 이런 면에서 생기는 거예요. 네.

왼손은 부정을 탄다

● 구연정보

조사일시 : 2017. 03. 24(금) 오후
조사장소 : 서울특별시 광진구 화양동 건국대학교 국제학사 311호
제 보 자 : 아쑤바이에바 [카자흐스탄, 여, 1991년생, 유학생 3년차]
사니아 [카자흐스탄, 여, 1992년생, 유학생 6년차]
조 사 자 : 오정미, 이원영

● 개요

카자흐스탄에는 왼손은 부정한 손이라는 인식이 있어서 물건을 오른손으로 주고받는다.

아쑤바이에바 : 물건은 오른손으로 주고 받는다라는 말도 있고. 이거는 좀 이슬람 쪽이랑 관련이 있는 거예요. 그 왼손은 그러니까.

조사자 : 부정한 손.

아쑤바이에바 : 네. 부정한 손이고.

사니아 : 먹을 때도 이쪽, 오른쪽으로만 먹고.

소금을 엎지르면 싸움이 난다

● 구연정보

조사일시 : 2017. 03. 24(금) 오후
조사장소 : 서울특별시 광진구 화양동 건국대학교 국제학사 311호
제 보 자 : 아쑤바이에바 [카자흐스탄, 여, 1991년생, 유학생 3년차]
사니아 [카자흐스탄, 여, 1992년생, 유학생 6년차]
조 사 자 : 오정미, 이원영

● 개요

카자흐스탄에는 소금을 엎지르면 싸움이 난다는 말이 있다. 소금이 악귀를 물리치는 것이라서 소금을 맞은 사람이 기분 나빠하기 때문이다.

아쑤바이에바 : 소금을 엎지르면 싸움이 난다는 말도 있고요.
조사자 1 : 음. 소금?
아쑤바이에바 : 네. 소금.
조사자 1 : 엎지르면?
아쑤바이에바 : 왜냐하면 옛날에 그 사람들 소금이 악귀를 이렇게 물러가게 할 수 있는 효험이라고 생각했기 때문에. 네 이렇게 하면은 그 나쁜 사람한테만 이렇게 해서.
조사자 1 : 나를 마치 내가 소금을 엎지르면 악귀처럼, 그래서 싸움이 나는 거구나.
(사니아 제보자가 아쑤바이에바에게 카자흐스탄 말로 이야기를 물어봄.)
아쑤바이에바 : (사니아를 향해) 좀 어려워.
사니아 : 소금이랑 관련 있는 건데 그것도 아마 샤머니즘이랑 비슷

한 거 같애요. 예를 들면 사람이 어떤 좋은 일을 하거나 좀 나가고 있는데 우리가 그런 거 있어요. 예쁘거나 잘 뭐 뭐 잘하고 있는데 다른 사람이 보면 뭐 그냥 생각해도 잘 갑자기 안될 때 있잖아요? 뭔가 운을 뺏긴 거처럼 그렇게 생각하니까 그래서 어 소금으로 할머니가 보통 소금으로 이렇게 머리 위에 이렇게 해주고 이렇게 뭐 나쁜 거 다 가져가고 블라블라 무슨 말 하고, 그리고 이렇게 제가 세 번 이렇게 뱉은 거예요. 침을. 세 번 뱉고. (아쑤바이에바 제보자가 카자흐스탄어로 사니아 제보자에게 말함.)

사니아 : (아쑤바이에바 제보자를 향해) 진짜? 우리 집에서는.

아쑤바이에바 : 우리는 안 해.

사니아 : 아마 이게 가족만의 다른.

조사자 2 : 소금 위에다 침을 섞어 뱉어요?

사니아 : 네. 네. 네.

조사자 1 : 소금을 머리에 뿌려?

사니아 : 머리에 뿌리지 않고 그냥 나쁜 것들을 가져가기 위해서 돌리고.

조사자 1 : 돌리고 머리 위로 돌리고, 침을.

사니아 : 침을 세 번 뱉고, 불에다가 그거 태운 거예요.

조사자 1 : 뭐를 태워?

사니아 : 그 소금을

조사자 1 : 침을 소금 위에 뱉는 거예요?

사니아 : 네. 네. 네.

떠돌이는 회전초이다

● 구연정보

조사일시 : 2017. 05. 12(금) 오후
조사장소 : 서울특별시 광진구 화양동 건국대학교 국제학사 311호
제 보 자 : 아쑤바이에바 [카자흐스탄, 여, 1991년생, 유학생 3년차]
조 사 자 : 오정미, 이원영

● 개요

한 곳에 어울려 오래 머물지 못하거나, 자신에 대한 확신이 없이 방황하는 사람을 '회전초(tumbleweed)'에 비유한다.

그리고 그 저번에 그 '베리베채플'. 그 회, 회전초? 회전초 얘기 했었잖아요. 그거 무슨, 우리나라에서는 그거 그냥 그런 뜻이 있대요. 좀 어, 조화롭지 않고, 한 곳에 머물지 못하고, 그리고 자기 자신을 못 찾아냈던 사람을 그 베리베채플이랑 좀 많이 비교, 어 그, [조사자 1: 회전초에 비유.] 네, 네. 비교를.

[조사자 1: 평화롭지 못하고, 그다음에?] 한 곳에 머물지 못하고. 그리고 자기 자신을 뭔가 사랑, 자기 자신을 못 찾아냈던 사람을. 계속 이렇게 돌고, 이렇게 하니까.

[조사자 1: 정착하지 못한 그런 사람들.] [조사자 2: 떠돌이들.] [조사자 1: 그런 사람들을 회전초에 비유를 해요.]

눈썹만이 너를 지킬 수 있다

● 구연정보

조사일시 : 2017. 03. 24(금) 오후

조사장소 : 서울특별시 광진구 화양동 건국대학교 국제학사 311호

제 보 자 : 아쑤바이에바 [카자흐스탄, 여, 1991년생, 유학생 3년차]
사니아 [카자흐스탄, 여, 1992년생, 유학생 6년차]

조 사 자 : 오정미, 이원영

● 개요

카자흐스탄 사람들은 죽었을 때 눈썹만이 신 앞에서 자신을 지켜줄 수 있다고 믿는다. 그래서 눈썹을 함부로 뽑으면 안 된다고 생각한다.

조사자 2 : 그러면 그 카자흐의 사람들이 생각하는 천국이라든지 지옥에 대한 생각이 있어요? 죽고 나면 어떻게 된다. 뭐 이런 거?

사니아 : 그거 이슬람이랑 똑같은 거 같아요. 네 이슬람이랑.

조사자 2 : 지금은 이슬람 쪽으로 거의 생각한 거 같아요? 아니면 이슬람 전에 원래 있었을 거 같은 얘기 같은 아니면 이슬람 쪽도 괜찮고.

사니아 : 확실히 그런 거 있어요. 내가 천국 가거나 아니면 내가 지옥으로 간다거나 근데 그거는 내가 뭐 나쁜 짓을 하거나 아니면 그거 이슬람이랑 관련 있는 건데 예를 들면 그거 이런 거(눈썹) 다 뽑으면 안 되거나 .

조사자 1 : 아 눈썹을.

아쑤바이에바 : 아 네 눈썹을 뽑으면 그 돌아가는 순간 그 신 앞에는 '그 눈썹만이 너를 지킬 수 있다'. 너를 위, '니 편을 이렇게 갖게,

니 편에서 선다'. 이런 식으로.
사니아 : 니 편을 들어준다.
조사자 1 : 눈썹이 있어야지만.
아쑤바이에바 : 네 눈썹이 있어야만. 네.
조사자 1 : 그러면 죽기 전에 눈썹 다듬으면 안 되겠네.
아쑤바이에바 : 다듬으면 안 돼요. 네.
조사자 2 : 눈썹이 니편을 들어준다고.
아쑤바이에바 : 눈썹밖에 없다고.
사니아 : 그래서 없어도 이렇게 문신 같은 거 했는데 엄마가 엄청 혼났어요. 혼내셨어요. "너 진짜 이러면 안 되는데."라고.
조사자 1 : 두 사람은 했잖아? 지금.
사니아 : 네. 네.
아쑤바이에바 : 근데 이렇게 위에 하면 괜찮다고, 제가.
사니아 : 뽑잖아. 그래도 뽑으니까.
아쑤바이에바 : 뽑으면 안 된다고.
조사자 2 : 왜 그렇게 생각하는 거 같아요?
조사자 1 : 그러게 왜 신기하다.
아쑤바이에바 : '눈썹만이 다 이렇게 니가 다 볼 수 있다'는.
사니아 : '나쁜 거 다 숨길 수 있다'라고 '조금 감아 줄 수 있다'고.

재단을 할 때 일곱 번 확인하고 한 번에 잘라라

● 구연정보

조사일시 : 2017. 02. 07(화) 오후
조사장소 : 서울시 광진구 화양동 건국대학교 상허연구관 414호
제 보 자 : 아쑤바이에바 [카자흐스탄, 여, 1991년생, 유학 3년차]
조 사 자 : 오정미, 이원영, 이승민

● 개요

어떤 일을 하기 전에 심사숙고하고 행동은 단호하게 하라는 뜻을 지닌 속담이다.

어떤 일을 하기 전에 7번, 그 옷을 수선하는 사람들 있잖아요? [조사자 2: 재봉사.] '7번 잡고 그다음에 한 번 잘라라.'는 이런 속담이 있어요.

[조사자 1: 다시 말해봐. 일을 하기 전에.] 이렇게 그 7번 확인하고 그다음에 한 번만 잘라. 이런 식으로. [조사자 1: 일하기 전에 7번을 확인하고.] [조사자 3: 일하기 전에 7번을 확인하고.] [조사자 1: 세븐 미닛? 아니면 세븐 타임스?] 세븐 타임스.

[조사자 1: 일곱 번을 확인하고.] 한 번에 이렇게 잘라라는. 어떤 일을 하기 전에 잘 생각해서 한 번만 이렇게 한다고 바로 하지 말고 그 심사숙고 그때만 한다고.

더러운 음식을 먹으면 얼굴이 넓어진다

● **구연정보**

조사일시 : 2016. 11. 17(목) 오후
조사장소 : 강원도 횡성군 횡성읍 읍하리
제 보 자 : 히아조바 나탈리아 [카자흐스탄, 여, 1982년생, 결혼이주 11년차]
조 사 자 : 박현숙, 김현희

● **개요**

음식에 대해 지나치게 청결에 예민한 사람은 청결에 신경을 쓰느라 사람이 마른다. 그러나 지나치게 예민하지 않으면 적당히 지저분한 음식을 편안하게 그냥 먹기 때문에 살이 찌고 얼굴이 넓어진다. 지나치게 청결에 예민한 것은 좋지 않다는 의미이다.

그냥 웃기는, 웃기는 속담이 있어요. [조사자: 어떤 거 있어요?] 원래는 먹을 거 가지고 깨끗하게 먹잖아요. 그래서 러시아에서는 '더러운 거는 먹으면 얼굴이 커진다'고 그래서 그렇게 깨끗하게 안 먹어도 된단 말이에요. 살찐단 말이에요.

조금, 조금이라도 더러운 거 먹으면. 뭐 이거 살균해가지고 (레몬을 집으며) 락스에다가 담아서 뭐 이렇게 다 농약 같은 거 이렇게 다 씻어내고 그런 거는 좀 더러워도 괜찮다. 먹어도 된다. 더러운 거, 조금 더러운 거 먹으면 얼굴 좀 넓어진다. 커진다.

[청자: 좋은 뜻이에요?] 좋은 뜻이에요. [청자: 너무 깔끔 떨지 말라고?] 그렇죠. [청자: 너무 가리지 말라고?] [조사자: 너무 예민하게 굴면 마르니까 무던하게 먹으면 얼굴 넓어진다는 이야기는 편안해진다. 그런 이야기인 거죠?] 그렇죠.

원숭이가 거울 속 자신을 보고 누구냐고 묻는다

● **구연정보**

조사일시 : 2016. 11. 17(목) 오후

조사장소 : 강원도 횡성군 횡성읍 읍하리

제 보 자 : 히아조바 나탈리아 [카자흐스탄, 여, 1982년생, 결혼이주 11년차]

조 사 자 : 박현숙, 김현희

● **개요**

원숭이가 거울 속 자신을 보고 너무 잘생겨서 자신을 못 알아본다는 말로, 자기 도취를 뜻하는 속담이다.

러시아에서는 표현은 다 모든 속담이든 뭐든 다 시로 표현을 해요. 그리고… [조사자: 유명한 러시아 속담이 뭐가 있어요?] 속담은 많죠. [조사자: 그래도 몇 개만 알려 주세요.]

원숭이와 거울. 그거도 속담이에요. 자기 얼굴 보면서,

"이 원숭이가 누구야?"

"너무 잘생겼다."고,

뭐라고 했는데. 아니면 속담을 하나 한국말로 표현을 못하겠는데 속담이 너무 어려워서요.

카자흐스탄의 여러 속담과 금기어

● **구연정보**

조사일시 : 2016. 11. 17(목) 밤
조사장소 : 강원도 횡성군 횡성읍 읍하리
제 보 자 : 우쿠자노바 디나 [카자흐스탄, 여, 1981년생, 결혼이주 13년차]
조 사 자 : 박현숙, 김현희

● **개요**

카자흐스탄에는 여러 속담과 금기어이 있다. 언행에 대한 경계와 가족의 화목에 대한 것들로, 한국의 속담이나 격언과도 비슷한 면이 있다.

제가 알기로는 속담은 한국과 카자흐스탄 속담 좀 비슷한 거 너무 많아요. '시작이 반이다'라는 것도 있고. '시작이 반'이라는 거 있고.

'형제끼리, 형제끼리 뭐 사이가 좋아야지 좋고, 또 이 동서끼리 사이가 좋아야 먹을 게 많다'는 속담도 있거든요.

[조사자: 이거는 카자흐스탄 속담집이에요?] 네. (속담)집에 있더라고요.

그리고 집에서 '새 새끼들이 둥지에서 보고 배운 대로 날아가서 그대로 행동한다'라는 속담 있고요. 한국에도 그러잖아요. 가정에서 배운 대로 행동을 한다.

'병은 나을 수 있어도 습관은 고쳐지지 않는다' 한국에서는 세 살 버릇 여든까지 간다'고 그러잖아요. 똑같은 거 있더라고요.

그리고 또 카자흐스탄에서 아주 자주 하는 속담인데 딸한테 이야기를 아, '며느리한테 이야기하는 것을 딸 너도 들어라'. '며느리한테 교육하거나 이야기할 때 딸도 들어야 한다'라는 이야기도 있고.

'다시 들어올 집을 세게 닫지 마라'이런 속담이 있고요. [조사자: 그 다시 들어올 집을 세게 닫지 말라는 건 어떤 의미로 쓰일까요?] 다시 들어올 집의 문을 세게 닫지 말라고 그런 것은 행동을 조심해라. 앞으로를 생각해라.

'물 먹는 우물에다가 침을 뱉지 마라'라는 거 있고요.

'어머니를 보고 그 딸을 며느리로 삼아라' 어머니가 좋은 사람이고, 그러니까 엄마를 보고 그 딸이 어떤지 생각도 하지 말고 엄마가 좋으면 딸을 그냥 며느리로 삼을 수 있다는 얘기거든요. [조사자: 그 부모를 보면 자식을 안다.] 네.

말의 중요성과 생각의 힘에 대한 속담들

● **구연정보**

조사일시 : 2016. 11. 17(목) 밤
조사장소 : 강원도 횡성군 횡성읍 읍하리
제 보 자 : 우쿠자노바 디나 [카자흐스탄, 여, 1981년생, 결혼이주 13년차]
조 사 자 : 박현숙, 김현희

● **개요**

말의 힘과 생각의 힘에 대한 계시적 의미를 담고 있는 속담들이다.

'말로 머리를 깨뜨릴 수 있다.' 머리를 깨뜨리지 않으면 '말로는 돌을 깨뜨릴 수 있다.' 돌을 깨뜨리지 못하면 머리를 깨뜨릴 수 있다. 그러니까 말을 항상 조심하라는 의미가 담겨 있고.

'혀에 관절은 없고 생각에는 끝이 없다.' 그러니까 혀는 관절이 없다. 생각은 끝이 없다. 끝이라는 건 없다. 어떻게 생각하면 생각의 끝은 보이지 않는다. 그러니까 생각하면 할수록 할 수 있는 게 많다라는 이야기예요. 그래서 여기도 이제 생각을 많이 해서 말을 조심하라는 뜻이 있어요.

[조사자: 그러니까 혀에 관절이 없다는 이야기는 '말을 조심해라' 그런 뜻이고, 생각은 끝이 없다는 게 혹시 뭐 이렇게 '엉뚱한 생각이나 잡생각을 많이 하지 말라'는 뜻은 아니에요?] 아니 그런 건 아니고요. 그러니까 생각을 하면 할수록 좋다는. [조사자: '생각을 하면 할수록 좋고 말은 아낄수록 좋다'.] 네. 그런 의미예요.

'말은 칼보다도 날카롭다.' 입에서 달콤한 말이 나오는 입에서

독이 나올 수도 있다. 모든 나에게 안 좋은 일은 말을 통해서 얻을 수 있다.

'머리를 자를 수 있어도 혀를 자를 수 없다.' 그러니까 아무리 나를 뭐해도 내가 할 말은 한다, 이런. [조사자: 어떤 진실은 가릴 수 없다. 이런 뜻하고?] 그렇죠. 네. 진실이 있으면 말을 그대로 해야 한다라는.

부모 은혜는 자식을 낳아야 알고 친구는 안 좋은 일이 있을 때 안다

● 구연정보

조사일시 : 2016. 11. 17(목) 밤
조사장소 : 강원도 횡성군 횡성읍 읍하리
제 보 자 : 우쿠자노바 디나 [카자흐스탄, 여, 1981년생, 결혼이주 13년차]
조 사 자 : 박현숙, 김현희

● 개요

어렵고 힘든 경험을 통해 어머니와 진정한 친구의 소중함과 진정성을 알게 된다는 의미이다.

엄마 아빠 '부모의 은혜를 자기가 자식을 얻을 때 알고 그리고 진정한 벗의 은혜를 자기한테 안 좋은 일 있을 때 알 수 있다.' 진짜, 그게 나의 진짜 친구인지 아닌지를.

또 카자흐스탄은 또 이슬람이잖아요. 이슬람 사람들은 저기 메끼(메카)[•], 메디나[••] 아시죠? 메카 예배 드리는데. 아라비아, 사우디 아라비아의 이슬람. 메끼(메카), 메디나.

그래서 카자흐스탄 사람들은 '엄마의 은혜를 거기를 한 세 번 걸어서 업고 갔다 와도 갚을 수 없다'는 얘기가 있어요. 엄마의 은혜를 그만큼, 엄마를, 뭐라 그러죠? 그만큼 존경하라 그런 이야기예요.

• 사우디아라비아 서부 헤자즈 지방의 주요 도시로 홍해 연안의 지다(Jiddah)에서 약 80km 내륙에 있는 이슬람교 제1의 성지이다.

•• 아라비아 반도 서쪽에 있는 도시로 메카와 함께 이슬람의 이성도(二聖都)로 불린다.

엄마는 아이를 바라보고 아이는 바깥을 바라본다

● **구연정보**

조사일시 : 2016. 11. 17(목) 밤
조사장소 : 강원도 횡성군 횡성읍 읍하리
제 보 자 : 우쿠자노바 디나 [카자흐스탄, 여, 1981년생, 결혼이주 13년차]
조 사 자 : 박현숙, 김현희

● **개요**

'엄마는 아이만 바라보지만, 아이는 바깥세상에 관심이 있다'는 내용으로 자녀 독립의 중요성을 의미한다.

엄마들은 아이들을 짝사랑한다고 그러잖아요, 한국에는. 카자흐스탄에도 있더라고요. 엄마의 온 걱정이 아이한테 가 있고 아이는 걱정이 밖으로.

'엄마는 아이를 바라보고 있고 아이는 밖을 바라보고 있다.'

'너를 보는 사람은 죽어도 너의 할아버지나 그런 걸 보는 분들은 죽지 말아야 한다.'

그러니까 역사나 좋은 덕담 같은 것들은 어른들한테 많이 나오잖아요. 그런 이야기가 있고.

세상사에 대한 여러 속담

● **구연정보**

조사일시 : 2016. 11. 17(목) 밤
조사장소 : 강원도 횡성군 횡성읍 읍하리
제 보 자 : 우쿠자노바 디나 [카자흐스탄, 여, 1981년생, 결혼이주 13년차]
조 사 자 : 박현숙, 김현희

● **개요**

세상사 이치에 대한 깨우침을 담고 있는 속담들이다.

'양치기가 많으면 양이 굶어 죽는다'. 굶어 죽는 거 아니고, 서로 한 가지 일을 하는 사람이 많을수록 그 일에 집중이 안 돼서. 서로 의지해서,

"얘가 하겠지, 쟤가 하겠지."

하면서.

'황소한테 생기는 일은 송아지한테도 생긴다'. 그러니까 '황소가 겪은 일을 송아지도 겪는다'. 그런 이야기. 그만큼 다 나이 먹고 그런 이야기. 그런 내용인 것 같더라고요.

카자흐스탄에서는 당나귀를 짐을 싣고 다닐 때 많이 사용하잖아요. 그래서 '당나귀는 짐이 가벼울수록 게을러진다.'

'좋은 사람은 죽어도 그의 말(言)은 죽지 않는다'. 그 얘기. 그 뭐라 그러지? 인제 그 유명한 사람들의 유언인가? 유언은 아니고, 무슨? [조사자: 행적? 그동안 해왔던.] 행적이나 그런 거 남기고 가는 이야기 있잖아요. 조언 같은 말들을 남기잖아요. 그런 말들은 죽지 않

는다.

또 '좋은 사람에게는 항상 한 사람의 자리가 있다', 어디 가든. [조사자: 한 사람 자리가 있다고?] 네.

'인내심의 끝은 황금이다'라는 말이 있어요. 인내심이 있어야지.

그리고 얼굴이, '삐뚤어지는 얼굴을 거울 탓하지 마라.' 놀란 거하고 기쁜 거하고 같다고. '놀란 것과 기쁜 것은 같다'고. 그 아마 기쁠 때나 그거 할 때나 울고 그러잖아요. 그 흥분되는 기분이 같다는 이야기인지.

[조사자: 이런 말들 실제 많이 쓰는 말들인 거죠? 기록에만 남아있는 것이 아니라?] 네. 실제, 실제로 많이 써요, 이런 말들은. 그래서 제가 그런 실제, 실제로 생활 속에서 많이 하는 이야기들을 속담을 지금 하고 있어요.

많이 뱉으면 호수가 된다

● 구연정보

조사일시 : 2017. 12. 22(화) 오후
조사장소 : 서울시 서대문구 신촌동
제 보 자 : 악지라 [카자흐스탄, 여, 1997년생, 유학 3년차]
조 사 자 : 신동흔, 김정은, 황승업, 강새미

● 개요

작은 것이 모이면 큰 것이 된다는 뜻의 속담으로, 한국의 '티끌 모아 태산'과 의미가 통한다.

이게 약간 조금, 웃기긴 한데. 아까 개미 얘기를 했잖아요. 우리가 다 같이 모이면 산도 옮길 수 있다. 근데 이거 비슷한 거, 근데 왜 이렇게 표현했는지 모르겠지만, (웃으며) '많이 뱉으면 호수가 된다.'는 얘기 있어요. 똑같애요.

'(침을) 많이 뱉으면 호수가 된다.'

이런 게 되게 있어요.

공부는 바늘로 땅파기

● **구연정보**

조사일시 : 2017. 12. 22(화) 오전
조사장소 : 서울시 서대문구 신촌동
제 보 자 : 악지라 [카자흐스탄, 여, 1997년생, 유학 3년차]
조 사 자 : 신동흔, 김정은, 황승업, 강새미

● **개요**

바늘로 땅을 파면 소용없듯이 공부는 아무리 많이 해도 쌓인 양을 잘 모른다는 뜻의 속담이다.

그 지식이라는 게 바늘로 땅을 파는 거랑 똑같아, 이렇게 얘기를 해요. 바늘로 땅을 파도 거의 소용이 없잖아요. 아무리 많이 해도 잘 안 파이고 잘 모르잖아요. 그래서 많이 공부해봤자 그래도 모른다.

다른 곳에 가서 왕이 돼도 자기 나라에서 시민이 되는 것만 못하다

● **구연정보**

조사일시 : 2017. 12. 22(화) 오후
조사장소 : 서울시 서대문구 신촌동
제 보 자 : 악지라 [카자흐스탄, 여, 1997년생, 유학 3년차]
조 사 자 : 신동흔, 김정은, 황승업, 강새미

● **개요**

다른 곳에서 큰 이익을 얻더라도 태어난 고향이 더 좋다는 뜻을 지닌 격언이다.

아무리 다른 나라에 가서, '다른 데로 가서 왕이 되더라도 너의 그 나라에서 그냥 시민이 되는 것만큼은 못하다.' 우리 그렇게 얘기해요.

[조사자 1: 다른 나라에 가서 왕이 되는 게.] [조사자 2: 자신의 나라에서 시민이 되는 것만 못하다.]

우즈베키스탄

새벽에 문을 열고 인사하면 복이 온다

● **구연정보**

조사일시 : 2017. 10. 21(토) 오후
조사장소 : 경기도 안산시 단원구 원곡동 세계문화체험관
제 보 자 : 샤히스타 [우즈베키스탄, 여, 1987년생, 결혼이주 9년차]
조 사 자 : 김정은, 황승업

● **개요**

우즈베키스탄에는 아침 다섯 시에 대문을 열고 '안녕하세요', '어서 오세요' 같은 인사를 한다. 이렇게 인사를 하면 복이 들어온다고 여긴다.

우리나라에는 되게 신기한 미신이 있어. 아침에 일어나면, 그냥 다섯 시나, 뭐 여섯 시나 일어나서 세수한 다음에 그냥 대문을 열고서 아무도 없어도 그냥,

"안녕하세요."

"어서 오세요."

하고서 그냥 좋은 경우로 뭐 이렇게 불러요.

그래서 우리 엄마가 항상 아침에 일어나서 막 항상 나가서 그냥,

"안녕하세요."

인사하고 닫는데, 그때 어렸을 때 제가,

'엄마는 정신적으로 문제가 있구나.'

막 생각을 했었어요. (청중 웃음)

[조사자: 혼자 그렇게 하니까.] 아직 초등학생이니까. [조사자: 그걸 매번 하시니까.] 매일매일 해서. 그런데 엄마 아침에 일어날 때 이랬는데, 나중에는 생각을 해보면은,

'엄마가 괜찮은데, 엄마 왜 아침에 일어날 때마다 저렇게 할까?'

그런데 물어봐도 되는데, 귀찮아서 안 물어봤나 봐, 나. (웃음) [조사자: '엄마 왜 그래?' 이거 한 번 물어봤으면 좋았는데.]

그래서 이제 이제 크다 보니까, 엄마가,

"너 아침에 일어나서 그냥 인사를 하면, 복이 들어온다."

그런데 이제 저희는 이제 옛날 시대부터 들어 온 이거 미신인데, 아직까지 하세요.

[조사자: 좋은데요.] 응, 그래서 한국에 와서 저도 한두 번 해봤는데, 신랑한테 쫓길 뻔해가지고 그냥. (일동 웃음) 그래서 안전이 우선이라고. (웃으며) 그래서 안 했어요.

검정고양이가 지나가면 뒤로 돌아서 가야 된다

● **구연정보**

조사일시 : 2018. 11. 23(금) 오전
조사장소 : 경기도 안산시 원곡동
제 보 자 : 허율리나 [우즈베키스탄, 여, 1990년생, 이주노동 6년차]
조 사 자 : 김정은, 강새미

● **개요**

검정고양이가 길을 건너가면 뒤로 지나가야 한다. 함께 걸어가면 불행하다고 생각하기 때문이다.

검정고양이 길 건너가면 가면 안 되는 거예요. [청자: 왜 그렇게 얘기해?] 불행하다. 그래서 이렇게 뒤로 지나가야 돼요. 뒤로 걸어가서 지나가야 돼요.

[조사자: 다시 얘기해 주세요.] 검정고양이 지나가면 이렇게 가면 안 되고 이렇게 가야 돼요. 검정고양이 보는 거 아니고 고양이 앞길에서 지나갔죠. 그럼 뒤로 돌아서 가야 돼요. 지나가야 돼요.

키르기스스탄

노간주나무 연기와 관련된 속신

● 구연정보

조사일시 : 2018. 01. 28(일) 오후

조사장소 : 경상북도 영덕군 병덕면

제 보 자 : 토레에바 아이자다(정수진) [키르기스스탄, 여, 1980년생, 결혼이주 16년차]

조 사 자 : 김정은, 황승업, 강새미

● 개요

키르기스스탄에서는 집 안에서 아르차(노간주) 나무를 태워서 나오는 연기로 액막이를 한다. 아르차나무를 태우면 나는 독특한 향이 집안 곳곳에 있는 안 좋은 기운들을 쫓아낸다고 믿는다. 겨울에 감기에 걸렸을 때에도 아르차나무를 태우면 감기가 낫는다고 한다.

소나무 말린 거 항상, [조사자: 소나무 있어요?] 소나무, 그렇죠. 산이 있으니까 소나무가 있고. [청자: 소나무, 소나무 같은 거. 아이 참, 소나무 아니야.] 소나무 아니고. [청자: 그 비슷하게 생긴 거.] [조사자: 그 비슷한 침엽수.] [청자: 그러니까 그거를 말려가지고 집에.] 항상 놔둬야 돼요. [청자: 연기 그거 하거든요. 태워가지고 연기를 내거든요.] 집에 주기적으로 이게 혼, 안 좋은 혼을 쫓아내는 그런. [조사자: 그 나무가요?] 예. 그 나무를 태우면.

[청자: 그 태우는데 그 거기서 나오는 향이 있잖아요, 향이.] 네, 그 향이. [청자: 독특한, 독특한 향.] 어, 그 향이 집안 곳곳에 있는 안 좋은 혼들이, 안 좋은 기운을 쫓아내는 그런. [청자: 쫓아낸다고, 없앤다고 그런 거 있어요.]

그리고 또 집에서 그 겨울에, 겨울에 감기 걸리고 그럴 때도 그거.] [조사자: 그거를 해주면은.] [청자: 네, 태워주고.] 약간. [조사자: 아, 양기를 주는 그런 건가 보다.] 그렇죠. 옛날 사람들이 그런 미신.

[조사자: 그 나무 이름이 뭐예요?] [청자: 아르차●, 우린 아르차라고 하는데.] 아르차, 아르차라 하는데. [조사자: 침엽수처럼 그런 건가 보네요?] [청자: 일단은 그거 365일.] [조사자: 계속, 계속 있어요?] 네, 네. 365일 동안 계속 그거 있어요. [청자: 파랗게 되어 있어요.]

● 아르차(арча́) : '노간주나무' 혹은 '두송'이라는 의미의 러시아어이다.

가위눌림과 관련된 속신어

● 구연정보

조사일시 : 2018. 01. 28(일) 오후

조사장소 : 경상북도 영덕군 병덕면

제 보 자 : 토레에바 아이자다(정수진) [키르기스스탄, 여, 1980년생, 결혼이주 16년차]

조 사 자 : 김정은, 황승업, 강새미

● 개요

가위 눌림과 관련한 속신어들이다. 행동을 소홀히 하는 일을 경계하는 뜻을 담고 있다.

[청자: (러시아어) 가위눌린 거.] 가위눌린 거. 그런 이야기가 많이 있어요. 그러니까 저도 느껴본 거 있고, 이제. 뭐 그, 가위 심하게 눌린 사람 자리에 누우면, 똑같이 가위가 눌린다. [조사자: 똑같이 가위 눌리고.] 예, 그런 거 있어요. 그런 거.

[청자: '밥 먹고 바로 누우면 또 가위에 눌린다.'] 가위에 눌린다. [청자: 그런 거 있어요. 그래가지고.] 여기는 '만약에 차가운 바닥에 누우면 뭐 입 돌아간다'라는 것처럼 거기 저희가, [청자: '밥 먹고 바로 누우면 가위눌린다.'] 가위눌린다.

[청자: 언제 있어야 돼? 한 한 시간, 두 시간 정도?] (일동 웃음) 그러니까 그게 원래 소화시키라고 하는 건데, 그지? 저희는 말도 안 되게 그렇게 연결시켜 주니까, 애들한테 일부러 그런 것 같아요. (웃음) 소화시키라고 이렇게 무섭게.

남자는 칠십 가지 기술도 부족하다

● **구연정보**

조사일시 : 2018. 01. 28(일) 오후
조사장소 : 경상북도 영덕군 병덕면
제 보 자 : 토레에바 아이자다(정수진) [키르기스스탄, 여, 1980년생, 결혼이주 16년차]
조 사 자 : 김정은, 황승업, 강새미

● **개요**

키르기스스탄에는 '남자는 70가지 기술도 부족하다.'는 속담이 있다. 집안일이나 육아를 제외한 모든 일은 남자의 몫이기에 이런 말이 생겼다. 남자들은 집의 물건이 고장 나도 사람을 잘 부르지 않고 스스로 배워서 고치려고 한다.

'남자한테, 남자한테 70가지 [청자: 기술이.] 기술도 부족하다.' 아, 지식이.

그러니까 저희는 그래요. 남자들은 뭐든지 다 할 수 있어야 된다는 거. 그러니까 옛날에 남자들은 사냥도 하고, 집에 뭐 이제 집도 짓고. 또 뭐 이제 땅도, 농사도 짓고. 뭐 그러니까 남자는 기술을 배워도, 아무리 배워도 [청자: 네, 네. 끝이 없다.] 부족하지, 아 저기 넘치지 않다. [조사자: '남자는 70가지 기술을 배워도 부족하다.' 뭐 이런 이야기구나.] 부족하다. 네. 그러니까 남자한테는 그런 약간 이미지가. 그래서 뭐든지 잘하는 게 좋다.

[조사자: 유목민족이 할 게 되게 많은가. 맨날 집도 지어야 되고.] 그렇죠, 네. 그러니까 여자들이, 거긴 또 여자들은 옛날부터 집안일을 하고 애들 키우고. 약간 그런 이미지고, 그 나머지는 남자들이 다 해야

되는 거죠. 예. 그래서 거기는, 여기는 여자들이 지금, 옛날부터 그런지는 모르겠지만, 여자들 좀 강하고. [조사자: 일 많이 해요. 저흰 논농사도 다 지으면서 집안일도 보면서 애도 키워야 돼요.] 예, 여자들이 조금 많은, 집안의 약간 그거를 여자들이 약간 좀 잡는 그거 있지만, 거기는 반대로. 남자가 거의 다 하고, 여자들은 이제 그 남자들 이제 식사라든가, 편한 생활이라든가, 이제 애들이라든가 약간 그런 역할만 하는 거죠. 그래서 그 아마 거기서 나오는 속담인 것 같아요. (웃음)

[조사자: 여자(남자)들이 되게 할 일이 많네요.] 네, 그런 사람들은. [청자: 요즘도 있잖아요. 집에서 뭐 경운기라든가 뭐 고장 나면 사람들 안 불러요.] 절대로. [조사자: 그렇죠. 자기들이 다 배워서 하는 거죠.] [청자: 그러니까요.] 전기 못 만지는 남자는 남자가 아니잖아요. (일동 웃음) 그래서 [청자: 지금 여기 있으면은, 이제 여자들 이제, "우리 집에 남자는 없다." 그런 말도 하고 있고.] '남자 없다'. 네.

그리고. [청자: 다 해야 돼요, 남자들이.] 옛날부터 우리 그런 것 있었어요. 만약에 칼이 잘 안 들잖아요. 그러면,

"우리 집에 남자는 없다."

왜냐면 거기는 칼을 항상 남자들이 갈아놔야 돼. [조사자: 미리 갈아놔야 돼요?] 네, 갈아놔야 돼. 그래서 그 집 칼을 보면, 이렇게 알아요. 남자, 이 집 남자는 이 어떻게 하나. 이 그 옛날에 이제 시골 쪽에 보면, 칼만 보면 알 수 있다고 그랬어요.

그런데 지금도 우리 그런 게 남아 있어서 저희는 이제 칼갈이도 있고 다 있지만, 칼이 안 들면 무조건 남자, (웃으며) 남자 탓으로 돌리는. [청자: (웃으며) 남자가 없으면 우리가 해야 되기 때문에.] 네, 우리가 해야지, 내가 해야지를 해서 막 씩씩거리면서 하는.

[조사자: 재밌네요.] 거기는 이제 남자들은 좀 많이 그렇게. 대신 여자들은 뭐 집안일 못하는 여자는 용서가 안 되는 거죠. 그만큼 여자한테도 그만큼. [조사자: 책임이나 이런 걸.] 네, 그렇죠. 물어요.

타지키스탄

떨어진 빵은 세 번 입을 맞추고 이마에 댄 후 먹는다

● 구연정보

조사일시 : 2018. 05. 16(수) 오후
조사장소 : 서울시 광진구 화양동 건국대학교
제 보 자 : 무나바르 [타지키스탄, 여, 1995년생, 유학 2년차]
조 사 자 : 신동흔, 오정미, 한상효, 엄희수

● 개요

타지키스탄에서는 빵이 주식이다. 빵이 바닥에 떨어지면 빵에 세 번 입을 맞추고 이마에 댄 뒤에 먹어야 한다. 이는 빵이 귀하던 시절부터 이루어지던 풍습이다.

빵도, 우리 나라는 빵을 이렇게 주식이니까. 빵이 이제 떨어지거나 뭐 그렇게 되면 세 번 뽀뽀하고 이마에 대요. 이제 주식이니까 그러면 빵에 대한 그런 태도가 이렇게 안 된다고 해서. 이렇게 그렇게 해요.

모르겠어요. 어렸을 때부터 그렇게 하라고 해서, 엄마 아빠들이. 중요하니까. 저희도 이제 옛날에 힘들게 살았던 시대가 있긴 있는데, 그때 이제 빵이나 그런 거를 만들어서 먹었기 때문에 중요하게 생각하고, 주식이니까 그러면 안 된다 그러면서. 세 번 뽀뽀를 하고 이마에 대요. [조사자 2: 누구한테 뽀뽀를 해요?] [조사자 1: 빵에.] 빵이요.

[조사자 1: 떨어진 빵, 땅에 떨어진 걸 주워서 뽀뽀를 세 번 하고, 이마에 대요?] 이마에 대요. [조사자 2: 빵을 이마에 대?] 네. [조사자 1: 그러고서 다시 먹는 거야?] 네. [조사자 1: 재밌네. 빵을 존중하는 그런 거구나.

그 빵을 떨어뜨린 데에 대해서 일종의 사과를 하는 거야. '아, 내가 이걸 소중한 걸 떨어뜨렸다' 해가지고, "미안해." 하고 뽀뽀하고. 응.]

길가다가 빵이 있으면은 그것도 올려놔요. [조사자 2: 아, 내 빵이 아니더라도 떨어진 빵이 있으면?] 이렇게 밟지 않게, 어딘가에 올려놔요. 나무 밑에 아니면은 가지 사이에 올려놔요. 이렇게. [조사자 1: 아, 재미있네요.] [조사자 2: 약간 빵의 정령 같은 게 있다라고 생각을 할 거 같네요. 어.]

빗자루를 쓸 때 밟거나 닿으면 빗자루 살을 뜯어야 한다

● **구연정보**

조사일시 : 2018. 05. 16(수) 오후
조사장소 : 서울시 광진구 화양동 건국대학교
제 보 자 : 무나바르 [타지키스탄, 여, 1995년생, 유학 2년차]
조 사 자 : 신동흔, 오정미, 한상효, 엄희수

● **개요**

타지키스탄에서는 빗자루질을 할 때, 다른 사람 발에 빗자루 살이 닿으며, 그 살을 뜯는다.

음, 어 빗자루 이렇게 쓸 때 누가 이제 밟, 밟거나 이렇게 닿으면은 빗자루의 세 개, 그거 있잖아요. [조사자: 살.] 그거를 뜯어야 돼요. 그, 그 사람의 어디 다리나 발에 닿았으면은 미안하다고 하고 그래야 된다고 해요. 그, 실례 같아서 그렇게 해요.

아제르바이잔

아제르바이잔의 여러 금기와 속신

● **구연정보**

조사일시 : 2018. 01. 11(목) 오후
조사장소 : 인천광역시 미추홀구 용현동 인하대학교
제 보 자 : 레일라 [아제르바이잔, 여, 1991년생, 유학 5년차]
조 사 자 : 박현숙, 김민수

● **개요**

아제르바이잔에서는 뜨거운 물을 땅에 버리기 전에 반드시 귀신이 무서워하는 '바스미히 리히'라는 말을 해야 한다. 그 말을 하지 않아서 귀신이 남아 있는 자리에 뜨거운 물을 부으면 나중에 귀신이 사람에게 해코지를 할 수 있다. 아제르바이잔에서는 귀신에 대해 잘 입에 담지 않는다. 발화하는 순간 귀신이 들어온다고 생각하기 때문이다. 그 외에, 식탁은 꼭 수건으로 닦아야 한다. 밤과 관련된 금기도 많다. 밤에 손톱 깎기, 빗자루 쓸기, 빗질, 손가락 깍지 끼기, 땅에 뜨거운 물 뿌리기를 하면 안 된다. 그리고 같이 있는 두 사람 사이를 지나가면 안 된다. 구설수에 휘말릴 수 있기 때문이다. 아제르바이잔에서는 검정고양이를 부정적으로 여긴다. 길을 가다 검정고양이를 만나면 제자리에서 세 번 돌아야 액운을 막을 수 있다. 하루를 시작하는 아침에 검정고양이를 만나면 도로 집으로 들어간다. 아제르바이잔에서는 숫자 40이 매우 중요하다. 지인과 결혼식이 겹치거나 출산일이 겹치면 둘은 서로 40일 동안 말하면 안 된다. 사람이 죽었을 때에는 40일간 추모하고 40일 되는 날 사람들이 모여서 종교의식을 하고 함께 식사한다. 팔짱을 끼면 인생이 꼬인다고 하여 금기시한다. 아제르바이잔 사람들은 말의 편자를 대문 위에 붙여 두면 불운을 막아준다고 믿는다. 그리고 오른손이 간지러우면 돈이 들어오고, 왼손이 간지러우면 돈이 나간다고 믿는다.

[조사자: 거기 아제르바이잔에는, 한국에는 되게 무서운 귀신이 처녀귀신이에요. 근데 그런 무서운 귀신이 있나요? 유명한?]

사실 아제르바이잔은 이슬람교의 영향을 많이 받았기 때문에 무서운 귀신보다는 예를 들어 그런 것들 있어요. 뜨거운 물을, 진짜 뜨거운 물. [조사자: 뜨거운 물.] 어. 그냥 땅에다가 뿌리기 전에, '비스미히 라히'라고 해야 해요. 이거 이슬람교에서 '비스미히 라히'라고 하는데, '비스미히 라히'라고 해야 거기 계신 귀신이 먼저 떠난다고. 왜냐면 그 말을 안 하면 거기 있는 귀신을 상처를 줄 수 있다고 뜨거운 물로. 그래서 꼭 그런 말을 해야 된다고 그런 말이 있어요.

[조사자: 그러면 이 말은 어떤 뜻을 가지고 있는 거예요?] '비스미히 라히'는 하나님의 이름을 그 약간 하나님을 부른 것처럼 귀신은 원래 하나님을 싫어하니까 그 말을 하면 귀신이 딱 사라지는 거. 만약 안 하고 바로 뜨거운 물을 하면 귀신도 나중에 나한테 상처를 줄 수 있다, 그런 뜻으로. 우리 시골에서 사실 그렇게 많이 들었어요, 항상 할머니한테.

[조사자: 그러면 뜨거운 물을 부을 때 그러고 다른 때는 금기나 조심해야 되는 거 없어요?] 아, 금기 같은 거 많은데. 또 귀신 얘기는 주로 사람들은 얘기는 많이 안 해요. 왜냐면 귀신 이름을 얘기하면 귀신이 들어온다고 그래서 되도록. (웃음) 그래서 어떤 때 친구들끼리 얘기할 때도 저는 사실 그렇게 신경 쓰는 편은 아니지만 친구들끼리 얘기할 때도 어떨 때 농담으로 귀신 진이라고 하는데 귀신은 진. 그 진 이름을 안 하고 그냥 첫째 글자 즈만 하면서 예를 들어,

"그 즈는 여기 계실 수도 있다."고.

이름을 얘기 안 한다고. 이름을 얘기하면 들어온다고. 그런 말이 있다고. 그건 이슬람교의 영향으로 들어온 것 같아요.

[조사자: 또 뭐 어떤 금기가 있어요?] 금기는 예를 들면 밤에 손톱 깎으면 안 된다고. [조사자: 왜 안 된다고 그래요?] 그 복이 사라진다고. 그런 거는 약간 이거 민간신앙인 거 같은데, 예를 들어 밤에 집을 빗자루로 쓸면 안 된다고. [조사자: 밤에 빗자루로 집을 쓸면 안 된다고.] 네. 그때도 복이 사라진다고 하는 거예요.

또 식사하고 나서 남은 것들 있잖아요, 식탁 위에 그런 것들은 휴지로 닦으면 안 된다고. 꼭 수건 같은 걸로 닦아야 한다고. 그것도

옛날에 할머니들이 많이 하는 얘긴데 그걸로 닦으면 복이 사라진다고 그래서 제대로 닦아야 한다고. 휴지나 손으로 닦으면 안 된다고. 저 주로 손으로 닦았는데 이렇게 안 된다고. [조사자: 그때 그럼 혼내요? 안 된다고?] 네, 혼내요, 그거는.

[조사자: 그리고 또 어떤 게 있어요?] 민간신앙? 제가 저번에 친구한테 수업을 했어요, 잠시만요. 기억나는 거 음 한국인 친구한테 보내줬는데 (핸드폰을 찾으며) 제가 써줬으니까 보내드릴게요. 한국인 친구한테 그거 써 보내줬어요. 그거 어떤 식으로 하는지 어떤 친구도 그거 연구하고 있었어요. [조사자: 아 그거 많이 찾아 주셨어요? 지금 혹시 기억나는 거 없어요? 왜냐하면 저희는 말로 하는 걸 적어야 돼서.] 그러면 잠시만요, 찾아볼게요.

예를 들어 두 사람이 있을 때 그 사이에서 지나가면 안 된다고. 두 사람 사이에서 지나가면 안 된다고. [조사자: 왜 안 된다고 그래요?] 그때 앞으로 나쁜 일이 생길 수 있다고. 어떤 사람이 네가 안 했던 일을 너한테 네가 했다고 나쁜 짓을 했다고 할 수 있다고. [조사자: 두 사람 사이를 지나가면 나쁜 일이 생기는 건 나한테 생기는 거죠?] 네네, 나한테.

아까 제가 말씀드렸듯이 특히 밤에 뜨거운 물을 땅에다가 뿌리면 안 된다고. 그때 그 귀신이나 귀신의 자식들을 죽일 수 있다고.

아 그리고 밤에 머리를 빗질하면 안 된대요. 왜냐면 밤에는 주로 천사들이 천사? 천사 맞죠. 천사들이 주로 요리하는데 그 요리에 떨어질 수 있다고, 머리카락이. [조사자: 아, 머리카락이.] 네.

그리고 이거 이렇게 (손가락 깍지를 끼며) 이 짓을 하면 안 된다고. [조사자: 손가락 깍지를 끼면 안 된다고?] 네. 이렇게 이 짓을 밤에 하면 안 된다고 하는데 그 이유를 모르겠어요. 여기도 안 써 있어요.

아 그리고 예를 들어 길을 가다가 갑자기 검정고양이를 만나게 되면 그때 나쁜 일이 생길 거라고 하는데 만약 이 나쁜 검정고양이를 만나게 되면 그 있는 데서 세 번 돌아야 돼요. [조사자: 그 자리에서 세 번 뱅글뱅글 돌아요?] 네. 세 번 돌아야 된대요.

원래 그 검정고양이는 나쁜 의미를 가지고 있어요. 예를 들어 아침에 무슨 일을 시작하기 위해 나가잖아요. 어디 가면 뭐 나쁜 고양이를 만나게 되면, 검정고양이를 만나게 되면 꼭 다시 집에 들어가요. 집에 들어와서 다시 이렇게 나가는 거예요, 사람들은 주로.

[조사자: 그 나쁜 검정고양이와 관련된 뭐 이렇게 나쁜 일이 있었던 어떤 실제적으로 있었던 일이나 사람들이 믿게 되는 계기가 있을까요?] 그거는 모르겠는데 아마 검정색은 우리나라에서 약간 검정색은 죽음의 뜻? 약간 사람 죽을 때 하거나 암튼 그런 식으로 하니까 약간 검정이라는 옷이든 이런 것은 나쁜. [조사자: 부정적인 의미가 있어요?] 네 부정적인 의미가 있어요.

아 그리고 이런 예를 들어 같은 날에 근데 이게 얘기는 아주 옛날에 있었던 건데, 같은 날에 예를 들어 저도 결혼하는데 제 친구도 결혼하게 돼요. 그럼 우리 사십일 동안 얘기를 안 해야 돼요. 얘기하면 안 돼요. 같은 날에 결혼하는 사람들 사십일 동안 얘기하면, 아니면 같은 날에 자식이 태어나면 그 가족들은 한 사십일 동안 얘기하면 안 된다고.

사실 사십이라는 것은 우리나라에서 약간 중요하게 해요. 예를 들어 이런 말이 있어요.

"결혼식을 할 때 되게 기뻐서 사십일 동안 결혼식을 했다."고.

아니면 그 어머니들이 농담으로 자기 자식들한테 얘기해요.

"네가 결혼하면 내가 사십일 동안 결혼식을 하겠다."고

하고. 아니면 사람 죽을 때 사십일 동안 계속 그 사람 그 슬퍼해야 하고 아무튼 마음속으로도 그래야 되고. 아무튼 마음속으로 안 그래도 아무튼 슬픈 모습을 보여줘야 돼요, 다른 사람들한테. 그리고 딱 마지막 사십일 날에 행사 같은 거 지내고 사람들도 주변 사람들이든 친척들이든 다 들어와서 같이 식사도 하고 뭐 종교적인 말도 다 하면서 이런 식으로 지내요.

사십일은 너무 중요해요. 애기가 태어나면 예를 들어 사십일 동안 그 애기를 예전에 다른 사람들한테 안 보여줬어요. 사십일 동안 만약 보여주면 사십일 동안 꼭 그거 지켜야 돼요. [조사자: 그러니까 좋은 일이든 나쁜 일이든 일단 사십일 동안?] 네, 사십으로. 중요한데 왠

지 모르겠어요.

그 예를 들어 계속 (팔짱 끼는 시늉을 하며) 이 행동도 아제르바이잔에서 안 좋은 행동이에요, 이렇게. [조사자: 팔을 딱 끼고 이렇게 양손을 끼고 있는 게?] 이것도 약간 만약 이렇게 하면 '니가 지금 하고 있는 일들은 다 이렇게 될 거라'고. [조사자: 저 꼬인다고?] 네네네. [조사자: 그래서 팔을 꼬아서 이렇게.] 팔을 꼬는 것은 완전 약간 나이 많으신 분들 앞에서 이렇게 서 있으면 항상 혼내는 거예요. [조사자: 안 좋은 일이 생긴다고?] 네.

그리고 말, 그 발밑에 서 있는 이렇게 생긴 거 있잖아요. 돌로 된 거? 말 [조사자: 아 말, 말발굽?] 네. 발굽? 그거는 약간 시골 가시면 아마 많이 보실 수 있는데 문 위에다가 많이 붙이는 거예요. [조사자: 그걸 붙여요?] 그거 붙이면 그런 옛날부터 사람들은 그렇게 믿었어요. 만약 그걸 붙이면 그 나쁜 행운들이 우리 집으로 안 들어온다고. 그거 막히는 것처럼 사람들이 그렇게 느꼈어요. [조사자: 그 어떤 특정한 날에 붙여요?] 아뇨, 항상. [조사자: 항상?] 네, 그 우리 집 근처에 어떤 사람 집에 제가 어렸을 때부터 봤어요. 그 계속 거기 있었어요, 어렸을 때부터.

그리고 만약 이쪽 손 (오른손을 긁으며) 간지러우면 돈이 들어온다고. [조사자: 어느 손, 왼손? 오른손?] 아니, 오른손 간지러우면 돈이 들어온다고, 왼손 간지러우면 돈이 나간다고. 그런 말이 있어요.

그리고 애기가 태어나기 전에 요즘 많이 하는데 예전에는 안 된다고. 애기가 태어나기 전에 애기한테 선물 같은 거 챙기면 안 된다고. 그 예를 들어 우리 조카가 태어나기 전에 내가 조카한테 한국에서 옷 같은 거 많이 사서 갔는데 그때 엄마가,

"원래 안 된다."고.

"다음부터 그러지 말라."고.

애기 태어나기 전에 안 된대요. 애기 그때 태어나기 전에 하면 애기가 태어날 때 병 걸릴 수도 있고 아무튼 그거는 풍습으로 안 된다고.

또 뭐가 있죠? 멀리 가는 사람 있으면 그거 한국에서 있는지 모

르겠지만 예를 들어 저는 한국에 간다고 하면 내가 집에서 나가서 차 타거나 그럴 때 (팔을 앞으로 휘두르며) 물을 던지는 기예요. 물처럼 갔다 오라고. [조사자: 물?]

아제르바이잔의 속신들

● **구연정보**

조사일시 : 2018. 01. 11(목) 오후
조사장소 : 인천광역시 미추홀구 용현동 인하대학교
제 보 자 : 피루자 [아제르바이잔, 여, 1990년생, 유학 2년차]
조 사 자 : 박현숙, 김민수

● **개요**

아제르바이잔이나 우즈베키스탄에서는 액운을 방지하기 위하여 집안으로 들어오는 바깥 문 위에 마늘과 빨간 고추를 올려둔다. 깨진 물건은 사용하지 않는다. 삶이 깨지거나 좋지 않다고 믿기 때문이다. 여자가 집안을 깨끗하게 쓸지 않으면 대머리 남편감을 만난다는 말을 하기도 한다. 책상 모서리에 앉으면 배우자가 바람을 피운다고 하여 모서리에 앉지 못하게 한다. 명절에 가족과 함께 보내지 않으면 멀리 결혼한다는 말도 있다.

근데 그거 이야기 아니고 믿음? 믿는 거 있잖아요. 예를 들면 마늘. 마늘이랑 빨간 고추. [조사자: 빨간 고추.] 그런 거 있어요. 집에 들어오기, 우리는 주택이니까. 어 집에 들어오면 그 문 바깥에서 문 위에 마늘이랑 고추를 걸어요. [조사자: 빨간 고추?] 빨간 고추. 왜 그걸 거냐면 악마랑 예를 들면 그런 겁니다.

'사람이 와서 어떻게 살고 있는가 보러 올 수 있어서 나쁜 눈빛이 떨어진다.'

그렇게 얘기해요. 그래서 그 사람이 모르면서 나쁜 의도로 예를 들면,

'아, 좋다. 부럽다.'

그건 나쁜 의도 아닌데 그런 의도가 그 집에서 사는 사람들한테

조금 병 그런 거 들어올 수 있대요. 그래서 그런 걸 걸어놓으면 그거를 다 쫓기는 거. 그 사람이 보면 예를 들면 그거 들어오면 딱 눈에 뜨이니까. 그래서 그거 악마랑 사람들의 나쁜 눈을 쫓기는, 방지하는 그런 걸로 걸려있어요.

근데 그거는 어디 거지? 우즈베키스탄에서 살고 있으니까 아마 외할머니가 가르쳐 주신 거 같아요, 엄마한테, 우즈벡 사람들.

근데 그거는 사람들마다 달라요. 그래서 그런 거 있어요. 예를 들면 컵이나 예를 들면 접시 같은 거 깨지면 안 돼요. [조사자: 아 깨진 거 쓰면 안 돼요?] 깨진 거 다 어디 팔아버려요. 아빠나 허락 안 해 주셔. 왜냐하면 깨진 거에서 마시면 그 사람의 삶이 깨진다. 잘 못 산다고 하고 계속 떨어지면서 넘어지면서 깨지면서 산다고 하고. 근데 그건 어디서 나온 거 몰라요, 부모님한테 자꾸 들었어요. 그래서 엄마 항상 그랬어요.

그거 우즈벡 사람들 이야기인지 누구 이야기인지 모르겠는데 '집을 쓸 때 잘 쓸어야 한다'. 왜냐하면 쓰레기나 쓰레기 같은 거 남으면 엄마가 항상 그랬어요.

"여자가 잘 못 쓸면 남편이 모발? 머리 없는 사람?"

[조사자: 대머리.]

"대머리로 사람이랑 결혼한다."고.

계속 할머니도 외할머니도 그 말을 하고.

"제대로 안 쓸었다(가) 남편이."

그래서 제가 지금 기다리고 있어요. 왜냐면,

'어떤 사람이랑 결혼할까?'

(웃으며) 왜냐하면 계속 잘 쓸었어요. [조사자: 아, 잘 쓸었어요?] 네, 근데 못 쓸면 다시 쓸었어요. 그런 사람. 대머리랑 결혼 안 한다고. (웃음) 할까 봐 무서워서.

그리고 그런 거 있어요. 예를 들면 책상 앉을 때마다 우리 엄마랑 외할머니랑 항상 신경 썼어요. 여기 있잖아요? 여기 구석 (모서리를 두드리며) 여기. 저기. 앉으면 안 된다. [조사자: 모서리] 모서리? 여기에 여자가 여자 남자 앉으면 안 된다고. 왜냐하면 재혼하거나 재혼한 사람이랑 결혼한다고. 그리고 또 그렇게 얘기하면, 여기 앉게 되면 남편이 바람피울 거야. 그런 거는 지금까지도 우즈베키스탄에서 아마 우즈벡 사람들이 계속 그렇게 얘기해요.

"아, 거기 앉지 마. 재혼할 거야."

아니면 남편이 바람피울 거라고. [조사자: 바람피운다고. 그럼 여자들만?] 남자들도 마찬가지예요. 남자도 여자도 마찬가지예요. 앉으면 안 돼요.

[조사자: 또 어떤 거 있어요? 젓가락 있어요? 젓가락 숟가락 멀리 잡으면 시집 멀리 간다는 말 없어요?] 그런 거 없어요. 그런 이야기가 없어요.

제가 지금 한국에서 새해를 맞은 건 두 번째예요. 우리 아빠는 항상 어렸을 때부터 그랬어요. 제가 많이 들었는데 왜냐면 십 년 동안 열다섯 살부터 수도에서 공부를 했었으니까 새해마다 집에 가는 거예요.

"새해를 같이 안 맞은 가족은 그 애들이 멀리 결혼한다."

[조사자: 멀리 결혼한다고?] 네. 그 가족 애들이. 그래서 제가 지금 아우 어떻게 될는지. (웃음) 왜냐면 두 번째인데 저랑 큰 남동생이, 남동생은 아마 네 번째인가? 부모님이랑 같이 맞이 안 하고, 저는 두 번째예요. 그래서 아빠 엄마가 그랬어요. 작년에도 새해에도 그랬어요.

"올해도 우리는 큰 애들 빼고 같이 맞이하는데 설마 그렇게 될까?"

아들이랑 딸이 멀리 결혼한다고. [조사자: 멀리 결혼할까 봐.] 멀리 부모님들이랑 떨어져 있는 나라에서 결혼하는 거, 결혼 가는 거 시집가는 거 멀리로 가는 거. 그래서 새해마다 그 생각이 들어요.

'올해도 안 갔는데.'

너무 섭섭했어요, 부모님들이랑 같이 맞이 안 했으니까.

무슬림의 고양이에 대한 인식과 말

● 구연정보

조사일시 : 2018. 01. 11(목) 오후
조사장소 : 인천광역시 미추홀구 용현동 인하대학교
제 보 자 : 피루자 [아제르바이잔, 여, 1990년생, 유학 2년차]
조 사 자 : 박현숙, 김민수

● 개요

아제르바이잔은 무슬림의 영향을 많이 받은 나라이다. 고양이는 무함마드가 머리부터 허리까지 몇 번 만진 동물이기에 무슬림은 고양이를 예언자의 동물이라고 생각한다. 그래서 무슬림은 검정고양이에 대해서도 부정적 인식을 갖지 않는다. 코란에는 바라게트라는 단어가 있다. 바리게트는 고양이가 있는 집을 의미하는데 무슬림은 바리게트를 윤택함의 상징으로 인식한다.

[조사자 1: 그럼 지금 아빠한테 듣고 온 아제르바이잔 이야기는 그거 다 하신 거예요?] 제가 생각하기에는 그거 다예요. [조사자 1: 그러면 러시아어로 공부하고 아까도 동화라고 했던 거 학교에서 배웠던 러시아 신화? 그런 거 기억나는 거 있으면 좀 해주세요.] 러시아는 많죠. 러시아 사람들이랑 5년 동안 살았으니까. 왜냐면 제가 대학교 갈 때 우리 엄마의 친구랑 같이 살았어요.

아! 우리 아빠한테 들은 거 그거 또 있어요. [조사자 1: 하나 더 있어요?] 네. 하나 더 있어요. [조사자 1: 뭐예요?] 고양이. [조사자 1: 고양이?] 제가 지금 고양이 너무 좋아해요. 왜냐하면 태어나서 눈을 뜰 때부터 고양이 봤어요. 애기였을 때부터. 왜냐면 아빠가 그렇게 얘기해요. 선생님은 아시는지 모르지만 고양이를 종교에서 나온 거예요.

잠시만요. 제가 단어 찾아볼게요. 예언자? 선지자? [조사자 1: 예언자 미래를, 응.] 신의를 전달하는 사람. 그렇게 말씀하시는 거예요. 그거는 말씀하시는 거는 예를 들면 고양이를 던지면 돌리면서 돌리면서도 발로 (두 손을 오므려 책상을 치며) 착지를 하고 그렇게 떨어져요.

그거는 왜 그렇게 떨어지냐면 무슬림 사람들의 그 무함마드•라는 예언자가 있어요. 그 사람이 그 고양이 머리부터 허리를 그렇게 만지는 거예요. 그 거리까지 그렇게 몇 번 만졌으니까 고양이가 세인트Saint? [조사자 2: 성자?] [조사자 1: 성자.] 신성한? 그런 동물이래요. 그래서 고양이를 어떻게 던져도 꼭 그렇게. [조사자 1: 무사히 땅에 착지한다는 거예요?] 착지한다고. 그리고 또 그런 거 있어요. 그 무함마드 그 예언자가 기도를 할 때 무슬림 사람들 옷이 너무 길어요. 뒤가 있어요. 그렇게 앉아서 기도를 할 때 고양이가 누워서 잠드는 거예요. 자는 거예요. 그래서 그 고양이를 깨우지 않기 위해서는 일어났을 때 저쪽을 자르는 거예요. 그 옷의 부분을 [조사자 1: 잠 깨우지 않으려고?] 네. 깨우지 않으려고 왜냐면 이걸 그렇게 하면 깨우잖아요. 그래서 그 예언자의 좋아하는 동물이고 그런 성자? [조사자 1: 성자.] 성자가 좋아하는 세인트 동물이었어요.

그래서 아빠가 항상 그래요. 때리거나 던지거나 안 좋게 하면 안 된다, 그 예언자의 동물이니까. 그래서 안 좋은 얘긴데 우리 무슬림 사람들은 기도하기 위해서 기도하기 전에 꼭 샤워 해야 되고, 잠시만요. (휴대폰을 찾아보며) 뒤물하다? 뒷물하다? [조사자 1: 아, 씻는 거야? 그러니까 이렇게 뒷물을 한다고 하면 맞아요] 네. 그렇게 하고 코까지 다 코, 귀, 입술, 입안 그리고 뒷물해야 해요. 그래서 혹시 보시면 고양이가 화장실 갔다 오면 항상 밟아요. 그 부분을 뒷물해요. 그래서 동물들 중에 고양이만 깨끗한 동물로 그렇게 여겨요.

근데 그거는 아제르바이잔 사람들만 얘기하는 게 아니고 우즈벡에서도 무슬림을 믿는 사람들이 고양이라고 할 때는.

'아, 예언자의 동물이다.'

• 이슬람교 창시자이다.

그 예를 들면 데리고 놀면 안 된다.

[조사자 1: 신이랑 항상 같이 다니는. 신을 대신하는 동물이라는 거죠?] 그거는 꼭 아제르바이잔은 아니고 우즈벡 사람들도 그래요. 그래서 제가 그런 거 있어요. 고양이 있는 집에서는 항상 먹고, 먹는 거. 아, 먹고 살고 있는 거 다 있고.

'바라게트'라는 게 있어요. 그거 단어 우즈벡 사람들도 얘기하고 아제르바이잔 사람들도 얘기하고 바라게트 있다고 할 때는 어떻게 이거 설명해야 할지, 바라게트. 그거는 아제르바이잔어로도 우즈벡어로도 바라게트라고 그런 단어. [조사자 1: 마라게?] 바라게트. [조사자 1: 마라갸?] 응, 바라게트 잠시만 지금 찾아볼게요.

바라게트 뭐냐면 이거는 흐흠 코란 아시죠? 무슬림 사람들의 책에서 거기서 나오는 단어예요. 바라게트 그럼 사람들의 이름도 지어요, 바라게트라고 할 때는. [조사자 1: 아, 고양이 있는 집에는.] 충분? 충분? 예를 들면 부족 없는 생활을 누릴 수 있다고. 그리고 그 바라게트는 복지 충분하게 살 수 있다. 그렇게 얘기해. [조사자 1: 충분하게 살 수 있다?] 예를 들면 윤택도 있고 부유? 부윤옥? 부윤집? [조사자 1: 그러니까 부유하게 산다는 거죠?] 그렇게 부윤옥? [조사자 1: 부윤옥? 윤택하고 그렇게 부잣집 말하는 거예요?] 꼭 부잣집 아니라고 아니어도 먹고 살 수 있는 거 다 있을 거라고. [조사자 1: 그러니까 먹고 사는 문제 없이 잘 살 수 있다고.] 네. 근데 '바라게트 집에, 고양이 있는 집에 바라게트 있다. 그거는 충분한 다 있다.' [조사자 1: 그러니까 '고양이가 있으면 편안하게 잘 살 수 있다.' 그런 의미가 있는 거구나.] 네.

그리고 예를 들면 고양이 있는 집에서 악마가 없다고 해요. 우리 아빠는 항상 그래요 그래서 고양이를 꼭 키워야 된다. 그리고 그렇게 하세요. 아마 그 책에서 우리 무슬림 쪽 책에서 나오는 건데 아빠 항상 그래요.

"니들도 계속 그렇게 해야 한다."고.

"살면서 한 마리 동물이라도 키워야 한다."

[조사자 1: 동물을 키워야 된다고?] 그거는 고양인지 개인지 상관없고. 왜냐면 동물도 신이 만든 생존하는 것이니까 죽어가는 동물들

이 많아요.

"한 마리라도 키우면 신의 축복을 받을 수 있다."고.

[조사자 1: 그러면 고양이가 되게 신성하잖아요.] 네. [조사자 1: 신을 대신하는 동물로 인간들하고 만나는데 검정고양이에 대해서는 나쁘게 인식한다고 하던데.] 아아, 그건 그런 거 있어요. 러시아 사람들이 그렇게 얘기해요. 그거는 러시아 사람들이 믿는 거예요. 예를 들면 검정고양이가 길을 가서 니가 가서 길을 건너갈 때 예를 들면 네가 가는 길에서 검정고양이가 건너가면 너무 불명하게 살고? 그 여자가 불명한 삶을 산다고 그렇게 얘기. [조사자 1: 불행한 삶을 산다고.] 어어, 불행한.

그런데 우리는 그렇게 얘기해요.

"무슬림 여자 앞에서 열 마리라도 지나가면 무슬림이라서 행복하게 산다."

그건 상관없어요. 그래서 아! 검정고양이라고 할 때는 아, 저는 무슬림이니까 괜찮아요. 그런 거 안 믿어요. [조사자 1: 그러니까 어쨌든 무슬림은 고양이가 신성한 존재니까 색깔이나 이런 건 상관없어요?] 네. 상관없어요.

근데 그거는 예를 들면 신처럼 보는 거 아니에요. 고양이를 그렇게 얘기하시면 안 돼요. [조사자 1: 그러니까 신처럼 보는 게 아니라.] 신중하게, 소중하게? 근데 그거는 사람마다 달라요. 근데 예를 들면 대부분 사람들이 개가 좋다고 해요. 근데 다들 내가 알기는 다들 그거 알아요, 예언자가 그렇게 했다는 거. 그래서 어딜 가든 무슬림 사람들한테 물어보면 아는 사람이 많아요. 왜냐면 부모님들이 얘기하니까. 그래서 우리는 계속 지금 고양이도 있고 개도 있고 개는 마당에 있고 그래서 엄마는 항상 그래요, 엄마는 고양이 무서우니까. 근데 아빠 때문에 지금 좋아하게 됐어요. 그래서 엄마 항상 그래요.

"아, 삶이 왜 그렇게 개는 마당에서 살고 큰 개니까. 고양이는 그렇게 따뜻한 집에서 사니까 얼마나 개가 억울하다고."

[조사자 1: 그러면 거기에 얽힌 이야기는 없어요? 개가 밖에서 살게 되고 고양이가 안에서 살게 된 그 관련된 이야기를 들은 적은 없어요?] 우리

는 고양이가 밖에서 살고 있는 이유는 집이 크니까 그 집을 보호 집 보호? [조사자 1: 집 지키라고?] 네. [조사자 1: 그러면 고양이 이야기까지가 아버지가 해주신 얘기고.] 네.

아제르바이잔에서 전해지는 열네 가지 속담

● 구연정보

조사일시 : 2018. 01. 11(목) 오후
조사장소 : 인천광역시 미추홀구 용현동 인하대학교
제 보 자 : 레일라 [아제르바이잔, 여, 1991년생, 유학 5년차]
조 사 자 : 박현숙, 김민수

● 개요

아제르바이잔에는 여러 속담이 있다. '어른 말을 듣지 않으면 소처럼 된다'는 어른 말을 잘 들어야 한다는 의미이다. '야그시에서 벗어나고 야물에 더 빠진다'는 갈수록 어렵고 곤란한 일이 생긴다는 뜻이다. '자기 이불만큼 발을 펴야 한다'는 상황에 맞게 행동해야 한다는 뜻이고, '인생은 오르막 내리막길이 있다'는 일이 잘 될 때도 잘 안 될 때도 있다는 뜻이다. '풀에는 뿌리가 있다'는 윗사람이 본보기가 된다는 뜻이다. '말은 윗사람이 먼저 하고, 물은 아랫사람이 먼저 마신다'와 '하나님은 네가 행동하면 복을 보내 준다'는 속담도 있다. '지옥 가는 사람은 친구를 데리고 간다'는 나쁜 행동을 하는 사람은 주변 사람까지 나쁘게 만든다는 뜻이다.'심는 대로 난다'는 행동한 만큼 결과가 나온다는 뜻이며, '물방울이 모여 호수가 된다'는 작은 게 모여서 큰 것을 이룬다는 뜻이다. '이름을 얘기하면 그 사람 귀를 돌린다'와 '좋은 말은 뱀도 변하게 한다' 등 말에 대한 속담도 있다. '배는 형제보다 소중하다'는 무엇보다 먹는 일이 중요하다는 뜻이며, '믿는 산에 눈이 온다'는 기대했던 일이나 사람에게 배신을 당할 때 쓴다. '네 입에서 나온 말은 너의 말이 아니다'는 말하기 전에 조심해야 한다는 의미를 지닌 속담이다.

근데 괜찮아요. 만약 속담 안 하시면 괜찮아요. 안 해도 돼요. [조사자: 아뇨, 속담 해요. 속담도 해요. 속담 지금 준비해오신 거니까 어떤 게 있는지 알려 주세요.]

예를 들어 한국에 '어른 말을 들으면 자다가 떡이 생긴다'는 말처럼 사실 아제르바이잔에도 비슷한 말은 아니지만 같은 내용을 갖고 있는 말이 있는데요. 만약 어른 말을 듣지 않으면 그 소가 항상 '머머' 하잖아요. '머머' 소처럼 만약 듣지 않으면 소처럼 '머머' 하면서 될 거예요. 무슨 일을 하든 실패할 거예요. 꼭 어른 말을 들어야 된다고.

또 한국 속담 중에서 '산 넘어서 산'이라는 말이 있는데 이것도 어려움에서 벗어나고 또 어려움이 있다는 뜻이죠. 아제르바이잔에서도 그 비를 상징하는 단어 두 개 있어요. 야그시라는 단어 있고 야물이라는 단어 있어요. '야그시에서 벗어나고 야물에 더 빠진다'고. [조사자: 더 큰비예요?] 네네, 똑같은 거예요. 산 넘어서 산, 비 넘어서 비. 이런. [조사자: 비를 피했더니 더 큰 비를 만났구나.] 네네, 똑같은 비예요.

'오르지 못할 나무는 쳐다보지 말아라'라는 말이 있는데 아제르바이잔은 다른 말이 있어요. 예를 들어 오늘 뭘 할 때 자기 이불 있잖아요. '자기 발을 이불만큼 펴야 된다'고. 네 이불이 작으면 발을 많이 펴지 말라고. 뭐 갖고 싶을 때도 항상 한국말처럼 오르지 못하는 그런 것들을 범하지 말라고 그런 뜻으로 많이 쓰여요. [조사자: 그러니까 자기가 가지고 있는 것만큼만 하고] 욕심 많이 하면 안 된다고.

그다음으로 '원숭이도 나무에서 떨어질 때가 있다'는 아제르바이잔에서 '인생은 오르막 내리막길이 있다.' 그렇게 표현해요, 그거는. 아제르바이잔 속담이고.

또 '윗물이 맑아야 아랫물이 맑다'는 것처럼 아제르바이잔에서도 원래 예를 들어 풀이 나올 때 항상 뿌리가 있잖아요? 풀의 뿌리가? 뿌리 위에서 풀이 나오는 것처럼 사람도 자기 조상들이랑 똑같다고 특히 아버지랑 예를 들어 아빠가 뿌리잖아요. 우리 뿌리는 아빠인데. 아빠가 좋은 사람이면 우리도 그 뿌리처럼 우리도 좋은 사람이라고. [조사자: 자식도 좋은 사람이다.] 네. 좋은 사람 나온다고.

그 한국에 '찬물도 위 아래가 있다?' 아제르바이잔에도 이런 말이 있어요. 그 '말은 윗사람이 해야 하고 물은 아랫사람이 먼저 마셔야 한다.' 윗사람 먼저 말. 말을 할 때 먼저 윗사람을 들어야 해요. 근데 물을 마실 때는 먼저 아랫사람한테 줘야 해요. 원래 그거 풍습이에요. 우리 물을 마실 때 먼저 아랫사람이 물을 마셔요. [조사자: 아랫사람이 먼저 물을 마시는 이유가 있어요?] 그 아마 아랫사람이면 약간 나이 적잖아요. 애기 같은 경우에는 좀 물을 먼저 마시고 싶잖아요. 그래서 항상 먼저 물을 애기한테 주고 그 말을 할 때 근데 먼저 엄마 아빠가 먼저 말을 해야 한다고. 우리가 들어야 된다는 뜻으로.

'천리 길도 한걸음부터다.' 이거는 이거랑 맞는지 모르겠지만 이런 말이 있어요. '하나님은 네가 행동하면, 움직이면 내가 복을 보내 준다'고. 그런 말이 있어요. 이거 속담이에요. 하나님이 얘기하는 것은 너는 움직이기만 하면 나는 복을 보내 준다고. [조사자: 그러니까 움직인 사람한테 복이 있다는.] 네네. 딱 집에 앉아 있으면 무슨 복이 들어와요. 안 들어오잖아요.

그 '친구 따라 강남 간다.' 이거는 사실 이거랑 맞지는 않는데 그래도 어느 정도 비슷하긴 해요. 천국 반대말은 뭐였죠? [조사자: 지옥.] '지옥가는 사람은 항상 자기랑 친구를 데리고 가고 싶다'고. 혼자 가기 싫다고. (웃음) [조사자: 아, 지옥가는 사람은 꼭 친구를 데리고 가고 싶어한다고?] '지옥 가는 사람은 늘 친구를 데리고 간다'고. 나쁜 짓을 하는 사람은 자기만 나쁜 짓을 하는 거 아니고 주변에 있는 사람들과 나는 나쁘니까 주변에 있는 사람도 나쁜 행동을 해야 된다고.

음, 이 말은 똑같은 거의 말인데 '콩 심은 데 콩 나고 팥 심은 데 팥 난다' 예를 들어 아제르바이잔에서 뭘 심으면 그거 나온다고. [조사자: 뭘 심는다고 그래요?] 예를 들어 그냥 그렇게 얘기해요. '심는 거 나온다'고. [조사자: 아, 심은 대로 나온다고?] 네, 심는 대로 다른 거 기대하지 말라고.

'티끌 모아 태산이다' 이것도 물은 조금씩 이렇게 물에 뭐라고 하죠? 물 이렇게 [조사자: 물방울?] 네. '물방울 모아서 호수가 된다'

그리고 '호랑이도 제 말이면 온다' 이 말은 어떤 사람에 대한 얘기하는데 갑자기 그 사람 들어오면 그때 '그 사람 이름 얘기하면 그 사람 귀를 이렇게 돌려야 된다'고. 그래서 그 사람 이야기를 하니까 그 사람 들어온다고, 귀를 돌렸으니까. 그 사람 귀가 돌렸으니까 그 사람 들어왔다고 계속 얘기했으니까. [조사자: 귀를 돌린다는 게 어떤 의미의 행동이에요?] 그거 예를 들어 우리 지금 무슨 예를 들어 정지현 박사님에 대한 얘기 했을 때? 박사님 딱 들어오실 때 저는 그때 그렇게 얘기할 수 있어요. 아드너체크나부크 이름 얘기하면, 이름 얘기하고 귀를 돌리라고 그런 뜻으로 사용해요. 그게 딱 그 사람에 대한 이야기 했으니까 그 사람 귀가 돌려서 여기서 나에 대한 이야기 하니까 [조사자: 그래서 온다고!] 응. 가야 된다고.

그 '가는 말이 고와야 오는 말이 곱다' 이 말은 아제르바이잔에서 뱀, 그 좋은 말이 고운 말이 뱀도, 뱀은 원래 나쁜 행동을 하잖아요. 사람들한테 독 같은 것도 주고 그 '좋은 말이 뱀을 변경할 수 있다'고 그렇게 얘기해요. 만약 뱀한테도 가서 좋은 말을 하면 당연히 나한테 좋은 행동할 거라고. [조사자: 뱀도 변화시킨다는 거죠? 나쁜 행동하는 뱀을?] 네.

'금강산도 식후경이다.' 우리는 그렇게 얘기해요. '배는 형제보다도 소중하다'고. 먼저라고, 배는. [조사자: 형제보다 먼저다?] 네.

[조사자: 돼지 목에 진주 목걸이?] 아, 이거는 알고 있는데 못 찾았어요. 나중에 찾아보고 알려드릴게요. '돼지 목에 진주 목걸이', 우리도 그런 말이 있어요. 무슨 동물 위에 뭘 놓으면 [조사자: 안 어울리는 걸?] 네, 안 어울리는 거?.

아 그리고 '믿는 도끼에 비해 발등 찍힌다' 이 말은 '믿는 산에 눈이 왔다'고. 내가 그 산을 믿었는데 진짜 눈이 안 올 거라고. 그런데 믿으면서도 눈이 갑자기 왔다고. [조사자: 배신했구나.] 네. 배신당했을 때.

'발 없는 말이 천리 간다.' 이거는 그 우리 그렇게 표현해요. '말이 네 입에서 나오면 이제 네 말이 아니라'고. 왜냐면 멀리 갈 수 있으니까. 그래서 말을 하기 전에 조심하라고. 네 입에서 나온 말은 벌써 네 말이 아니라고. 거의 그런 식으로. [조사자: 그런 식으로 하는구나. 비슷한 게 많네요.]

터키

우리는 다 터키 사람이다

● 구연정보

조사일시 : 2019. 03. 07(목) 오후
조사장소 : 인천광역시 미추홀구 용현동 인하대학교
제 보 자 : 메르베에아한(한미성) [터키, 여, 1989년생, 유학 3년차]
조 사 자 : 박현숙, 유석

● 개요

터키는 다양한 소수민족으로 구성되어 있지만 인종, 피부색에 상관없이 자신이 터키 사람이라고 생각하면 터키 사람이라는 뜻으로 쓰는 말이다.

[조사자: 그러면 터키에도 민족이 많아요?] 네, 지금 많아요. [조사자: 그럼 민족들은 얼마 정도나 돼요? 그룹이.] 우리는 이제 8,200만 명이에요. [조사자: 그럼 몇 그룹이나 있는 거예요? 소수민족들이?] 그거 이렇게 나눌 수 없어요. 그런데 소수민족들도 많아요. 어차피 터키사람들도 옛날부터 아나톨리아Anadolu, Anatolia●, 지금의 터키에서 사는 것이 아니라서. [조사자: 그럼 가장 많은 민족은?] 투르크족이죠.

하지만 우리 그런 말도 있어요. 이제 민족이 여러 가지 있어서 우리는 터키 사람 되는 것은 피부 그런 것으로 상관없고 그냥 터키 사람이라고 느끼는 것이에요. 마음으로 그렇게 생각하면 터키 사람이에요. [조사자: 민족이 많이 있어도?] 네.

● 서남아시아의 한 지역으로, 오늘날 터키 영토에 해당하는 반도를 말한다. 이전에는 '소아시아'라고 불렸다.

그래서 터키 공화국을 만들 때 아타튀르크Kemal Atatürk●●는 그런 말을 했어요.

"우리는 다 터키 사람이다."라고.

●● 본명은 무스타파 케말(Mustafa Kemal)로 터키의 개혁자이자 초대 대통령이다.

브라질

거울을 깨면 7년 동안 안 좋은 일이 생긴다

● 구연정보

조사일시 : 2018. 12. 26(수) 오후
조사장소 : 서울시 광진구 화양동
제 보 자 : 레오나르도 [브라질, 남, 1990년생, 유학 6년차]
조 사 자 : 신동흔, 황혜진, 김정은, 김민수

● 개요

브라질에는 거울을 깨면 7년 동안 안 좋은 일이 생긴다는 속신이 있다. 이를 예방할 수 있는 방법도 없어서 무조건 조심해야 한다.

그리고 이거 연구대상인지 모르겠는데 그 속담 같은 것도 연구대상이 되나요? 예를 들어서 지금 몇 가지 찾아봤고 기억났어요.

예를 들면 그 거울? 아, 거울. 깨면 7년 동안 안 좋은 일 발생해요. 이런 말 있거든요? 7년 동안. 그래서 거울 깨면 절대 안 되고요. [청자(파드마): 미신.] 뭐라구요? [청자: 미신.] 미신, 미신. 몰랐어요.

[조사자 1: 그럼 거울 깨 가지고 안 좋은 일 생긴 사람 있어요?] 그렇죠. 아마 있을 텐데? 사람들이

"아, 어떡하지? 깼는데, 거울을 깼는데 어떡하지?"

이렇게 고민하는 사람 있거든요.

[조사자 2: 그때 뭐 방비하는 방법은 없어요? 깨지면?] 안 깨야 해요. 깨면 안 돼요. 그냥, 그게 어쩔 수 없이.

검은 고양이를 만나면 안 좋은 일이 생긴다

● 구연정보

조사일시 : 2018. 12. 26(수) 오후
조사장소 : 서울시 광진구 화양동
제 보 자 : 레오나르도 [브라질, 남, 1990년생, 유학 6년차]
조 사 자 : 신동흔, 황혜진, 김정은, 김민수

● 개요

브라질에서는 검은 고양이를 만나면 재수가 없다고 여긴다.

그리고 그 에, 검은색 고양이 맞으면 [청자(파드마): 아! 오, 우리나라도] 같은 거 있어? [조사자: 만나면?] 만나면 그 아, 언럭크Unluck? 뭐라고 하나? 불행? [조사자: 불행하다, 재수없다.] (웃음) 언럭크 생겨요.

사다리 계단 밑을 지나가면 안 된다

● **구연정보**

조사일시 : 2018. 12. 26(수) 오후
조사장소 : 서울시 광진구 화양동
제 보 자 : 레오나르도 [브라질, 남, 1990년생, 유학 6년차]
조 사 자 : 신동흔, 황혜진, 김정은, 김민수

● **개요**

브라질에서는 사다리 계단 밑을 지나가면 안 좋은 일이 생긴다고 믿는다. 실제로 사다리 밑을 지나가는 사람에게 장난을 치는 경우도 많아서 사람들이 더욱더 조심한다.

아, 그리고 마찬가지 이거는 재밌어요. 이거는 저도 좀 무서웠어요. 이거는 진짜 저에게 무서웠어요. 계단이 있는데, 계단 밑에 지나가면 안 돼요. [조사자 3: 우리 많이들 지나가지 않나요?] 네, 계단. 특별히 예를 들어서 뭐 밖에서 공사하고 있을 때 계단 가끔 있잖아요. 그래서 그냥 편해서 밑으로 나가고 싶잖아요? 이렇게, 이렇게 생긴 계단 있잖아요? [조사자 3: 네, 있어요.] 안 돼요, 브라질이. [청자(파드마): 왜왜왜왜?] 안 좋은 일이 발생하니까, 나에게, 지나가는 사람에게.

그래서 사람들이 브라질에 이거 프랭크frank 아시나요? 프랭크? TV 프랭크 같은 거? 몰래카메라 같은 거. 나중에 TV에 올리기, 보여주기 위해서 그거는 의도적으로 계단 뒀는데 방송국이 사람들이 몇 명 지나가는지 보기 위해서 그런 거 제가 기억하거든요? 사람들이 그냥 다 옆으로. (웃음) 계단 밑으로 가지 않고 [조사자 3: 아직도 믿고 있군요.]

[조사자 2: 그러니까 계단이 다리구나 다리.] 네, 다리 다리. [조사자 2: 다리 밑으로. 다리 계단, 다리 아니에요 다리?] 네, 다리 맞아요. 근데 올라갈 수 있는, 이렇게 생긴. [조사자 1: 계단 밑에 가면 안 된다는.] 특별히 공사 할 때 쓰는 그거 있지 않아요? 페인트 할 때? 사다리? [조사자 2: 위험하니까.] 그렇죠.

그래서 밑으로 지나가면 안 되고, 그 TV도 제가 기억나는데 그래서 몇 명 대부분 옆으로 대부분 옆으로 근데 가끔은 한 명 두 명 용감히 서서 뭔가 자신 있게 딱 밑으로 계단 밑으로 지나가 [청자(파드마): 근데 뭔가 생겨야 해 거기. 그러면 재밌어.] 그래서 너무 재밌어요.

그리고 또 브라질 사람들이 이렇게 장난 잘 치거든요? TV에 장난 같은 거 많이 나오니까 이렇게 밑으로 지나간 사람들은 뭔가 물 떨어지고 [조사자 3: 있을 거야.] 그냥 의도적으로 그냥 재미로 TV프로그램 만들기 위해서. 그런 거 있어서 그런 미신이 있고.

[조사자 1: 그런 걸 학문적으로는 속신이라고 해요.] 아, 속신. [조사자 1: 그러니까 세속에서 사람들이 믿는다 해서.]

나무를 세 번 두드리면 액운을 막을 수 있다

● **구연정보**

조사일시 : 2018. 12. 26(수) 오후
조사장소 : 서울시 광진구 화양동
제 보 자 : 레오나르도 [브라질, 남, 1990년생, 유학 6년차]
조 사 자 : 신동흔, 황혜진, 김정은, 김민수

● **개요**

브라질에서는 나무 또는 나무로 만든 물건을 세 번 두드리면 안 좋은 일이 일어나는 것을 막을 수 있다고 믿는다. 그래서 사고가 날까 두렵거나, 병이 걸리는 것을 예방하기 위해 나무를 두드리기도 한다.

그리고 이것도 있어요. 이거 아, 이거 너무 재밌는데 지금까지 하는 거예요. 왜냐면 지금까지 하는 거라서 얼마나 한 건지. 저도 그렇게 하거든요? 이거 제가 솔직히 말해서 아는 속신 제가 믿는 거 많지 않은데 [조사자 3: 이거는 그래도?] 이거는 그래도 제가 하거든요? 이거 뭐냐면 예를 들어서 어떤 사람이 이렇게 말하잖아요.

"아, 혹시나 우리는 죽을 수 있잖아. 내가 죽고 싶지 않은데 혹시 사고 날 수 있잖아."

그런데 누구든 사고 발생하는 거 원하지 않기 때문에 나무에 세 번 (테이블을 두드리며) 두드리면 그 커스curse 발생하지 않아요. 제가 아까 방금 말했던 안 좋은 일 발생하지 않을 거예요. [조사자 3: 아, 이게 막는 거군요.] 네, 막는 거 막는 거.

"아, 그 병 걸릴 수 있는데."

"아뇨, 걸리면 안 돼요. 절대로!"

(테이블을 세 번 두드리며) 그래서 이렇게 절대로 안 돼요. 그래서 말하자마자 뚱뚱뚱 [청자(파드마): 아, 영어로도 해요, 터치 우드touch wood 하면서.] 아 진짜? [청자: 우드가 나무잖아요. 터치가 만지다. 우드를 만지다. 뭐 이런 거. "터치 우드! 아니야." 이렇게 얘기를 해요.]

[조사자 1: 그러면 나무가 이런 나무가 아니라 테이블도 괜찮고?] 테이블도 괜찮고, 이것도 괜찮고, 나무로 만든 무엇이든. 그래서 가끔은 나무가 없거든요? 그래서,

"나무 어디 있어? 어디 있어?"

[청자(파드마): 나무 하나 들고 다녀야겠다.] 맞아. 진짜로. [조사자 3: 연필 있잖아요, 연필.] 아! 맞아요.

새해에 파도를 일곱 번 뛰어넘으면 행운이 온다

● **구연정보**

조사일시 : 2018. 12. 26(수) 오후
조사장소 : 서울시 광진구 화양동
제 보 자 : 레오나르도 [브라질, 남, 1990년생, 유학 6년차]
조 사 자 : 신동흔, 황혜진, 김정은, 김민수

● **개요**

브라질에서는 새해 첫날에 항상 하얀색 옷을 입어야 한다. 그리고 해변에서 새해를 맞이할 경우 파도를 일곱 번을 뛰어넘어야 한다. 이렇게 하면 좋은 해가 되고 행운이 온다고 믿는다.

그리고 새해 날이면 브라질에 그런 거 있어요. 항상 하얀 색 옷 입어야 되거든요. 새해 날. 그리고 그 파도, 일곱 개 뛰어야 해요. 브라질에 그 혹시 해변에 새해 보내면 파도 일곱 번 뛰어야 해요. 파도 왔다? 한 번 뛰고 또 다른 파도 왔다? 한 번 뛰고

[조사자 3: 파도를 일곱 번 뛰는군요.] 네. [조사자 1: 새해에 따뜻하니까.] 맞아요. 그렇게 하면 좋은 해일 거고 행운이 올 해일 거다. 이런 뜻이거든요.